벌레공장

- 터널 속으로 -

허집 장편소설

목차

1 7

2 22

3 35

4 47

5 67

6 88

7 99

8 114

9 126

10 135

11 147

12 161

13 175

14 187

15 196

16 203

17 210

18 219

19 233

20 247

21 254

22 264

23 275

24 292

1

꽉 막힌 땅속에서 겨우 호흡이나 하며 살아가는 사람들이 있다. 하찮지만, 가장 중요한 역할이었다.

사람이 살아가려면 빛과 공기, 물과 식량이 필요한데, 이것들은 모두 땅속에는 없는 것들이다. 빛은 전구를 켜서 얻을 수 있고, 산소는 합성 장치를 이용해 발생시킬 수 있으며, 물은 더 깊은 지하에서 퍼 올리고, 식량은 반죽을 찧어서 만들었다. 하지만 여기에는 공통적으로 하나가 필요했다. 바로 전기였다. 한때 사람들은 넓은 지하에 광범위하게 퍼져서 살았으나, 날이 갈수록 열악해지는 상황을 견디지 못하고 쉽게 전기를 얻기 위해 가까운 발전소로 모여들었다. 그것은 나방이 빛을 향해 모이는 것과 같았다. 이제 사람들은 발전소 안에서 산다. 발전소가 사람의 도시이자, 피난처고, 집이었다. 그 외에는 폐허가 되어 땅에 묻혔다. 사람들은 노를 저었다. 그러면 가늠할 수 없는 세월 동안 까맣게 녹슬어 가끔 부스러기를 떨어뜨리면서도, 노인네의 이빨처럼 닳아버린 톱니는 삐이익, 끼이익 소리를 내면서 쉼 없이 돌아갔다. 그러면 발전소 구석구석 동력이 전달되고 전기라는 이름의 혈액이 퍼져나갔다.

디노비크는 노잡이장이다. 그의 일은 노잡이들을 관리하고 감독하여 전기 생산량이 떨어지지 않도록 하는 일이었다. 앞서 말한 대로 전기는 너무 중요해서 그 전기를 생산하는 일 역시 중요한 취급을 받아야 했지만, 전기 생산량이 늘면 그 공은 온전히 노잡이장에게로 돌아갔다. 물론 전기 생산량이 줄면 벌은 노잡이가 받았다. 디노비크는 권력과 폭력으로 사람을 다루는 탁월한 재능이 있었다. 딱 벌어진 두꺼운 어깨로 직접 만든 채찍을 뽑아 휘두르며, 정해진 생산 할당량을 채우지 못하면 우렁찬 목소리로 통로가 쩌렁쩌렁 울리게 소리쳤다. 노잡이들이 규율과 질서를 지키길 원했지만, 스스로 규칙적인 인간은 아니었다. 하지만 자기보다 높은 사람에게는 깍듯했다. 취한 상태로 일했지만, 아무리 취해도 요령 피우는 노잡이를 놓치는 일은 없었다.

그는 사랑하는 게 없는 사람이었다. 가족도 없었다. 거주용 컨테이너를 소유하고 있지만 방으로 가지 않고 술에 취해 좁고 위험한 톱니바퀴 틈새에서 잠을 자거나 아무 통로에나 널브러졌다. 다른 노잡이장들과 어울리지도 않았다. 하지만 도박판에는 반드시 나타났다. 거기서도 자신의 고집스럽고 이기적인 성미를 감추지 못해서 쫓겨나기 일쑤였다. 그의 마음을 가장 깊은 곳까지 파 보아도 나오는 것은 부스러기 먼지뿐일 것이다. 그는 자신의 노잡이도 미워했다. 틈만 나면 노잡이들을 게으르다고 비난했고, 그중에서도 가장 못 써먹을 녀석들은 고아인 노잡이라고 했다.

디노비크가 가장 눈여겨보는 노잡이는 소렌이었다. 그는 아직 소년이고, 고아였다. 소렌이 특별한 아이인 것은 틀림없었다. 오뚝한 코와 이마는 씻지 않아도 항상 매끈했고, 눈매는 날카로웠으며, 반짝이는 눈은 어둠 속에서도 빛났다. 다른 사람들은 이걸 보고 "어둠 속에서 반짝이는 것은 아직 안 꺼진 전구거나 소렌의 눈빛"이라고 말하곤 했다. 그 눈빛은 누구에게 물려받은 것일까. 어머니에게서? 혹은 아버지일까? 알 수 없다. 소렌은 부모님의 얼굴을 한 번도 본 적 없었다. 부모님은 무엇이 그리 급한지 아직 두 발로 걷지도 못하는 작은 소렌에게 나약한 생명만을 붙여두고 세상을 떠났다. 아버지는 보기만 해도 오금이 저리는 터빈의 칼날 안으로 빨려 들어갔고, 어머니는 얼마나 추웠던지 용광로 안으로 떨어졌다. 소렌은 그 터빈과 용광로의 위치를 정확히 알고 있었다. 소렌은 그 앞에 종일 앉아 있었다. 울지 않고 얌전히 기다리면 아버지와 어머니가 나올 것 같았다. 정 나오지 않으면 부모님을 찾으러 직접 들어갈 수도 있었다. 오랜 기다림 끝에 소렌은 거기서 부모님이 나오지도 않고, 들어가도 만날 수 없다는 걸 깨달았다.

소렌에게 지하에서 찾아보기 힘든 특별한 영혼이 깃들어 있는 것은 틀림없었다. 하지만 모두가 인정하는 이 소렌의 영혼이 꽃 필 일은 없었다. 소렌은 노잡이였다. 불우한 어린 시절을 딛고 훌륭하게 성장해도, 그저 성장한 노잡이일 뿐이다. 노를 젓고, 그러다 다른 노잡이와 어울리고, 다시 노를 젓고, 자식을 갖든, 갖지 않든 노를 저을 것이다. 늙어서 더 노를 저을 수 없을 때까지 노를 젓다가, 아무도 모르게 사라질 것이다. 수백, 수천, 수만 명의 노잡이가 같은 운명을 맞이한다. 그들은 항상 지치고 야윈 모습으로 노를 젓는다. 그리고 마침내 때가 오면, 노후화된 부품처럼 갈아 끼워진다.

고아 소년 소렌의 마음속에는 언제나 외로움이 가득했다. 하지만 여기는 빛이 존재하지 않는 지하였고, 살기 위해서는 쉬지 않고 노를 저어야 했다.

"똑바로 노 젓지 못해? 소렌, 이 부모 없는 녀석아!"

따뜻한 김이 뿜어져 나오는 도관 옆에서 꾸벅꾸벅 졸던 소렌은 화들짝 놀라서 절묘하게 기울어진 각도를 유지하던 의자에서 자빠지고 말았다. 소렌은 정신을 차릴 틈도 없이 의자로 기어올라 검은 기계에 삐죽 튀어나온 강철봉을 열심히 저었다. 방금 외침은 노잡이장 디노비크가 소렌이 일을 똑바로 못할 때마다 지르는 소리였다. 빛이 들지 않은 어둠 속에서 깔깔대는 웃음소리가 들렸다. 소렌은 방금 외침이 디노비크가 아니라 그를 흉내 낸 소리였다는 것을 깨달았다. 부끄러워진 소렌은 어둠 속에 대고 소리쳤다.

"감독인 줄 알았잖아! 누구야!"

가위로 자른 것처럼 날카로운 빛의 각도 안으로 모습을 드러낸 것은 소렌과 비슷한 한 소년이었다. 곱슬곱슬한 금발 머리카락이 작은 얼굴 양옆으로 흘러내리고, 길쭉한 입은 입꼬리가 올라가서 장난기가 넘쳐 보였다. 다만 금발 머리카락은 오래 씻지 못해 먼지와 때로 그 빛이 많이 바래있었다. 소렌은 익숙한 얼굴을 발견하고 툴툴거렸다.

"부모 없다고 하지 마, 유르가. 부모가 없는 건 너도 마찬가지잖아."

"그래, 우린 모두 부모 없는 녀석들이야. 그래서 우리끼리는 더 뭉치고 우정을 다져야 하는 거야."

"늦었으면서 말은… 기다리느라 목 빠지는 줄 알았다. 빨리 시작하자."

유르가라는 이름의 금발 소년은 품 안에서 길쭉한 공구를 꺼내 계량기의 뚜껑을 따기 시작했다. 녹슬어서 빽빽해진 나사를 풀고, 잃어버리지 않게 손에 꽉 쥐었다. 유르가가 손으로 뚜껑을 잡고 한쪽 틈새를 벌리는 동안 소렌은 안쪽에서 작은 갈고리로 잠겨 있는 걸쇠를 뾰족한 도구로 밀었다. 그러자 '텅' 하는 소리와 함께 계량기 뚜껑이 벗겨졌다. 아직 끝이 아니었다. 안쪽에 한 겹의 뚜껑이 더 있었다.

"여기서부턴 나 혼자 할게. 망을 봐줘."

유르가가 망을 보는 동안 소렌은 두 번째 뚜껑을 벗기고 기계와 연결되어 있는 전선을 헤친 다음에 중간쯤에 위치한 계량기의 바늘을 빨간 부분에 도달하도록 손으로 움직였다.

이다음에는 분해한 것을 역순으로 조립하는 일이었다. 헤쳐 놓았던 전선을 원래 위치에 돌려놓고 뚜껑을 덮은 다음 나사를 조였다. 그리고 겉뚜껑을 걸치고 뾰족한 도구로 작은 갈고리를 다시 걸쇠에 걸었다. 마지막으로 나사를 조이고 손으로 뚜껑을 두어 번 두드리자, 계량기는 아무 일 없었다는 듯이 멀쩡해 보였다.

"이제 됐어. 이걸로 오늘 할당량은 다 채운 거야."

소렌은 움직이는 그림자를 느끼고 오싹해졌다. 어둠 속에서 누가 지켜보는 것 같았다.

“빨리 가자. 누가 오기 전에.”

소년들은 남의 눈에 띄지 않게 전구의 빛이 밝혀주지 못하는 으슥한 그림자 안으로 몸을 숨겼다. 그다음 어둠을 향해 곧게 뻗어 있는 통로를 내달렸다. 소렌은 누가 뒤에서 따라올까 봐 이따금 뒤를 돌아보았지만, 그때마다 착각이었다. 쿵쾅거리는 기계 소음이 꼭 거인이 뒤쫓아오는 소리 같았다. 마침내 흐릿한 불빛이 나타나고 출입 금지라고 팻말이 걸려 있는 찌그러진 울타리가 그들 앞을 막아섰다. 옆에는 차곡차곡 쌓인 철판 더미가 있었다. 그들은 철판 위로 올라가 울타리를 건너갔다. 안쪽에는 녹슬고 고장 난 기계들이 방치되어 있었다. 망각 속에서 영원히 잠들었다고 소렌은 여기 올 때마다 생각했다. 소년들은 기계 안으로 들어갔다. 뚜껑을 닫고 전구를 켜자 작지만 아득한 두 고아 소년만의 비밀 공간이 완성되었다. 여기까지 오자 소렌은 비로소 마음이 편안해졌다.

“우린 언제쯤 사람답게 살 수 있을까?”

소렌이 말했다.

“아마 땅속에 해가 뜰 때쯤? 그래도 우린 굶어 죽을 일은 없잖아.”

“굶어 죽지 않을 뿐이잖아. 그건 사람의 삶이 아니야. 벌레의 삶이지.”

모든 노잡이가 정해진 시간 동안 모여서 노를 저어야 하는 공동 노동 시간에는 디노비크가 제일 앞에서 채찍을 휘두르며 지휘를 한다. 오래된 말로 표현하자면 그는 선장과 같았다. 그가 “밀어! 내려! 당겨!”라고 구호를 외치면 노잡이는 따라서 외치며 봉을 밀고, 내리고, 당기는 식으로 노를 한 바퀴 저었다. 디노비크는 구호를 외치다가 목이 마르면 술을 들이켜고 통로를 따라 걸으며 노잡이를 감시했다. 중간에 쉬거나 꾀를 부리는 것은 용납되지 않으나, 디노비크의 눈알도 두 개뿐이기에 요령껏 쉬는 게 필요했다. 하지만 너무 많이 쉬어도 계량기의 바늘이 모든 것을 드러내기 때문에 디노비크의 눈에 걸리면 채찍을 맞을 수도 있었다. 할당량을 채우지 못한다면 디노비크의 따가운 눈총을 받으며, 때로는 채찍질도 받으며 디노비크가 가지고 다니는 철판에 기록된다. 공동 노동 시간을 제외한 시간은 전부 개인 노동 시간이다.

할당량을 채우지 못한 노잡이는 남는 시간에 알아서 할당량을 채워야지만 배급소에서 영양 반죽을 받을 수 있다. 할당량을 채우지 못하면 노를 저어도 빈손이었고, 먹지 못한 채로 할당량을 채울 때까지 노를 저어야 했다. 노를 젓다가 피곤하면 그 자리에서 잠들고, 눈을 뜨면 또 노를 젓다가 잠들었다. 종이 울리기 전에도 앉아서 노를 저었고, 일이 끝나도 혼자 남아서 노를 저었다. 만약 계량기를 조작한다는 사실을 들킨다면 노잡이에서 쫓겨나는 것은 물론 목이 매달릴 수도 있었다. 그런데도 조작을 하는 이유는 노 젓는 일은 너무 힘들어서 아무리 열심히 일해도 굶주림을 면하는 것조차 어려웠기 때문이다. 소렌은 바로 그 점을 지적하고 있었다.

소렌은 갑자기 어둠 속에서 움직이던 그림자를 떠올리고 오싹해졌다.

"그런데 망은 잘 봤지? 확실히 아무도 없던 거지?"

"그럼 뭐, 거대벌레라도 있을까 봐?"

유르가가 장난기 어린 말투로 되물었다. 하지만 소렌은 진지하게 받았다.

"그럴지도 모르지… 동쪽 터널의 소문 못 들었어?"

"그 폐쇄 터널?"

"그래. 거기서 기술자들과 함께 정찰을 나간 보초들까지 통째로 실종됐대. 한 명이라도 돌아왔다면 자초지종을 알 텐데. 이게 무슨 일인지, 전부 깡그리 사라져버렸단 말이야."

"그게 사실이야? 왜?"

유르가가 떨리는 목소리로 다시 물었다.

"설마 거대벌레의 짓이라는 거야?"

"달리 뭐가 있겠어?"

"넌 그걸 누구한테 들었는데?"

"리날디와 그레고르."

"둘 다 허풍쟁이잖아."

"허풍 아니야. 지금 이 얘기로 발전소 전체가 떠들썩하다고."

유르가는 듣기 싫은 것처럼 고개를 돌렸다.

"거대벌레 얘긴 하고 싶지 않아."

유르가는 거대벌레 얘기를 잘 하려고 하지 않았다. 소렌은 고개를 기울여서 유르가의 얼굴을 자세히 관찰했다.

"너 무섭지?"

유르가는 눈을 동그랗게 떴다. 어린 소년들 사이에서는 서로의 안전을 위해 암묵적으로 지켜야 하는 약속이 있다. 그것은 서로를 남자라고 강하게 인정하는 것이다. 그 약속은 입 밖으로 나눈 적도 없고, 계약이라든가 어딘가에 명시된 것은 더더욱 아니지만, 태어날 때부터 그렇게 합의된 것이다. 이것을 인정해야지만 소년들은 친구가 될 수 있다. 그런데 남자다움을 의심하는 발언을 하는 순간, 소년들은 결투를 할 수밖에 없다. 그것은 평화 조약을 깨는 총소리였다. 도발이었다. 일단 꺼냈으면 반드시 끝장을 봐야 하는 도전장이었다.

"무섭냐고? 내가?"

유르가는 기가 차는 것처럼 목을 돌렸다.

"오랜만에 담력 내기라도 해보자는 거야? 좋아, 듣고 오줌이나 지리지 마."

남자다움을 의심당하고 참을 수 없게 된 유르가가 어디 한번 해보자는 식으로 말했다. 하지만 그는 목소리를 한층 더 낮춰서 은밀하게 말하기 시작했다. 불행을 말하면 불행이 찾아온다는 말처럼 거대벌레를 말하면 거대벌레가 찾아올 거라고 믿는 것 같았다.

"오래전 일이야. 머리에 뿔을 가진 벌레가 땅굴을 파서 벽을 뚫고 발전소 안으로 쏟아져 들어왔어. 사람이 휘두르는 무기는 어림도 없고 두꺼운 벌레의 껍질은 총알도 우습게 튕겨냈어. 벌레의 진입을 막기 위해 세운 방벽은 벌레의 뿔 앞에 허무하게 무너졌어. 전쟁이 일어난 거야. 수많은 사람이 죽고, 설비들이 파괴되고, 발전소가 끝나기 직전까지 갔어."

"벌레하고 전쟁이라고?"

갑자기 날카로운 쇳소리가 나서 소렌은 소스라치게 놀랐다. 소렌이 자기도 모르게 옆에 있는 봉을 세게 잡아당겨서 난 소리였다.

"발전소에서 가장 나이가 많은 노인한테 들은 이야기야. 그 노인이 어렸을 때 일어난 일이래. 발전소 사방에서 거대벌레가 쏟아져 들어왔다고 그랬어. 그 벌레들은 사람을 잡아먹었어. 상상이 돼? 벌레가 사람을 잡아먹었다고. 노인은 친구가 잡아먹히는 광경을 눈앞에서 봤는데 나한테 그걸 전부 설명해줬어. 양쪽으로 갈라진 두 개의 턱이 서로 교차하면서 살을 물어뜯고 여러 마디로 이루어진 뼈대 같은 입술이 안쪽과 바깥쪽에서 번갈아 움직이며 작은 살점 하나 놓치지 않고 입 안으로 넘기는데… 으, 내가 그 묘사를 정확히 기억하지 못하는 걸 감사해야 돼. 정말 끔찍해서 그날은 먹은 것도 없는데 토하고 말았어."

소렌은 듣기만 해도 속이 울렁거렸다.

"노인은 극도로 벌레를 두려워했어. 거대벌레 말고 작은 벌레도 말이야. 그는 작은 벌레를 잡으면 언젠가 거대벌레가 나타난다고 믿었어. 그래서 누가 작은 벌레를 잡으면 소리를 치면서 욕을 했지. 그는 잘 때는 벌레가 들어오지 못하게 좁은 틈 속에 자신을 가두고 잠을 잤어. 그런데 나이 때문인지 아니면 악몽 때문인지 그는 자다가 급사했고, 아무도 그가 죽은 걸 눈치채지 못했어. 뒤늦게 발견했을 때는 이미 부패한 시체 위에서 구더기가 잔치를 벌이는 중이었어. 결국 그는 벌레에게 잡아먹히고 만 거야."

소렌은 그 장면을 머릿속으로 그려보고 끔찍한 모습에 몸을 부르르 떨었다. 소렌이 물었다.

"너는 어떻게 생각해? 작은 벌레를 잡으면 정말 거대벌레가 나타날까?"

유르가는 입을 다물었다. 하지만 손은 계량기 따는 도구를 꺼내서 쉼 없이 만지작거렸다.

"모르겠어. 아마 난 노인의 말을 진심으로 믿지는 않아. 배가 고파서 벌레를 잡아먹는 사람도 있고 그냥 재미로 죽이기도 하고 나도 모르게 발로 밟을 때도 있지만, 그때마다 거대벌레가 나타나진 않잖아?"

유르가가 잠시 멈췄다가 이어서 말했다.

"하지만 어쩌면 그저 기회를 기다리는 것뿐일지도…"

"진짜 그러면 어떡하지? 경비대가 막을 수 있을까?"

소렌이 재촉하듯이 물었다.

"경비대가 잘하는 거라곤 약한 사람을 겁주고 짓밟는 것뿐이야. 거대벌레가 나타나면 도망치기 바쁠걸."

"옛날에는 어떻게 막아낸 거야?"

"자세한 건 나도 몰라. 노인은 퇴치꾼이 나타났다고 말했어."

"퇴치꾼? 퇴치꾼이 뭐야?"

"벌레퇴치꾼. 말 그대로 거대벌레를 퇴치하는 사람들이야. 지하를 떠돌아다니며 거대벌레를 찾아다니지. 거대벌레에 관해서는 누구도 따라올 수 없는 전문가들이야. 하지만 동시에 피도 눈물도 없는 아주 악독한 녀석들이래."

"퇴치꾼… 퇴치꾼… 퇴치꾼…"

"들었어? 아주 악독한 녀석들이라고."

그러든 말든 소렌은 그 단어를 반복해서 입 안에서 굴렸다. 그 단어는 희한하게 소렌의 마음을 끌었다. 소렌은 퇴치꾼도, 거대벌레도, 본 적 없지만 상상 속의 두 존재가 목숨을 걸고 싸우는 장면이 떠올랐다. 총을 쏠까? 망치를 휘두를까? 어둠 속에 숨어 있는 거대벌레의 이빨이나 발톱이 심장을 파내면 어떡하지? 퇴치꾼은 거대벌레보다 빠를까, 느릴까? 둘이 힘 싸움을 하면 누가 이기지?

소렌은 태어나서 처음 해보는 두근거리고 박진감 넘치는 상상에 가슴이 벅차올랐다. 하지만 유르가는 납작한 도구를 만지작거리다가 철판 사이에 빠뜨릴 뻔하고 품 안에 넣은 다음 무릎을 웅크리고 앉았다. 소렌의 상상이 퇴치꾼의 멋짐에 초점을 둔 반면에 유르가의 상상은 거대벌레의 끔찍함에 초점을 둔 것 같았다.

소렌은 이제 무서운 얘기는 충분하다고 생각했다. 쓸데없는 오기를 부리고 싶은 마음도 사라졌다. 그래서 뒤로 편하게 드러눕고 말했다.

"무서운 얘기는 그만하고 노래나 들려줘."

유르가가 품에서 피리를 꺼내 불기 시작했다. 발전소에서는 노래를 부르거나 악기를 연주하는 것 또한 금지되어 있었다. 탄로 나면 광장에서 목이 매달린다.

"조작하는 게 들켜서 목이 매달리는 게 먼저일까 아니면 노래하는 게 들켜서 목이 매달리는 게 먼저일까."

소렌은 눈을 감고 중얼거렸다. 유르가는 대답하지 않았다. 유르가는 소렌이 잠들 때까지 피리를 불어주었다. 혹시 소렌이 악몽을 꾸고 괴로워하면 이마를 맞대고 조용히 다독여주었다.

"너는 안전해. 여기서는 아무도 너를 해치지 못할 거야. 우리는 행복하게 살 거야."

그리고 마침내 소렌이 평온해지면 불을 끄고 조용히 기계 밖으로 나갔다.

소렌은 꿈을 꾸었다. 얼굴도 모르는 부모님 꿈이었다. 부모님 옆에는 유르가도 있었다. 꿈속에서 유르가와 소렌은 형제였다. 꿈속에서 소렌은 외롭지 않았다. 가족이 있어서 외롭지 않았다. 가족만 있으면, 평생 검은 기계 옆에 앉아 종일 노를 저어도 괜찮을 것 같았다.

2

노동은 신성한 것이다. 디노비크의 입버릇이었다. 그러나 노동은 신성한 것이라기보단 전쟁이었다. 일할 시간을 알리는 종이 시끄럽게 울리면 모든 노잡이는 자기 자리에 와서 착석해야 한다. 무슨 사유가 있건 제때 자리에 앉지 못한 노잡이는 디노비크의 무수한 채찍 세례를 받아야 했고, 디노비크의 기분이 나쁘면 그 자리에서 해고당했다. 하지만 노잡이가 반드시 제시간에 도착해야 하는 이유는 그것뿐만이 아니었다. 노잡이들 자리에는 의자 몇 개가 항상 부족했는데, 의자를 새로 갖다 놓아도 어느 순간에 다시 사라져서 노잡이들은 다른 사람 자리에서 의자를 가져와야 했고 늦게 온 노잡이는 어쩔 수 없이 일어서서 노를 저어야 했다. 그건 정말 끔찍한 고문이나 마찬가지라서 노잡이들은 반드시 미리 도착해서 의자를 차지하기 위해 끊임없이 쟁탈전을 벌여야 했다. 하지만 아무리 일찍 도착해도 의자를 얻지 못한 사람 몇 명이 생길 수밖에 없는 구조였다. 노잡이들이 이 문제에 대해 항의를 해도 디노비크는 일찍 왔으면 의자를 얻었을 텐데 늦게 온 사람이 잘못이라며 오히려 피해자에게 책임을 전가했다. 이 '자리 빼기'에 대해서는 무수한 의혹이 있었지만 노잡이장 디노비크가 경쟁을 조장하기 위해 일부러 꾸미는 수작이라는 설이 가장 유력했다. 그래서 의자 쟁탈에 지친 어떤 노잡이들은 노 젓는 자리를 떠나지 않고 아예 거기서 잠을 자기도 했다. 디노비크는 이런 노잡이들을 보며 흐뭇해하곤 했다.

소렌도 의자 없이 서서 노를 저었던 적이 있다. 노잡이가 된 지 얼마 되지 않은 날이었다. 소렌이 이러한 규칙에 대해 아직 잘 모르고 있을 때 다른 노잡이들은 소렌의 의자를 우선적으로 노렸다. 소렌은 비어 있는 자신의 자리를 보고 허탈함을 느꼈고, 용감하게도 혹은 무모하게도 다른 노잡이들이 질겁할 만한 일을 저질렀다. 디노비크에게 의자를 달라고 요구한 것이다.

"소렌, 방금 뭐라고 했냐?"

디노비크는 귀를 의심했다. 디노비크에게 무언가를 요구한 노잡이는 소렌이 처음이었다. 소렌은 의자가 있어야 노를 더 잘 저을 수 있다는 타당한 말을 했다. 그러나 디노비크는 불같이 화를 냈다.

“노동은 신성한 것이야! 노잡이라는 귀중한 직업을 받게 된 것이 얼마나 큰 행운인지도 모르고 느긋하게 일터에 도착해? 너 같은 놈은 편하게 일할 자격도 없어! 싫으면 당장 꺼져! 너 같은 고아가 아니더라도 노를 젓고 싶어 하는 사람은 발전소 바닥에 널리고 널렸으니까! 굶어 죽지 않게 해준 것만으로도 감사한 줄 알아야지, 감히 나에게 지적을 해? 오갈 데 없는 놈 거둬줬더니, 이래서 고아 놈들은 안 되는 거야. 이래서 고아 놈들은 안 되는 거야!”

디노비크는 이대로는 안 되겠다는 듯이 오늘 날을 잡은 것처럼 전체를 둘러보며 크게 소리쳤다.

“내 말 잘 들어. 너희 모두 내 말 잘 들어! 노동은 신성한 것이야. 노동이 너희를 먹여 살리리라. 노동이 너희를 먹여 살리리라! 너희가 젓는 노가 전기를 만들어내고, 그 전기가 너희가 먹고, 마시고, 숨 쉬는, 그 모든 것을 만들어낸다. 너희는 인격이 아니야. 너희는 도구고, 너희의 생명이 노 그 자체야!”

디노비크는 폭언을 쏟아붓고 가쁜 숨을 몰아쉬며 앞에 있는 노잡이 하나를 끌어냈다. 그는 자신이 당할 일을 알고 두려워 흐느꼈다. 바닥에 엎드려 웅크린 그에게 무자비한 채찍 세례가 내려졌다. 그 광경을 눈앞에서 목격한 소렌은 디노비크가 어떤 사람인지 깨달았고, 다시는 토를 달지 못했다.

노잡이들의 자리는 삼단으로 구성되어 있는데, 맨 윗단의 노가 가장 길고 무거웠고, 그래서 힘이 세고 숙련된 사람이 맡았다. 맨 아랫단의 노가 가장 짧고 가벼운 편이라서 소렌 같은 아이나 마르고 힘이 약한 사람 또는 노인이 맡았다. 그러면 맨 아랫단이 제일 편할 것 같지만 노동 조건은 제일 열악했다. 각 단은 단단한 바닥이 아니라 철망으로 구분되어 있었고 노 젓는 시간 동안 사사롭게 자리를 뜨는 것은 불가능하기 때문에 생리 현상이 마려우면 그냥 그 자리에서 해결했다. 그러면 아래 있는 사람은 철망을 타고 떨어진 그 분비물을 그대로 머리에 뒤집어써야 했다. 당연히 가장 아랫단의 노잡이가 이런 일을 겪는 빈도도 가장 높았다.

이 문제로 싸움이 벌어진 적도 있었다. 3단에 앉아 있는 벅클이라는 남자는 생리 현상을 모아와서 일부러 노 젓는 중에 해방하는 건가 싶을 정도로 방뇨와 방분이 심해서 그 아래에 2단에 앉아 있는 리날디의 몸에서는 매일 지독한 똥오줌 냄새가 가시질 않았다. 참다못한 리날디는 자신보다 훨씬 힘이 세고 덩치가 큰 벅클에게 시비를 걸었고, 차라리 내가 무겁고 커다란 봉을 돌릴 테니 당신이 2단에 앉으라고 소리쳤다. 안 그래도 간접적으로 피해를 보던 1단의 불쌍한 스톱터드는 이제 자신의 의사와 상관없이 직접적으로 벅클의 똥오줌을 받는 처지가 되고 말았다. 하지만 마른 몸에 가냘픈 리날디는 3단의 무겁고 커다란 봉을 돌리면서 지옥을 경험했고, 그 무거운 봉을 돌리느니 그냥 똥오줌을 받는 게 낫다고 생각했는지 며칠 뒤 어두운 얼굴로 원래 자리로 돌아와 있었다.

소렌의 윗자리에 앉은 것은 에믹이라는 청년으로 소렌도 몇 차례 오줌 세례를 맞은 적이 있다. 소렌은 모자처럼 철 쪼가리를 엮어서 머리 위에서 떨어지는 것을 막아주는 자신만의 작은 방공호를 만들었다. 하지만 제대로 사용도 해보지 못하고 빼앗기고 말았는데, 디노비크가 보고서 이런 걸 사용하면 모든 사람이 같은 물건을 원할 것이고, 그러면 기강이 해이해진다며 사용을 금지한 것이다. 결국 소렌도 머리 위에서 떨어지는 오줌 줄기를 그대로 맞을 수밖에 없었다.

똥오줌을 뒤집어쓴 날에는 공장에서 흘러나오는 정체 모를 폐수에 머리를 감곤 했다. 그 폐수가 조금이라도 입에 들어가면 현기증이 나고 종일 배가 아팠다.

일이 끝나면 배급소로 향했다. 배급소는 노잡이들의 일터보다 높은 곳에 있어서 좁은 통로를 기어 올라가면 나타난다. 구리 막대를 둘러쳐서 쉽게 접근하지 못하게 만들고, 커다란 철판을 덕지덕지 이어 붙여서 속이 전혀 보이지 않았다. 그 안과 소통할 수 있는 방법은 철판을 두드린 다음에 눈만 겨우 드러나는 작은 창구를 열고 누군가 나타나는 것을 기다리는 게 전부였다.

닫힌 창구 위에는 '노동이 너희를 먹여 살리리라'라는 발전소의 격언을 적어놓은 간판이 있었다. 그리고 전광판에는 어느 자리가 할당량을 다 채웠는지 불빛으로 표시되었다.

소렌은 문도 없이 꽉 막힌 이곳에 사람이 어떻게 들어가 있는 것인지 신기했다. 감옥에 갇힌 것처럼 나오지 못하고 일만 하는 게 아닐까 하는 생각도 들었다. 하지만 창구에서 나타나는 눈빛은 오히려 소렌을 감옥에 갇힌 사람 보듯 했다.

사람이 나오지 않아서 소렌은 주저하면서 한 번 더 철판을 두드렸다. 그래도 나오지 않자, 혹시 들리지 않았나 싶어서 더 세게 철판을 두드렸다. 그러자 안쪽에서 투덜대는 소리가 들리더니 작은 창구가 열리며 흉흉한 눈빛이 나타났다. 언제나 날카로운 목소리로 신경질을 부리는 여자였다. 그녀가 눈알을 아래로 굴리더니 소리쳤다.

"그럼 그렇지! 고아 놈들은 언제나 인내심이 없어. 매를 두들겨 맞으면서 인내심을 기르는 법을 가르쳐주는 사람이 없으니까 그런 거야. 한 번만 두드려도 어련히 나올 거라는 생각을 못 하는 거야? 아니면 우리가 안에서 빈둥빈둥 놀고 있을 거라고 생각하는 거야?”

“하지만 저번에는 한 번만 두드리니까 아무리 기다려도 나오시지 않던걸요.”

소렌이 말했다.

“입 닥쳐! 어른들 말에 말대꾸하지 마! 두 번 다시 여기서 음식을 받고 싶지 않은 거야?”

“죄송해요.”

“번호!”

“1단 159번이요.”

여자가 창구를 닫고 사라지자, 전광판의 1단 159번의 초록불이 꺼졌다. 지금쯤 소렌 자리의 계량기는 초기화되었을 것이다.

잠시 후 허리 부분에 위치한 창구가 활짝 열리면서 여자의 앙상하고 뾰족한 손이 나타났다. 그녀는 고아를 욕하는 것 같은 말을 중얼거리면서 영양 반죽 한 덩이를 내밀었다.

소렌이 영양 반죽을 살펴보고 말했다.

“영양 반죽이 좀 작은 것 같은데요.”

“시끄러워! 어른에게 말대꾸한 벌이야! 그걸로 인내심을 좀 길러 봐!”

“하지만…”

"그것도 빼앗기고 싶어? 다음 사람 기다리니까 얼른 꺼져!"

소렌은 뒤를 돌아보았다. 뒤에는 배급받으려고 순서를 기다리는 다른 노잡이들이 일그러진 얼굴로 서 있었다. 소렌은 또 호통을 들을까 봐 재빨리 줄에서 빠져나와 사람이 없는 곳으로 도망갔다. 팔 근육이 오래된 고무줄처럼 빽빽해서 끊어질 것 같았고, 어깨 관절은 흙이 들어간 톱니바퀴처럼 덜컹거렸다. 하지만 소렌이 얻은 것은 커다란 모욕과 작고 찌그러진 영양 반죽 하나뿐이었다.

소렌은 좁고 어두운 곳에 웅크려서 영양 반죽을 이빨 끝으로 조금씩 뜯어 먹었다. 발밑에는 벌레 한 마리가 기어갔다. 소렌은 영양 반죽을 아주 약간 떼어서 벌레 앞에 던져주었다. 그러자 벌레는 열심히 영양 반죽을 뜯어 먹기 시작했다. 소렌은 자신의 처지가 그 벌레와 같다고 생각했다. 위에서 던져주는 부스러기를 먹고 사는 삶… 벌레 같은 삶… 소렌은 당장이라도 그 벌레를 엄지손가락으로 지그시 눌러 죽일 수도 있었다. 하지만 벌레는 하찮은 빵 조각 하나를 위해 목숨을 걸었다. 그 빵 조각 하나가 벌레의 전부였다. 엄지손가락이 내려오지 않을 거라고 믿고, 혹은 잊고, 이번이 마지막 기회인 것처럼 식사에 열중하고 있었다.

소렌은 벌레와 함께 식사를 했다. 소렌이 영양 반죽을 다 먹었을 때, 벌레도 식사를 마쳤다. 벌레는 순식간에 사라졌다.

벌레는 배부르게 먹었을까? 소렌은 전혀 배부르지 않았다. 오히려 실의에 빠져 잠이 든 위장을 어설프게 깨워버려서 더욱 배가 고팠다. 허리가 쑤시고, 목이 뻐근했으며, 팔은 맥이 빠져 후들거렸다. 몸 상태는 날이 갈수록 나빠졌다. 그런데 내일이 되면 또 노를 저어야 한다. 이건 굶어 죽거나 팔이 빠져 죽거나 둘 중 하나를 선택해야 하는 끝없는 운명의 굴레였다.

소렌은 빨리 유르가를 만나야겠다고 생각했다. 할당량을 반 정도 미리 채워놓지 않으면 내일은 노를 젓지 못할 것 같았다. 소렌은 유르가를 만나서 이렇게 말했다.

"어서 땅바닥을 구르러 가자."

계량기를 조작하는 것을 땅바닥을 구른다고 말하는 것이 두 사람 간에 합의된 일이었다. 혹시라도 누가 훔쳐 들으면 안 되기 때문이다. 그러나 유르가는 어정쩡한 자세로 이도 저도 아닌 태도를 취했다.

"당분간 땅바닥을 구르는 건 멈추는 게 좋겠어."

소렌에게는 천장이 무너지는 것 같은 소리였다.

"그게 무슨 말이야? 도대체 왜?"

"엊그제 한 노인 노잡이가 땅바닥을 구르다가 들켜서 쫓겨났다고 들었어."

소렌은 그럴 줄 알았다는 듯이 고개를 흔들었다.

"그거 우리 조에서 일했던 쳅 노인이야. 그리고 땅바닥을 굴러서 쫓겨난 게 아니라 할당량을 못 채워서 디노비크한테 엉덩이를 걷어차이고 쫓겨난 거야. 무서워할 필요 없어."

"난 땅바닥을 굴렀다고 들었어."

"아니라니까. 소문이 잘못 퍼졌겠지. 우리 조에서 일어난 일인데 내가 모르겠어?"

"아무튼 우리도 당분간 조심하는 게 좋을 거 같아. 그리고 앞으로는 횟수를 좀 줄이자."

"그건 또 무슨 말이야?"

"땅바닥을 구르는 건 너무 편하고 즐거운 일이야. 금방 익숙해지고 습관이 되겠지. 일단 한 번 습관이 되면, 그땐 땅바닥을 구르지 않고는 못 견디게 될 거야. 결국 배급관이라든가, 감독이라든가 다른 사람의 의심을 사게 될 거야!"

신중한, 혹은 겁이 많은 성격인 유르가는 이미 혼자 생각을 다 끝내놓은 모양이었다.

"그러면 어떡하자는 거야?"

"들키지 않도록 정말 배가 고플 때 가끔만 땅을 구르자."

"나는 항상 배가 고파!"

소렌이 오랫동안 꾹 참고 있던 화를 터뜨리며 소리쳤다.

"오늘도 손바닥만 한 영양 반죽 하나밖에 먹지 못했어. 팔이 떨어져라 노를 저어서 받는 게 겨우 영양 반죽 하나란 말이야. 그것마저도 눈치를 보고 파리처럼 빌어야 받을 수 있어. 잘 때는 공벌레처럼 최대한 몸을 웅크리고 배를 작게 만들어서 자야 돼. 그래야 배고픔을 줄일 수 있으니까. 그런데도 어른들은 우리 고아를 피 빨아먹는 모기 취급을 한단 말이야. 언제까지 이렇게 하루살이처럼 살아야 돼!"

"목소리 줄여! 누가 듣겠어!"

"너도 그렇잖아. 그렇게 조금 먹고 어떻게 일하겠다는 거야. 넌 심지어 동생까지 있잖아!"

"들키는 것보단 나아."

유르가는 소렌의 시선을 피하며 중얼거렸다. 눈을 마주치면 소렌과 똑같이 느끼고 있다는 걸 들킬 것 같았다.

"땅바닥을 구르는 걸 들키면 나는 죽을 때까지 맞고 노잡이에서 쫓겨나거나, 목이 매달릴 거야. 어느 쪽이든 다시는 일할 수 없는 상태가 될 거야. 안 돼. 그럴 수는 없어."

소렌은 답답함을 참느라 얼굴까지 빨개졌다.

"조심히 하면 돼. 지금까지 들킨 적 없잖아."

유르가는 거기에 대답하지 않았다. 금발 소년의 마음은 이미 정해진 것 같았다.

"그럼 네 말은 땅바닥을 구르지도 말고 성실하게 노를 젓자 이거지? 언제까지 그럴 수 있을까? 들켜서 쫓겨나든, 할당량을 못 채워서 쫓겨나든, 어느 쪽이든 우리가 쳅 노인처럼 될 거라는 건 시간 문제네."

소렌은 잔뜩 비꼬았다. 하지만 결국 크게 양보하고 말았다.

"좋아, 그러면 오늘만 해. 당분간 땅바닥을 구르자는 말은 안 할 테니까. 배고파 미칠 거 같아."

유르가는 깊은 갈등을 느끼다가 그 망설임을 잘라내기라도 하듯 단호하게 말했다.

"안 돼. 이건 우리 모두를 위한 길이야. 선을 넘으면 다시 돌아오지 못할 거야."

그리고 일어서서 도망치듯이 자리를 떠났다.

"야, 이 겁쟁아!"

유르가가 이런 식으로 자신을 실망시킬 줄 몰랐다. 배고픈 채로 잠들고, 무시와 멸시를 받으면서 사는 이 삶에 만족한다는 건가?

"됐어. 나 혼자 할 거야. 그렇게 평생 바보같이 묵묵하게 노만 저으라지."

계량기를 따는 도구는 소렌도 갖고 있었다. 소렌은 주위를 둘러보고 바닥을 열어서 도구를 꺼낸 다음 나사부터 풀기 시작했다. 그런데 둘이 하던 일을 혼자서 하려니 쉽지 않았다. 계량기 뚜껑은 안쪽에서도 잠겨 있어서 한쪽에서 틈새를 벌리고 있는 동안 안에 걸려 있는 고리를 풀어야 하는데, 틈새를 벌리려고 뚜껑을 잡고 있자니 고리를 풀 수가 없었고, 고리를 풀자니 틈새를 벌리고 있을 수가 없었다. 결국 소렌은 낑낑대면서 한 손으로는 뚜껑을 잡고 다른 한 손으로는 고리를 풀어야 하는 묘기를 부릴 수밖에 없었다. 둘이 하면 금방 끝나는 일인데, 소렌은 연달아 실패를 하고 자신의 손이 두 개뿐이라는 사실을 저주했다. 시간이 지체될수록 마음은 초조해지고 손에서는 쥐까지 났다. 그러다가 잡고 있는 나사까지 놓치고 말았다.

"뭐 이렇게 되는 일이 없어!"

소렌은 굴러가는 나사를 쫓아가다가 하나는 잃어버리고, 하나는 구멍에 빠뜨려버렸다. 슬슬 후회가 들었다. 그러나 이미 시작해버린 일을 멈출 수는 없었다. 소렌은 땀을 삐질삐질 흘리며 악을 쓰다가 마침내 고리를 풀어냈다. 그리고 두 번째 뚜껑을 벗기고 계량기의 바늘을 손으로 움직였다. 그때 가슴을 철렁이게 만드는 목소리가 뒤에서 들려왔다.

"그런 식으로 조작을 하는 거구나?"

3

딱 봐도 질이 안 좋아 보이는 소년 여럿이 뒤에서 히죽거리는 얼굴로 소렌을 보고 있었다. 노잡이는 아니었고, 정체가 뭔지 알 수 없었다.

"너 지금 계량기 조작하고 있었지?"

"계량기 조작? 아, 이거 말하는 거야?"

소렌은 이런 상황을 대비하여 미리 준비해 둔 변명이 있었다.

"난 견습 정비공이야. 계량기를 점검 중이었어."

그러나 소년들은 피식 웃고, 서로의 얼굴을 보며 고개를 흔들었다. 그리고 소리를 빽 질렀다.

"헛소리하지 마!"

옆에 있는 기계에서 김이 뿜어져 나왔다. 소렌은 덜컥 두려움이 들었다. 어설픈 거짓말이 통하는 상대가 아니었다. 소렌은 어떻게 행동해야 할지 몰랐다. 그들은 큰 벌레였고, 소렌은 작은 벌레였다.

"날 어쩔 셈이야?"

"글쎄… 어떻게 할까? 계량기를 조작한 노잡이는 어떻게 되지?"

"광장에서 목이 매달리지."

옆에 있는 소년이 그 질문에 대답했다.

"그거 재밌겠는데! 좋은 구경이 되겠어. 우리가 신고한 애가 목이 매달리는 거잖아?"

그들은 들으라는 듯이 폭소했다. 소렌은 꼼짝도 할 수 없었다.

"신고하면 포상금이 있나?"

"있어. 건전지 5개야."

"5개라고! 당장 이 자식을 데려가자. 그리고 내일은 널 신고해야겠다."

"될 거 같냐? 내가 먼저 널 신고할 건데."

그들은 또 킬킬거리면서 지저분하게 웃었다. 한 아이가 웃음을 멈추고 끼어들었다.

"잠깐만 기다려 봐. 나에게 더 좋은 생각이 있어."

"그게 뭔데?"

그 아이는 주머니에서 돈, 그러니까 건전지 하나를 꺼냈다.

"지금 여기에 건전지 하나가 들어 있단 말이야. 그런데 잠을 자고 일어나면 이 주머니에 건전지 하나가 또 생긴다고 해보자. 다음 날이 되면 또 생길 거야. 그다음 날에 또 생기고, 다다음 날에 또 생기고! 그런데 지금 건전지 5개를 얻을 수 있다고 이 주머니를 신고할 거야?"

"내가 바본 줄 알아? 절대 안 하지."

"바로 그거야. 이 녀석이 계량기를 계속 조작하게 놔두자고. 그리고 우린 이 녀석에게 돈이나 먹을 걸 뜯어내면 돼. 그러다가 이 녀석이 말을 안 들으면 그때 신고해서 건전지 5개를 받자."

"와, 너 천재냐?"

"도둑질보다 편한 건 남에게 시키는 도둑질이라는 거지."

소년이 으쓱거렸다.

소렌은 겁이 났다. 그들은 소렌을 돈이 끊임없이 뿜어져 나오는 주머니 취급을 하고 있었다. 당연하지만 그건 불가능했다.

"이제부터 우리가 널 찾아갈 거야. 그때마다 건전지 하나 그리고 영양 반죽은… 다섯 개쯤? 우리가 다섯 명이니까. 그렇게 준비해 놔."

소렌은 숨이 막혔다. 그렇게 영양 반죽을 많이 준비할 수는 없었다. 그리고 중요한 것은, 노잡이는 건전지를 받지 않는다.

소렌이 애원했다.

"내가 잘못했어. 다시는 계량기 조작 같은 거 하지 않을게. 한 번만 봐줘."

"뭐라는 거야? 우리가 한 말 못 들었어? 조작을 하지 말라는 게 아니라 더 열심히 하라는 거잖아. 우리 몫까지 말이야. 계량기 바늘 한 번 돌리면 영양 반죽 하나 받는 거지? 그럼 다섯 번만 돌리면 될 거 아니야."

"그렇게 조작을 많이 하면 의심받을 거야."

"그건 네가 알아서 할 일이고. 싫으면 신고당하든가."

아이들이 사악한 웃음을 터뜨렸고, 소렌은 이제 방법이 없다고 생각했다. 그래서 막무가내로 달려들었다. 하지만 그들은 다섯이었고, 소렌보다 훨씬 거친 짓에 익숙했다. 결국 곤죽이 되어 쓰러졌다.

"자식, 깡은 있네?"

"다음에 올 때까지 잘 준비해놔라. 죽기 싫으면."

그들은 악당처럼 웃으면서 어두운 통로 속으로 사라졌다.

소렌은 비참함에 계속 누워 있었다. 도와주러 올 사람을 기다렸지만, 그럴 사람은 없다는 것을 깨달았다. 소렌은 고아였다. 혼자였다. 경비병이 발견하면 큰일이 날 것 같았지만, 상관없었다. 어차피 그의 운명은 끝난 것이다.

다행히 상황을 보러 온 유르가가 소렌을 발견했다. 유르가는 다친 소렌을 데리고 그들만의 작은 은신처로 이동했다. 자초지종을 들은 유르가는 긴 침묵에 빠졌다.

"건전지를 가져오라고? 정말 어처구니없네. 노잡이는 아무리 노를 열심히 저어도 건전지를 받지 않아. 그런 것도 모른단 말이야?"

유르가가 화를 냈다. 소렌은 대답하지 않았다. 그 사실을 알든 모르든, 그들은 아마 신경 쓰지 않을 것이다.

"어떤 애들인지는 알아?"

유르가가 물었다.

"우리처럼 고아들인 것 같았어."

그 말은 아무것도 모른다는 말과 같았다. 발전소에는 고아들이 아주 많았고, 대부분이 패거리로 뭉쳐 다니면서 나쁜 짓을 일삼았다. 그들은 눈에 잘 띄지는 않지만, 구석구석 숨어 있는 작은 벌레 같은 존재였다.

"이제 끝났어. 이 일이 알려지면 난 노잡이에서 쫓겨나서 굶어 죽거나 광장에서 목이 매달릴 거야."

소렌이 실의에 빠진 목소리로 말했다.

"그러게 왜 혼자 계량기를 건드린 거야!"

유르가가 답답한 목소리로 소리쳤다. 소렌은 입을 다물었지만, 속에서는 쓰리고 아픈 마음이 부글부글 끓었다. 한편으로는 유르가가 망을 봐주었다면 처음부터 이런 일도 없었을 거라고 생각했다.

"그러니까 네가 망을 봐줬으면 됐잖아!"

마침내 소렌도 참지 못하고 소리쳤다.

"지금 이게 내 탓이라는 거야?"

"망을 봐줬으면 들키지도 않았겠지."

"난 이런 일이 생길까 봐 조심하자고 한 거야! 결국 내 말대로 됐잖아!"

"망을 봐주지 않았으니까 생긴 일이지!"

"망을 봐주지 않으면 하질 말아야지!"

"난 배고팠단 말이야!"

"누군 배 안 고픈 줄 알아? 난 동생까지 있다고!"

"그럼 조작을 더 하든가!"

"조심하려고 참는 거잖아! 네가 다 망쳤어!"

"누군 이렇게 되고 싶어서 된 줄 알아?"

씩씩거리면서 서로를 비난하고 화를 돋우는 것 외에 소년들에게 뾰족한 수는 없었다. 그들은 고아였다. 그 말은 즉 의지할 어른이 없다는 뜻이었다.

"그냥 꺼져! 신고 당하든지 말든지."

"아, 그래. 꺼져줄게. 경비병에게 붙잡히면 너랑 같이 조작했다고 꼭 알려줄게."

소렌은 욕을 내뱉는 유르가를 무시하고 밖으로 뛰쳐나가다가 다시 들어와서 낮은 목소리로 외쳤다.

"밖에 누가 있어!"

소년들은 심각한 표정으로 다시 한 몸처럼 움직였다. 몸을 일으키고, 입술 위에 손가락을 갖다 대고, 불을 껐다. 그리고 조용히 기계 뚜껑을 열었다.

"저기 불빛 보이지? 누가 있어."

소렌의 말대로 멀리 떨어진 기계 사이에서 작은 불빛이 새어 나오고 있었다. 그 위로 그림자 몇 개가 흔들렸다.

"누구지? 여기서 뭘 하는 거지?"

소렌이 물었다.

"나도 모르겠어. 여기 누가 온 건 처음 보는데… 안으로 들어가자. 조용히 숨어 있으면 지나갈 거야."

하지만 소렌은 호기심을 못 참고 뛰쳐나갔다. 유르가가 소렌을 붙잡았다.

"뭐 하는 거야?"

"어떤 놈들인지 봐야지. 어쩌면 여기도 이제 안전하지 않을지도 몰라."

소렌은 불빛 쪽으로 다가갔다. 유르가도 어쩔 수 없이 소렌을 따라갔다.

"경비병은 아닌 거 같은데…"

"위험한 녀석들인 거 같아. 들키기 전에 돌아가자."

유르가가 속삭였다. 소렌은 남들보다 빛나는 눈을 찌푸리면서 어둠 속을 응시했다. 그리고 소리쳤다.

"저 녀석들이야! 날 협박한 게 바로 저 녀석들이라고!"

"정말이야?"

유르가가 소스라치게 놀랐다. 소렌은 분노가 치솟았다. 자신을 괴롭힌 것만으로도 모자라서 이젠 그들의 안전한 장소까지 침범한 것이다.

"가만둘 수 없어. 아주 혼쭐을 내줘야 해."

"무슨 혼쭐을 내준다는 거야? 무슨 수로? 제발 가만히 있어."

"저기서 무슨 수상한 짓을 꾸미고 있잖아. 그냥 놔두면 앞으로 여기를 계속 들락거릴지도 몰라. 그래도 좋아? 두 번 다시 발도 못 붙이게 해야 해. 그리고 저 자식들에게 한 방 먹여주지 않으면 분이 안 풀려."

"어떻게 하려고?"

문득 묘안이 떠올랐다. 소렌도 유르가를 따라 피리를 불어본 적이 있다. 그때 옆에서 듣고 있던 유르가는 소렌의 연주를 이렇게 평했다. “거대벌레의 울음소리 같아.” 거대벌레를 본 적도 없고, 거대벌레의 울음소리는 더더욱 들어본 적 없지만, 거대벌레가 운다면 낼 법한 소리가 소렌의 피리에서는 나왔다.

거대벌레에 대한 소문이 무성한 요즘이었다. 소렌이 피리를 불기 시작하자 귓바퀴를 살살 긁는 듯한 괴상한 바람 소리에 그들은 어쩔 줄 몰라 했다. 거대벌레가 나타난 줄 알고 허둥대다가 누가 먼저랄 것도 없이 앞다퉈 도망쳤다. 자신을 위협하고, 위압하던 놈들이 이런 간단한 속임수에 넘어가는 꼴을 보니 소렌은 속이 다 시원했다.

“뭘 하고 있었는지 보자.”

소렌은 패거리가 있던 자리에서 지저분한 깡통 하나를 발견했다. 썩은 이끼 덩어리 같은 게 꽉 차 있었는데, 유르가가 냄새를 맡아보더니 코를 찡그리고 소리쳤다.

“이건 껌이야!”

소렌은 깜짝 놀랐다. 다시 보니 소렌도 그게 어떤 물건인지 알 것 같았다. 껌은 입에 넣고 씹으면 환각 작용을 일으키는 강력한 환각제다. 통로를 걷다 보면 흐리멍덩한 눈으로 침을 흘리며 뭔가를 씹고 있는 사람을 볼 수 있다. 그들은 모두 껌을 씹다 취해서 나자빠진 사람들이었다. 껌은 중독성이 강해서 껌을 씹지 않으면 불안감을 느끼고, 사물을 정상적으로 판단할 수 없게 된다. 결국 껌밖에 생각할 수 없게 된다. 지하 시민들부터 위험한 범죄자들, 심지어 경비병까지 껌에 중독된 사람은 다양했다. 가진 게 없는 부랑자들도 껌 하나만 구할 수 있다면 무슨 일이든 다 했다.

유르가는 겁을 먹고 얼른 도망치자고 말했다. 그 불량한 소년들이 껌을 가지러 곧 돌아올 터였다. 그러나 그때 한 번도 생각해 본 적 없는 위험하고 비도덕적인 발상이 소렌의 머릿속에 떠올랐다.

"우리가 이걸 팔자."

소렌의 말에 유르가의 눈이 알전구처럼 동그래졌다.

"우리가 이걸 안 팔아도 어차피 저놈들이 가져가서 팔 거야. 그럴 바엔 우리가 팔아버리자고. 나쁜 놈들이 돈을 버는 것보단 우리가 버는 게 낫잖아."

유르가는 고개를 저었다.

"그러면 차라리 못 찾게 버리자."

"그건 아깝잖아. 이것만 있으면 우리도 배부르게 먹을 수 있어!"

소렌은 생각해 볼수록 절호의 기회 같아서 신이 났다. 공장 바닥의 먼지를 긁어모아 만든 것 같은 껌 뭉치가 벌써 사랑스럽게 보였다. 하지만 유르가는 부정적이었다.

"난 안 좋은 생각 같아. 우리가 나쁜 짓을 저지르면 우리도 똑같이 나쁜 놈이 되는 거야. 계량기 조작을 하고는 있지만, 우리가 다른 사람에게 피해를 주진 않았잖아. 하지만 한번 나쁜 길에 빠져들면 계속 나쁜 짓만 하고 살아야 돼. 그러면 결국 발전소에서 살아남을 수 없어."

소렌은 또 답답함이 올라왔다.

"나쁜 짓을 저지르자는 게 아니야. 그놈들 물건을 가로채는 것뿐이지. 나쁜 놈들 물건을 훔치는 게 그렇게 잘못된 일이야?"

소렌은 계속 말했다.

"생각해 봐. 언제까지 성실하게 노만 젓고 살 거야. 난 계량기를 조작하는 것도 나쁘다고 생각하지 않아. 그도 그럴 게 영양 반죽 하나 받으려고 온종일 팔이 떨어지게 일하는 게 정상이야? 우리가 고아라는 이유만으로 무시당하며 사는 게 정상이냐고."

"난… 지금 이대로도 괜찮아… 벌레같이 살더라도… 굶어 죽진 않으니까."

"나는 벌레가 아니야! 나는 사람답게 살고 싶어!"

소렌이 소리 질렀다. 오랜 시간 쌓이고 쌓여왔던 분노가 마침내 폭발한 것이다. 그래도 유르가는 아직 결정하지 못했다.

"너는 괜찮다 쳐. 그런데 네 동생도 평생 굶주리게 둘 거야?

지금 네 동생을 처음으로 배불리 먹일 기회가 왔는데?"

동생 이야기가 나오자 유르가의 눈빛이 달라졌다. 유르가는 자기 자신보다 동생을 더 소중히 여겼다.

소렌이 말했다.

"타락하거나, 비참하게 죽음을 맞이하거나, 어차피 인생은 그뿐이야."

도망갔던 패거리가 다시 나타났다. 두 고아 소년은 깡통을 들고 도망쳤다.

4

"다시 생각해 봤는데, 이건 좀 아닌 거 같아. 지금이라도 관두자, 응?"

유르가가 어깨 뒤에서 말했다. 소렌은 무시했다. 더 대꾸해 봤자 의미가 없었다. 유르가는 너무 위험하다느니, 만에 하나라는 게 있다느니, 힘 빠지는 소리만 계속했다.

"이제 그만해. 이미 다 왔어. 이제 와서 돌아갈 수도 없으니까 조용히 해. 떨리면 센 척이라도 하란 말이야."

그렇게 말하긴 했지만, 긴장되는 것은 소렌도 마찬가지였다. 그들은 지금 거래를 하러 가는 중이었다. 예정된 장소에는 한 아이가 서 있었다. 키가 작고, 코가 한쪽으로 비뚤어졌으며, 눈은 납작하여 아주 보잘것없는 얼굴이었다. 다만 누구라도 자신을 깔보면 가만두지 않겠다는 듯이 칼을 갖고 놀고 있었다. 멋을 부릴 셈인지 옷 위에는 지저분한 넝마를 두세 겹 걸치고 있었다. 그런데 그 작은 키에서도 발목과 팔목이 훤히 보이는 작은 옷을 입고 있어서 마치 아기의 옷을 뺏어 입은 것처럼 우스꽝스러웠다.

그가 다가왔다.

"어디 봐."

소렌은 깡통에 담겨 있는 껌을 보여주었다. 그는 검사원처럼 칼로 깡통을 휘적거리면서 껌 상태를 살폈다. 그리고 소렌과 유르가를 보고 씩 웃었다.

"잘도 이만큼 구했네?"

소렌도 어색하게 따라 웃었다.

"따라와."

소년은 킥킥거리면서 어두운 통로 속으로 손짓했다. 그들은 소년을 따라 좁고 어두운 통로 속으로 들어갔다. 그는 어른들은 들어갈 수 없는 좁은 통로 사이로 몸을 집어넣고, 녹슬고 삐걱거리는 톱니바퀴 아래를 기어갔다. 그러자 닫혀 있는 방이 나타났다. 방에는 버려진 것처럼 보이는 유류 저장고가 있었다. 유류 저장고와 이어진 파이프는 지하로 뻗어 있었고, 그 파이프마다 밸브가 붙어 있었다. 꼬마 소년은 바닥의 철창을 들어 올리고 아래로 들어갔다. 발전소는 너무 크고 복잡하여 수많은 샛길과 비밀 공간이 존재했다. 크고 작은 설비와 각종 기계가 규칙성을 가지고 놓이지 않았고, 구멍 난 옷을 기우듯이 그때그때 필요에 따라 증축했기 때문이다. 그래서 소렌은 발전소의 모든 구조와 공간을 다 아는 사람은 한 명도 없을 거라고 생각했다. 성장이 부진한 꼬마 소년이 들어간 구멍도 그런 비밀 통로 중의 하나였다. 어두컴컴한 지하로 들어가는 모습에 겁이 덜컥 났지만, 작은 소년이 소렌을 구멍 속으로 끌어당겼다.

공기는 악취로 가득 차 있었다. 발바닥에 더럽고 냄새나는 물이 질척였다. 하수구인 것 같았다. 하수구는 여러 갈래로 갈라져 있었으며, 구멍마다 작은 불빛이 보였다. 불빛이 있는 곳에서는 시끌벅적하게 떠드는 목소리가 들렸는데, 원래 이곳에 사는 아이들 같았다. 그 안에서는 가끔 괴성이 들려왔고, 무서운 그림자가 갑자기 벽에 비쳤다가 사라졌다. 옆 구멍에서 얼굴 하나가 불쑥 튀어나왔다. 얼굴은 때가 끼어서 까맣고, 귀가 쫑긋하며, 눈빛은 흉흉했다. 착하고 온순한 인상은 절대 아니었다.

"가즈니, 그 녀석이야?"

"그래, 이 녀석이 그 녀석이야."

가즈니라고 불린 키 작은 소년은 얼굴이 까만 녀석과 의미심장한 미소를 교환하고는 모그가 어딨는지 물었다.

“모그는 쇠사슬 구멍에 있어.”

가즈니는 소렌을 더 깊은 안쪽으로 데려갔다. 구멍마다 얼굴이 튀어나와서 그들을 구경하고 히죽히죽 웃었다. 소렌은 함정에 빠진 기분이었다. 쇠사슬 구멍이라는 말도 으스스하게 들렸다. 대체 뭘까? 쇠사슬 구멍은.

그 답은 곧 알게 되었다. 가장 안쪽에 있는 길고 어두운 방에는 천장에 쇠사슬이 달려 있고, 벽에는 가시가 달린 뭉툭한 도구가 걸려 있었으며, 수갑과 족쇄, 덫, 갈고리가 달린 막대기, 뾰족한 꼬챙이, 작고 예리한 칼, 보기만 해도 오금이 저리는 무시무시한 고문 도구와 오직 사람을 해치기 위해 만들어진 물건들이 가득했다. 그리고 방 깊숙한 곳에 철창으로 가로막혀 있는 검은 통로가 보였다. 소렌은 지금이라도 도망치고 싶다는 생각이 간절해졌다.

한 사내가 등을 돌리고 화로 앞에 앉아 있었다. 소렌은 그가 이곳의 우두머리라고 보자마자 알았다. 그의 등판은 무척 넓어서 소렌과 유르가를 나란히 세워놔도 더 넓을 정도로 컸으며, 굵은 어깨와 팔뚝은 3단에서 노를 젓는 노잡이들보다도 더 두꺼웠다. 그의 커다란 몸이 화로를 전부 가리고 있어서 불빛이 그의 몸 주변에서 나오는 것 같았고, 어깨 부분이 열기로 일렁였다.

"모그, 데려왔어요."

사내가 고개를 돌렸다. 끔찍한 흉터가 나타났다. 코는 반으로 찢어져 있었다. 머리를 한쪽으로 기울이고, 깨진 이빨을 드러내며, 그는 이렇게 말했다.

"우리한테 껌을 팔고 싶다고?"

화로의 불빛 때문에 그의 흉터가 한층 붉게 보였다.

"네."

목소리가 떨렸다.

"물건부터 보자."

소렌은 깡통을 내주었다. 사내는 껌 하나를 꺼내 이리저리 돌려보고는 작은 손칼을 꺼내 귀퉁이를 잘랐다. 그리고 입에 넣고 씹기 시작했다. 잠시 후 반응이 오는지 칼을 쥔 손으로 이마를 짚고 나쁘지 않다는 듯 고개를 끄덕였다.

바닥에 껌을 퉤 뱉고 말했다.

"괜찮은데, 이만한 양을 어디서 구했지?"

소렌은 긴장이 타고 흐르는 걸 느꼈다. 옆에서 지켜보던 가즈니가 끼어들어 한마디 했다.

"솔직하게 말하는 게 좋을 거야. 너희들 앞에 있는 건 보통 사람이 아니라 바로 그 퇴치꾼이니까. 어설픈 거짓말 같은 건

통하지 않아."

소렌은 깜짝 놀랐다. 거대벌레와 싸운다는 그 퇴치꾼 말인가? 퇴치꾼이라고 알고 보니까 그 커다란 덩치와 얼굴에 있는 끔찍한 흉터도 조금 다르게 보였다.

"가즈니, 우리 어린 친구들 겁주지 마. 이젠 옛날이야기니까."

모그가 이빨을 드러내며 미소 지었다. 그러나 유르가는 이미 벌벌 떨고 있었다. 소렌도 몸이 뻿뻿하게 굳었다. 하지만 여기서 겁을 먹으면 끝장이라고 생각했다.

"경비병들이 숨겨놓은 걸 훔쳤어요."

"경비병들 물건을 훔쳤다고? 그럼 잔뜩 벼르고 있을 텐데, 뒷감당을 어찌하려고?"

"그래서 처분은 맡기는 거예요."

"원하는 조건은?"

소렌은 껌의 가격이 얼마인지 몰랐다. 너무 높게 불러도 화를 자초할 것이고, 너무 낮게 불러도 뭘 모르는 녀석이라는 인상을 줄 터였다. 그래서 이렇게 말했다.

"절반은 받아야 한다고 생각합니다."

"절반이라… 절반…"

그는 생각할 게 있는 것처럼 절반이라는 말을 반복하면서 고개를 끄덕였다. 그러다 본색을 드러냈다.

"그런데 어쩌지? 우린 한 푼도 못 주겠는데."

"왜죠?"

"왜긴, 자기 물건을 돈 주고 사는 병신이 지하 세상 어디에 있나."

소렌의 얼굴이 하얗게 질렸다. 다섯 명의 소년이 나타났다. 소렌이 껌을 훔쳤던 바로 그 패거리였다. 소렌은 돌이킬 수 없는 실수를 저질렀다는 것을 깨달았다.

"그런데 훔친 물건을 주인에게 돌려주는 병신은 여기 있구나! 둘 다 매달아!"

무차별적인 폭력이 시작되었다. 하수구에 있는 아이들이 다 나타난 것 같았다. 사방에서 주먹과 발길질이 쏟아졌다. 소렌에게 껌을 도둑질당한 다섯 명의 아이가 특히 소렌을 거세게 짓밟았다. 소렌과 유르가는 축 늘어진 빨랫감처럼 쇠사슬에 매달렸다. 모그는 아직 불씨가 남아 있는 화로에 꽂혀 있는 꼬챙이를 뒤적거렸다. 꼬챙이를 뽑아 들자, 그 끝은 빨갛게 달아올라 있었다.

모그가 다가왔다.

"사람들이 말하기를 벌레도 고통을 느낀다고 하지. 하지만 그렇지 않아 보일 때가 많아. 벌레 녀석들은 다리를 떼어도, 배에 구멍이 뚫려도, 잘만 돌아다니거든. 심지어 몸통이 절반으로 잘려도 멀쩡한 놈도 있어. 물론 죽기 전까지만 말이야. 그런 걸 보면 벌레가 과연 고통을 느끼는 게 맞나 싶은 생각이 들지. 그런데 말이야. 벌레들도 견디지 못하는 게 있어. 그게 뭔지 알아? 바로 불에 타는 고통이야. 베이고, 잘리고, 부러져도 아픈 티를 안 내는 녀석들이 불만 갖다 대면 배를 뒤집어 까고 다리를 흔들면서 미친 듯이 발악을 하지. 그렇다면 사람은 어떨까?"

유르가의 눈이 공포에 물들었다. 붉게 달군 꼬챙이가 유르가를 찔렀고, 끔찍한 비명이 터져 나왔다.

"아악! 아아아악! 살려주세요. 잘못했어요. 살려주세… 아아악!"

고통에 찬 비명에 소렌의 마음도 갈가리 찢었다. 유르가는 쇠사슬에 묶여 공중에 매달린 채로 벌레처럼 버둥거렸다. 살이 타는 연기가 피어오르고, 역겨운 냄새가 났다.

"그거 알아? 인간의 살을 태워도 벌레 굽는 냄새랑 똑같은 냄새가 나."

모그는 꼬챙이를 잠시 뗐다가 이번에는 반대쪽을 지졌다. 딱 두 번 지진 것만으로 유르가는 거의 정신이 나갔다. 이미 죽은 것처럼 늘어졌다.

소렌이 다급하게 말했다.

"살려주세요. 잘못했어요. 다신 이러지 않을게요."

"이제 네 차례야."

붉은 꼬챙이가 소렌의 몸에 밀착했다. 눈앞에 전등을 들이댄 것처럼 빛이 번쩍였다. 입에서 비명이 튀어나왔다. 살을 태우는 고통에 온몸이 오그라들고 비틀렸다. 주먹으로 맞거나 채찍으로 맞는 것과는 완전히 다른 종류의 고통이었다. 살을 태우는 것이 아니라 영혼을 태우는 느낌이었다. 꼬챙이를 떼자, 눈앞이 다시 어두워졌다. 그러나 옆구리에 남은 흔적은 여전히 몸을 불태우는 것 같았다.

"그럼 반대쪽도 가야지."

"잠깐만, 잠깐만요! 아아악!"

소렌의 다급한 외침은 비명에 묻혔다. 다시 한번 눈앞에 불이 켜졌다. 소렌은 축 늘어졌다. 모그는 유르가 쪽으로 몸을 돌렸다.

"이 자식, 기절했잖아. 깨워."

아이들이 물을 쏟아서 유르가를 깨웠다. 깜짝 놀란 유르가는 여전히 앞에 모그가 서 있는 것을 보고 겁에 질려 흐느꼈다. 도망가려고 발버둥 치면서, 하지만 묶여 있다는 걸 깨닫고, 좌절하고 울부짖으며 고통스러워했다.

"소렌! 소렌!"

유르가가 애타게 소렌을 찾았다. 그건 도움을 청하는 소리일까 아니면 원망에 부르짖는 소리일까. 막심한 후회가 밀려왔다. 모든 게 자신의 잘못이었다. 계량기를 조작하다가 걸리고, 껌을 훔치고, 그걸 팔자고 고집을 부린 것도, 모두 소렌이었다. 소렌은 자신이 당하는 것보다 유르가가 당하는 걸 보는 게 더 괴로웠다.

"그만해요! 제발 그만해요!"

소렌이 소리쳤다.

"다 내 잘못이에요. 내가 껌을 훔치고 팔자고 했어요. 쟤는 아무 잘못 없어요. 그냥 나를 따라왔을 뿐이에요. 나는 어떻게 해도 좋으니까 친구만 살려주세요."

모그는 꼬챙이로 지지는 짓을 멈추고 소렌 쪽으로 향했다. 그는 망설이지 않고 꼬챙이를 소렌에게 찔러넣었다.

"뭘 착각하고 있는데, 너희 둘은 여기서 못 나가. 소리 지른다고 누가 들을 거 같아? 너희가 사라져도 아무도 찾을 사람 없어."

모그는 아까보다 더 오래 꼬챙이를 박아 넣었다. 그건 마치 영겁의 시간처럼 느껴졌다. 인간이 지상에서 지하로 내려오고 난 뒤로 흐른 시간보다 더 긴 시간이었다. 소렌은 너무 소리를 지르다가 숨이 다 빠져나와서 비명도 안 나오고 꺽꺽댔다.

"어때, 친구를 위한다는 마음도 싹 달아나지? 살고 싶어? 살고 싶다고 말해.”

소렌은 이제 고개를 들 수 없었다. 귀도 들리지 않았고, 입도 잘 움직이지 않았다.

“전부 내가 꾸민 일이에요. 유르가만 놓아주세요. 저는 고아지만… 걔는 동생이 있어요.”

소렌은 떨어지는 감각을 느꼈고, 정신을 잃었다.

모그는 어느 날 갑자기 나타나서 야생과도 같았던 고아들의 생태계를 단숨에 접수해버렸다. 거기에는 당연히 전직 퇴치꾼이라는 이름이 큰 몫을 했다. 누구도 퇴치꾼이었던 사람과 싸울 생각을 하지 않았다. 하지만 그가 단순히 폭력과 공포로 고아들을 제압한 것은 아니었다. 그는 가족이라는 말로 아이들을 결속시켰다. 가족이라! 그 얼마나 매력적인 말인가. 고아들에게는 마법과도 같은 말이었다. 모그는 때로는 힘으로, 때로는 공포로, 때로는 정으로 하수구 내에 새로운 질서를 만들었다. 그는 그런 식으로 갈 곳 없는 불량 고아들의 우두머리가 되었다.

그는 가족이야말로 못돼먹은 천애고아들을 하나로 묶을 유일한 방법이라고 생각했다. 하지만 아무나 가족으로 받아주진 않았다. 그는 쓸모 있고, 눈치 있고, 그러면서 가족을 배신할 일이 없는 아이만 품에 안았다. 그래서 모그는 소렌이 마음에 들었다. 친구를 위해 목숨을 거는 녀석이라면 틀림없이 쓸 만한 부하가 될 거라고 생각했다. 그래서 치료를 해준 다음, 먹을 것을 잔뜩 갖다주라고 명령했다.

소렌은 수북하게 쌓여 있는 영양 반죽을 보고 깜짝 놀랐다. 이렇게 많은 영양 반죽은 본 적이 없었다. 소렌은 한 손에 영양 반죽을 두세 개씩 구겨서 집었고, 그걸 품 안에 넣은 다음 다시 한 손에 두세 개씩 집었다. 마음 같아서는 눈앞에 보이는 영양 반죽을 전부 가져가고 싶었다.

"야야, 안 뺏어가. 적당히 해."

그 말을 듣고 나서야 소렌은 겨우 폭주를 멈추고 뒤로 빠져서 구석에서 영양 반죽을 먹기 시작했다. 순식간에 하나를 해치우고, 또 순식간에 하나를 해치웠다. 그리고 또 순식간에 다음 하나를 해치웠다. 그래도 아직 영양 반죽은 한참 남아 있었다. 남아 있는 영양 반죽을 보며 소렌은 행복감에 젖어 들었다. 영양 반죽이 이렇게 맛있게 느껴진 적은 처음이었다. 소렌은 지금 영양 반죽을 먹는 게 아니라 더할 나위 없는 행복감을 맛보는 중이었다.

반면 유르가는 눈치를 보면서 하나를 집었을 뿐이고, 소렌이 마음껏 가져가는 것을 보고 또 하나를 더 집었을 뿐이었다. 그리고 소심하게 영양 반죽을 뜯어 먹었다. 소렌은 더 먹으라고 부추겼지만 유르가는 오히려 인상을 쓰면서 화를 냈다.

"넌 지금 그걸 먹을 생각이 드냐?"

"안 먹으면 아깝잖아."

"우릴 죽이려고 한 놈들이 주는 걸 뭘 믿고 먹어?"

"우릴 죽이려면 그냥 죽이겠지 뭐 하러 아깝게 먹을 걸 주겠어. 게다가 치료까지 해주고."

소렌과 유르가의 배에는 정체를 알 수 없는 검은 진흙이 두껍게 발라져 있었다. 소렌의 느긋함에 기가 막힌 유르가는 더 말하려다가 놀라서 입을 다물었다. 어둠 속에서 갑자기 나타난 커다란 덩치, 모그를 발견한 것이다. 소렌도 숨이 턱 막혔다. 포만감에 잊고 있던 두려움이 다시 일었다.

모그는 깨진 이빨을 드러내며 다정하게 미소 지었다.

"안심해. 너희를 해치려는 게 아니야. 오히려 그 반대란다. 너희를 초대하고 싶어서 말이야."

"초대요?"

"그래, 너희를 가족으로 들이고 싶다."

소렌은 무슨 말인지 이해할 수 없었다. 가즈니가 끼어들었다.

"모그가 너를 마음에 들어 했어. 그래서 우리 가족으로 들이는 게 어떠냐는 얘기가 나온 거야. 원래는 죽을 목숨이었는데,

운 좋은 자식."

"내가 마음에 들었다고? 왜?"

그들은 껌을 훔치고, 그걸 팔아먹으려다가 방금까지 불에 달군 쇠꼬챙이로 배를 찔리던 몸이었다.

"너는 가족이 뭐라고 생각하냐?"

모그가 물었다. 소렌은 대답하지 않았다. 소렌이 생각하는 가족의 의미와 모그가 말하는 가족의 의미는 미묘하게 다를 것 같았다. 모그는 대답을 기다리지 않고 말했다.

"가족이란 건 말이야. 누군가를 위해 대신 뒤질 수도 있어야 가족인 거야. 그런 의미에서 나는 네가 마음에 들었다. 친구를 위해 대신 죽는다는 건 아무나 할 수 있는 게 아니거든. 상황을 모면하려고 입에 발린 말을 하는 녀석들은 많아. 하지만 그런 놈들은 전부 쇠꼬챙이로 두 번만 배때기를 지져주면 꽥꽥거리면서 본심이 튀어나오는데, 너는 그러지 않았어. 끝까지 우정을 지켰단 말이야. 나는 감동했다."

"그러면… 용서해주시는 건가요?"

"용서하고말고. 그건 이미 끝난 일이야. 너희도 너무 마음에 담아두지 말아라. 흉터는 평생 남겠지만, 사는 데 지장이 있는 건 아니니까. 그리고 계량기로 협박하는 것도 관두라고 했다. 가족끼리 그런 일을 할 순 없지."

소렌은 비로소 광명을 되찾은 것 같았다. 그때 떠들썩하게 아이들이 웃는 소리가 들려왔다.

“여기가 좋은 곳이라고 할 수는 없지만 그래도 다들 즐겁게 지내고 있다. 여기 있으면 어른들 눈치를 살피지 않아도 되고, 경비병을 피해 다닐 필요도 없어. 매를 맞으면서 일을 할 필요도 없다. 여기엔 자유가 있고, 무엇보다 좋은 것은 더 이상 배를 곯지 않아도 된다는 거야.”

그 말을 들은 소렌의 눈이 반짝였다. 소렌의 경계심은 이미 크게 낮아져 있었다. 모그가 쐐기를 박았다.

“가족이 되자.”

소렌은 가슴이 두근거렸다. 가족을 꿈꾸지 않는 고아는 없다. 가족이라는 말은 고아들에게 마법 같은 힘을 발휘했고, 그것은 소렌에게도 마찬가지였다. 하지만 배와 옆구리는 아직도 뜨겁게 욱신거렸다.

“궁금한 게 있어요.”

소렌은 배 위에 손을 올리고 물었다.

“당신은 정말로 퇴치꾼인가요?”

모그는 품에서 둥근 돌처럼 생긴 물건을 꺼냈다. 한 손 크기에 꼭지에는 손가락을 걸기 좋게 생긴 고리가 달려 있었는데, 용도가 무엇인지 알 수 없었다.

"이게 뭔지 알겠니?"

소렌은 고개를 저었다.

"이건 수류탄이라고 한단다. 비장의 무기지. 이 작은 돌멩이 하나가 우리가 있는 하수구 전체를 무너뜨릴 수도 있어."

소렌은 깜짝 놀랐다.

"설마 폭탄인가요?"

지하 세계에서 화약과 폭탄은 엄격히 금지되어 있다. 인간의 생존에 필수적인 기계와 장비를 고장 내거나 연쇄 폭발을 일으킬 수 있기 때문이었다. 그래서 폭탄의 사용은 물론이고, 소지하고 제조하는 것만으로도 발견되는 즉시 처형감이었다. 단 하나의 폭탄만으로도 발전소가 붕괴할 수 있다는 가능성을 생각하면 그 처벌은 올바른 것이었다. 그리고 지하 역사상 그런 사례가 없는 것도 아니었다.

그러나 인간의 욕심이란 안전하고 다정한 물건에만 국한되지 않아서, 화약을 만들다가 잡힌 사람들의 소식이 잊을 만하면 한 번씩 들려왔다. 발전소장은 이런 문제를 그냥 처리하지 않고 발전소 거주민들을 광장에 모아 화려하고 잔인한 공개 처형 쇼를 선보였다. 발전소장은 이 방식이 사람들의 경각심을 일깨우는 데 탁월한 효과가 있다고 믿었고, 그건 사실이었다. 소렌도 이 공개 처형을 본 적 있는데, 어찌나 인상에 깊게 남았는지 그날의 충격이 지금도 선명했다.

소렌은 금기의 물건을 목격하자 두려우면서도 가슴이 두근거렸다.

"아주 위험하고, 그만큼 위력이 대단하지. 이걸 쓸 땐 본인도 죽을 각오를 해야 돼. 즉 용기 있는 사람만이 쓸 수 있는 무기지. 보통 사람은 수류탄을 손에 쥐는 것조차 두려워해. 어때, 잡아볼래?"

소렌은 빠른 속도로 고개를 흔들었다.

"사용법은 아주 간단해. 여기 튀어나온 핀을 뽑기만 하면 되는 거야. 그래, 정말 그게 다야. 이걸 뽑으면 안에서 불꽃이 튀고, 수 초 후에 폭발을 일으키지."

그리고 모그는 고리에 손가락을 걸고 당장이라도 뽑을 것처럼 자세를 취했다.

"그만해요! 믿어요! 믿는다고요!"

소렌이 소리를 지르자 모그는 미소를 짓고 수류탄을 다시 품속에 넣었다.

"자, 이제 대답을 듣고 싶은데."

소렌은 수류탄을 보고 모그에 대한 믿음이 생겼다. 저렇게 위험한 물건을 가지고 다니는 건 진짜 퇴치꾼밖에 없다고 생각한 것이다. 소렌은 퇴치꾼에게 인정을 받은 거 같아서 내심 기뻤고, 가족이 되고 싶은 강한 유혹을 느꼈다. 가족만 있다면 무슨 일이든 헤쳐 나갈 수 있을 것 같았다. 게다가 여기에는 자유와 포만감 등 소렌이 꿈꾸던 모든 것이 있었다. 하지만 유르가가 뒤에서 손가락으로 등을 찌르는 바람에 소렌은 생각할 시간이 필요하다고 말할 수밖에 없었다. 모그는 소렌과 유르가 둘만 남도록 자리를 비워주었다.

유르가가 말했다.

"너 설마 저 제안을 받아들이려는 건 아니지?"

솔직히 그럴 생각이었던 소렌은 당황했다. 유르가가 불같이 화를 냈다.

"제정신이야? 쟤들은 방금까지 우릴 죽이려고 했다고!"

"그건… 우리도 그럴만한 짓을 하긴 했잖아. 그리고 어쨌든 안 죽였잖아."

"눈 하나 깜짝 안 하고 사람을 해치는 놈들이야. 절대 가까이 해서는 안 돼. 이번 일을 교훈 삼아 다시는 엮이지 말자."

"하지만 가족으로 들어가면 우릴 해치지 않을 거야. 그리고 너도 봤잖아, 그 많은 영양 반죽! 여기 있으면 매일 배부르게 먹을 수 있어."

"가족? 패거리겠지! 그 영양 반죽도 그래. 분명히 나쁜 짓을 해서 얻은 걸 거야."

유르가가 소렌의 어깨에 손을 올리고 말했다.

"소렌, 저 녀석들을 믿는 건 아니지?"

"모그는 믿을 수 있어."

"뭐라고?"

"퇴치꾼은 믿을 수 있어. 퇴치꾼은 사람을 구하기 위해 목숨을 걸고 거대벌레와 싸우는 영웅이잖아. 방식이 다소 거칠 수는 있지. 하지만 왜 우리에게 거짓말을 하겠어? 게다가 여기 있으면 더 이상 힘들게 노를 젓지 않아도 돼! 생각만 해도 좋지 않아? 드디어 저 지긋지긋한 노잡이 신세에서 벗어나는 거라고!"

유르가가 고개를 저었다.

"노잡이로 일할 수 있는 것만으로도 다행인 거야. 일하고 싶어도 일하지 못하는 사람이 얼마나 많은데."

"그러면 네 동생에게도 노를 젓게 할 셈이야? 그럴 바엔 여기서 편히 지내는 게 낫잖아."

"내 동생에게 좀도둑이 되라는 거야? 나쁜 짓을 저지르고, 항상 경비병을 두려워하고, 도망쳐 다니면서, 붙잡히면 목이 매달리는 그런 위험 속에서 살라는 거야?"

"그럼 굶어 죽게 놔두든가."

유르가는 머리끝까지 화가 났다.

"만약 패거리에 들어가면, 우린 앞으로 함께하지 못할 거야."

대화는 끝났다. 두 사람 사이에는 싸늘한 공기만이 돌았다. 곧 아이들이 나타나 소렌과 유르가에게 한 번 더 풍족하게 먹을 것을 갖다주었다. 소렌은 다시 기분이 좋아졌다.

5

발전소로 돌아왔지만, 소렌의 관심과 소망은 여전히 하수구에 머물러 있었다. 소렌은 유르가를 끈질기게 설득했으나, 두 사람 간의 의견 차이는 좁혀지지 않았고, 결국 크게 다투고 말았다.

그 후 유르가는 소렌을 봐도 못 본 척하면서 지나갔다. 하수구에 대한 생각을 철회하기 전까지는 절대로 대화하지 않겠다는 강한 의지의 표현 같았다. 소렌도 화가 났다.

"그렇게 나랑 얘기하고 싶지 않다는 거지? 어디 두고 봐. 누가 굽힐 줄 알고?"

고집 세고 자존심 센 어린 남자아이들이었다. 이렇게 되면 한쪽이 다른 한쪽을 받아들이기 전까지 결코 타협은 없었다.

유르가를 만나지 않음으로써 직면하게 된 가장 큰 문제는 당연히 할당량에 관한 것이었다. 이제는 계량기 조작 없이 순수하게 노동으로만 할당량을 채워야 했다. 너무 힘들 때는 익숙한 유혹이 다시 한번 머리를 들이밀었지만, 아무리 소렌이라도 그런 일을 겪고 나서 또 혼자 계량기를 조작할 엄두는 나지 않았다.

게다가 사실 하고 싶어도 할 수가 없었다. 디노비크의 간섭과 감시가 이전보다 심해진 것이다. 그는 공동 노동 시간 내내 소렌 옆에 붙어서 노를 잘 젓는지 감시했고, 공동 노동 시간이 끝나도 할당량을 채울 때까지 남아서 지켜보았다. 그러니 조작을 하려야 할 틈이 없었다. 노동이 끝나면 소렌은 피곤에 찌들어 잠만 잤다. 견디다 못한 소렌이 이러는 이유를 묻자 디노비크는 냄새나는 입을 가까이 대고 이렇게 말했다.

"이젠 더 가까이 두고 부려 먹어주마. 뼈가 가루가 될 때까지, 피가 마를 때까지, 굴리고! 씹고! 빨아먹고! 이용하고! 매일 밤 내 악몽을 꿔서 미쳐버릴 때까지! 네 모가지와 영혼에 사슬을 달아서 죽을 때까지 노만 젓게 해주마! 소렌, 넌 내 거야. 도망갈 생각은 꿈도 꾸지 마라."

이러니 소렌의 하수구에 대한 갈망만 더해질 뿐이었다. 그리고 마침내 소렌의 운명을 결정짓는 사건이 일어났다.

개시의 종이 울리고, 노잡이들이 일을 시작하려는 순간이었다. 술에 취하지도 않고, 헝클어진 머리도 정돈하고 나타난 디노비크가 노잡이들을 한 줄로 서게 했다. 오늘 그는 평소와 달랐다. 지저분한 수염도 바짝 깎아서 소렌은 처음에 그가 누군지 전혀 못 알아봤다. 그러나 사람이 겉을 꾸민다고 속까지 달라지는 건 아니라서, 그가 평소와 같은 험한 말버릇으로 소리치자 노잡이들도 고개를 끄덕였다.

"빌어먹을 쓸모없는 노잡이들아! 오늘은 특별한 날이다. 무엇이 특별하냐면 아주 중요한 날이기 때문이다. 너희들도 머리가 있고 귀가 있다면 이 발전소를 관리하는 분에 대해서는 들어봤을 거다. 바로 발전소장님이시다. 그분은 너무 바쁘고 중요한 일을 맡고 계신 분이라 너희 같은 부품들에 일일이 신경 쓸 수 없으시다. 하지만 오늘은 특별히 너희를 시찰하러 오실 것이다!"

"시찰? 시찰이 뭐지?"

"시탈이라고 한 것 같은데."

노잡이들이 작은 목소리로 웅성거렸다. 시찰인지 시탈인지 소렌도 처음 들어보는 말이었다.

"너희들의 나사 빠진 정신머리를 직접 점검하러 오신다는 뜻이다! 알겠냐, 이 머저리들아! 곧 발전소장님께서 오실 것이다! 닥치고 숨도 쉬지 말고 노만 저어! 알겠지? 오늘 헛짓거리를 하는 녀석은 평생을 후회하게 될 거야! 그리고 오늘은 일하는 중에 똥 싸는 것 금지다! 오줌도 마찬가지야!"

그러자 곳곳에서 불만의 목소리가 터져 나왔다. 디노비크가 소리쳤다.

"발전소장님께서 오신다는 말 못 들었냐! 오늘 똥오줌을 흘리는 녀석은 구멍에 나사를 박아서 용접을 해버릴 줄 알아!"

"도저히 못 참으면 어떻게 합니까?"

벅클이 물었다. 리날디에게 매일 똥오줌을 싸는 그 노잡이였다. 디노비크가 빽 소릴 질렀다.

"그럼 네가 손으로 받아서 흘리지 말고 다 처먹어! 이제 앉아서 일 시작해!"

소렌은 시찰 걱정으로 노가 손에 잡히지 않았다. 묘하게 예민한 디노비크의 태도도 신경을 쓰게 만드는 한 요인이었다. 디노비크는 평소 일에 대한 책임감이 대단해서 부담감을 견디기 위해 항상 취한 상태로 술병을 들고 다니는 습관이 있었다. 그런데 오늘은 그 습관도 지켜지지 않았고, 발전소장에게 잘 보이기 위해 입은 빳빳한 작업복도 몸에 맞지 않아 이마에서 땀까지 흘렀다. 어떤 상황에서든 망나니였던 그가 멀쩡한 모습으로 매무새를 정돈하고 나타나니, 오늘 반드시 큰일이 일어나리라는 조짐이었다.

급박하게 종 치는 소리가 들렸다. 발전소장이 도착했다는 신호였다. 심장이 빠르게 뛰기 시작했다. 두려운 마음도 들었다. 하지만 호기심은 해결해야 해서 소렌은 고개를 숙이고 안 보는 척하면서 몰래 발전소장을 관찰했다. 발전소장의 가장 차별되는 점은 노잡이들의 찢어지고 늘어진 회색 넝마도 아니고, 배관공들의 질기고 푸른 작업복도 아니고, 보초나 경비병의 날카로운 제복도 아니고, 털이 달린 긴 외투와 그 안에 겹쳐 입은 여러 벌의 옷이었는데, 그런 식으로 옷을 입는 사람은 처음 보았다. 나중에 알게 된 사실이지만, 털이 달린 옷이 모피라고 했다. 그리고 정비공들이 신는 뭉툭한 신발이 아니라 끝이 뾰족한 신발을 신고 있었고, 그것은 구두라고 했다. 구두에서는 걸을 때마다 인상적인 소리가 났다. 뚜벅뚜벅. 외롭고 고독한 발전소를 깊게 울리는 소리였다.

발전소장은 오른손에 납작하고 동그란 물체를 쉼 없이 만지작거리면서 뚜껑을 열었다 닫았다 손을 가만히 두지 못했다. 주위의 노잡이들이 "저게 시계야, 시계"라며 수군거렸다. 소렌은 시계라는 것이 환상 속의 물건이 아니라 실제로 존재한다는 것을 그때 처음 알았다. 시계는 소렌이 상상하던 것보다 훨씬 작았는데, 저 작은 물건이 어떻게 시간을 재고 알려주는 건지 신기했다.

디노비크는 굽신거리면서 발전소장 뒤에 하인처럼 따라붙었다. 그리고 혹시 자신의 노잡이가 쓸데없는 짓거리를 하려고 하면 발전소장의 뒤에서 불타는 눈으로 경고를 보냈다. 약간의 긴장 섞인 공기와 정리되지 않는 어수선한 것들이 이런 적이 있었나 싶을 만큼 조용했다. 오직 뚜벅거리는 구두 소리가 장내를 압도하며 침묵을 짓누르는데, 누구도 감히 그 소리에 거역할 수 없었다. 그 소리가 디노비크의 그 어떤 외침보다도 강력했다. 소렌은 소리야말로 권력의 진정한 힘이 아닐까 생각했다.

그리고 발전소장은 이제 소렌 쪽으로 다가왔다. 소렌은 그것이 우연히 지나가는 방향일 뿐, 자기를 향해 오는 것은 아니라고 믿었다. 그래서 얼굴이 보이지 않게 고개를 푹 숙이고 혹시 눈이라도 마주쳐서 발전소장의 인식에 남는 일이 없도록 했다. 그러나 그 명징한 발소리는 분명히 소렌을 향해서 오고 있었고, 소렌 앞에서 뚝 멈췄다. 심장이 고장 난 것처럼 뛰었다.

"이름이 뭐지?"

발전소장이 물었다. 소렌은 고개를 들지 않을 수 없었다.

"저는 소렌이라고 합니다."

"죠렌? 누구의 자식이지? 부모님은 어디서 일하고?"

"그건 저…"

"고아입니다."

소렌이 대답하기 전에 디노비크가 먼저 대답했다. 발전소장의 눈빛이 한순간 하찮은 벌레를 발견한 것처럼 변한 것 같았는데, 너무 순간적이라 확실하지는 않았다.

"일하기 힘들지?"

소렌은 "네."라고 답하려다 발전소장 뒤에서 눈을 부릅뜨고 고개를 흔드는 디노비크를 보고 "아니요."라고 답했다. 발전소장은 인자한 미소인지 아니면 깔보는 미소인지 분간하기 힘든 미소로 소렌을 보다가 들리지 않는 작은 목소리로 디노비크에게 속삭였다. 디노비크는 고개를 끄덕이고 어딘가로 사라졌다.

"내가 잠시 저어봐도 될까?"

소렌은 깜짝 놀라서 자리에서 일어났다. 발전소장은 소렌이 앉았던 자리에 앉아 노를 잡고 돌리기 시작했다.

"1단인데도 꽤 빡빡하고 무겁군. 역시 기계가 노후화된 거야."

발전소장은 그렇게 말하고 계량기를 쳐다보았다. 소렌은 가슴이 덜컥했다. 계량기를 볼 이유가 없는데도 발전소장은 거기에 시선을 오래 두었다.

"일하기 힘들지?"

발전소장이 같은 질문을 다시 던졌다. 지금은 디노비크가 없었기에, 같은 질문을 또 던진 것은 다른 대답을 듣기 위함이라는 것을 어린 소렌도 순간적으로 알아챘다. 그래서 그 질문에 곧이곧대로 대답하면 안 될 것 같다는 느낌이 들었다.

"괜찮습니다."

"아니야, 힘들 거야. 노 젓는 일은 다 큰 어른이 해도 힘든 일이야."

그렇게 위로를 해주는 듯했다. 발전소장은 다시 자리를 바꾸고 소렌이 노를 젓게 시켰다.

"더 빨리 저어! 더 세게! 빠르게! 강하게!"

소렌이 발전소장의 명령에 따라 땀을 뻘뻘 흘리면서 노를 젓는 동안 발전소장은 평온하고 여유롭게 기계를 점검했다. 그것은 각자 할 일을 하는 것뿐이지만, 소렌은 인격이 없는 도구 취급을 당하는 것 같아서 말로 모욕을 받는 것보다 더 심한 굴욕을 느꼈다. 그래서 땀을 훔치면서 기계를 만지고 있는 발전소장을 훔쳐보았다. 그러자 멀리서 보았을 때 고급스럽고 훌륭하게 보였던 그의 옷이 실은 그리 아름답지 못하다는 사실을 깨달았다. 모피는 군데군데 털이 빠져서 풍성하지 못하고, 남아 있는 털도 축 늘어져서 누렇게 변해 있었다. 안에 입은 격자무늬의 가죽조끼는 쥐가 파먹었는지 뜯긴 자국이 있었다. 모피와 조끼가 어울리는 것도 아니었다. 그것들은 따로 입어야 하는 옷 같았다. 구두의 코는 늙은 쥐의 얼굴 같았고, 굽은 너무 오래 돌아간 톱니바퀴처럼 닳아빠졌다.

발전소장이 시계를 꺼내 물었다.

"3분 동안 30바퀴 돌릴 수 있니?"

"모르겠어요."

"그럼 한번 해보렴. 시… 작."

발전소장이 시계를 보면서 손가락을 튕겼다. 소렌은 힘껏 노를 젓기 시작했다. 3분 동안 30바퀴를 돌리려면 1분당 10바퀴를 돌려야 했다. 그러나 1분 동안 10바퀴를 돌리는 것과 3분 동안 30바퀴를 돌리는 것은 명백히 다른 일이어서, 소렌은 3분 만에 완전히 탈진하고 말았다.

발전소장이 물었다.

"힘드니?"

"아니요."

발전소장이 다시 물었다.

"힘드니?"

"아니요."

발전소장이 또다시 물었다.

"힘드니?"

"아니요."

발전소장이 또 한 번 다시 물었다.

"힘드니?"

"네."

"왜 힘든 줄 아니?"

"노를 저어서요."

"그것도 있지만 진짜 힘든 이유는 그게 아니란다. 네가 힘든 이유는 더 중요한 가치를 위해 일하고 있지 않기 때문이야. 고아들은 그걸 배울 기회가 없지. 그게 너의 잘못은 아니야. 너를 낳은 부모의 잘못이지. 하지만 괜찮다. 이제부터 배우면 돼. 더 중요한 가치란 발전소 전체를 말한단다. 네가 노를 저어서 만든 전기로 발전소의 모든 사람이 먹고, 마시고, 숨 쉰다는 것을 생각해 본 적 있니? 그렇게 생각하면 네가 하는 일이 단순한 노 젓기가 아니라 얼마나 신성하고 중요한 노동인지 알게 되지. 너의 노동은 너만의 것이 아니며, 너의 고통도 너만의 것이 아니게 되는 거야. 너는 더 큰 공동체 안에서 기쁘게 희생하는 것이지. 노동이 너희를 먹여 살리리라. 무슨 말인지 알겠니, 쇼렌?"

소렌은 '아니요'라고 답하고 싶었다. 그러나 발전소장은 '네'라는 대답을 더 좋아하는 것 같았다. 그래서 "네."라고 대답했다. 발전소장이 몸을 일으켜서 주위를 보고 크게 소리쳐 물었다.

“너는 누구냐?”

“노잡이입니다!”

모든 노잡이가 동시에 크게 대답했다.

“여기는 어디냐?”

“땅속입니다!”

“너희가 어디에 있는지 항상 명심해라! 여기는 빛이 존재하지 않는 차가운 땅속! 노를 젓지 않으면 삶도 없다! 규칙은?”

“절대적!”

“통제는?”

“절대적!”

발전소장은 만족스럽게 고개를 끄덕였다. 그리고 얼어붙은 소렌의 얼굴을 다시 찬찬히 살펴보았다. 마치 기계를 뜯어서 이 녀석은 어디가 문제인지, 어떻게 생겨먹은 녀석인지 알아보려는 행동 같았다. 그러더니 갑자기 계량기를 유심히 살펴보고, 소렌의 얼굴과 번갈아 보았다. 소렌은 말 그대로 가슴이 철렁했다. 평정심을 유지하려고 하는데, 그럴수록 얼굴에 힘이 들어가서 더 부자연스러운 얼굴이 되는 것 같았다. 그러다가 원래 어떤 표정을 짓고 있었는지도 잊어버렸다.

“여길 오기 전에 다른 조를 먼저 들렀단다. 거기서 몇몇 노잡이들이 기계에 손을 대서 노를 가볍게 해놨더라고. 그러면 힘들이지 않고 노를 저을 수 있지만 전기는 생산되지 않지. 아무리 잡아도 그런 녀석들은 꾸준히 나와. 꼼꼼히 청소를 해도 어디선가 벌레는 계속 나오는 것처럼 끊이지 않지. 그래서 꾸준한 관리와 감시가 필요한 거야. 세상에서 제일 어리석은 건 규칙을 어기는 걸 용기라고 착각하는 녀석들이야. 내가 보기에 너는 고아지만 발전소의 규칙을 잘 지킬 것 같아, 그렇지?"

발전소장은 그렇게 말하고 품에서 작고 뾰족한 침을 꺼내 계량기를 뜯기 시작했다. 녹슬어서 빽빽해진 나사를 풀고, 잃어버리지 않게 옆에 서 있는 경비병 손에 쥐여주었다. 손가락으로 한쪽 틈새를 벌리고 침을 넣어서 안쪽에서 잠겨 있는 걸쇠를 풀어버렸다. 그러자 '텅' 하는 소리와 함께 계량기 뚜껑이 벗겨졌다. 그리고 두 번째 뚜껑을 벗기고 기계와 연결되어 있는 전선을 헤친 다음, 계량기의 바늘을 손으로 움직였다. 심장이 멈출 것만 같았다. 소렌은 계량기의 허점을 아무도 발견하지 못할 거라고 생각했다. 누가 두 겹이나 있는 계량기 뚜껑을 벗겨서 바늘을 직접 움직일 생각을 할까? 한가하고 무슨 일이 있을 때 속임수를 먼저 찾는 비겁한 사람들이나 할 법한 발상이었다. 그런데 발전소장은 그런 허점을 너무 쉽게 찾아냈다. 그리고 소렌과 유르가가 둘이서 낑낑대야 겨우 벗겨낼 수 있는 계량기 뚜껑을 작은 침만 가지고 혼자서 풀어버렸다.

소렌은 구멍에 숨은 쥐새끼가 되어 덜덜 떨었다. 그리고 모든 일을 안 좋은 쪽으로 해석하기 시작했다. 그럴 수밖에 없는 게, 이 많은 노잡이들 가운데 소렌을 콕 집어 찾아온 이유가 우연이라고 하기엔 그거야말로 너무 낙관적인 믿음이었다. 발전소장은 뭔가 달랐다. 그는 사람을 더 쉽게 통제하는 법을 알고 있었다. 어쩌면 그의 권력 때문에 그렇게 느끼는 것뿐인지도 몰랐다.

디노비크가 공손한 하인처럼 다가와서 준비가 됐다는 말로 발전소장을 불렀다. 앞에는 커다란 수레를 끌고 발전소 경비대가 와있었다. 수레에는 영양 반죽이 담겨 있었다. 디노비크가 발전소장님께서 노잡이를 격려하기 위해 베푸는 만찬이라고 소리치자 다들 환호성으로 응답했다. 그러나 소렌은 영양 반죽 따위는 안중에도 없었고, 경비병의 눈치만 살폈다. 그러다 마침내 그들의 목적이 자신이라는 걸 확신했다. 경비병이 무슨 일을 꾸미는지, 고개를 돌려서 살필 때마다 그들과 눈이 마주친 것이다. 우연이라기엔 그런 일이 너무 반복해서 일어났다. 그런 일이 가능하려면 경비병은 계속 소렌을 주시하고 있고, 소렌이 경비병을 한 번씩 쳐다봤을 때만 가능했다. 이번에도 오른쪽에 있는 경비병과 눈이 마주쳤다. 틀림없다. 그들이 나를 감시하고 있다! 그런 생각이 들자 소렌은 숨이 가빠오고 정신이 혼미해졌다.

그때 기계 안에서 사람이 갈려 죽는 것 같은 끔찍한 소리가 났다. 소렌은 겁에 질려서 발을 헛디디고, 허리는 굽고, 두 손으로 머리를 감싸고, 목구멍이 틀어막혀서 소리도 못 내고, 간신히 붙들고 있던 정신은 먼지처럼 떨어지고, 벌레처럼 엎드려서 꿈틀거렸다. 그런데 기계에서 그런 소리가 날 리 없어서 고개를 들자, 발전소장은 비열한 미소를 짓고 있고, 그런 소리가 났는데도 다른 노잡이들은 이쪽을 쳐다보지도 않아서, 소렌은 방금 비명이 사실인지 거짓인지도 알 수 없게 되어버렸다.

발전소장이 소렌을 보고 말했다.

"내일 지구의 종말이 오더라도 나는 오늘 한 그루의 나무를 심겠다라는 말을 아니?"

소렌은 고개를 저었다.

"지상의 옛말이란다. 내일 발전소에 종말이 오더라도 오늘은 열심히 노를 저어야 한다는 뜻이지."

발전소장은 소렌의 얼굴 옆으로 가까이 와서 귀에 속삭였다.

"죽을 때까지 노만 저어야 하는 거야."

그 순간 경비병의 시선이 동시에 이쪽을 향했다. 기계에 달린 노가 가리키는 방향도 우연히 전부 소렌 쪽을 가리키고 있었다. 모든 사람이 자신을 보며 비웃는 것 같았다. 기계가 한 번 더 비명을 질렀고, 소렌은 정신을 잃었다.

소렌은 통로에 혼자 널브러져 있는 자신을 발견했다. 시찰은 진작 끝난 모양이었다. 일터에 남아 있는 사람은 아무도 없었다. 소렌은 배가 고프다는 생각부터 들었다. 머리가 아프고 현기증이 났다. 계량기를 보니 할당량은 절반도 채워져 있지 않았다.

소렌은 노를 젓기 시작했다. 노를 젓는 작업은 때때로 머리를 마비시킨다. 똑같은 행동을 반복하면서, 자신마저 잊는다. 그 상태에서는 힘든 것도 느껴지지 않고, 오로지 노와 두 팔만 존재했다. 지금 노를 젓는 사람도 소렌 뿐이었다. 망한 세상에 마지막으로 남은 사람 같았다.

소렌은 배급소로 향했다. 배급소의 불빛이 보이기까지 아주 오랜 시간이 걸린 것 같았다.

“1단 159번입니다.”

소렌이 말하자, 배급관 여자는 느릿한 움직임으로 벽에 붙어 있는 전광판에서 1단 159번의 초록 불을 끄고 안쪽으로 들어갔다. 머리 위에서 빛이 깜박거리면서 밝아졌다 어두워지기를 반복했다. 발전소에 전기가 모자랄 때 간헐적으로 이런 현상이 일어나곤 했다. 소렌은 이러다 언젠가 정말로 정전이 일어나는 게 아닌가 하는 두려운 생각이 들었다.

그런데 아무리 기다려도 배급관 여자가 나오지 않았다. 소렌은 답답해서 소리쳐 부르고 싶었지만, 그러다 또 무슨 불이익을 받을지 몰라 전전긍긍했다. 한참을 기다리자 창구 안쪽에서 몸은 말랐는데 배만 툭 튀어나온 중년 나이의 남자가 배급관 여자의 자리에 와서 앉았다. 작은 창구 사이로 소렌과 눈이 마주쳤지만, 그는 아무 행동도 하지 않았다.

"저… 배급받으러 왔는데요."

"몇 번."

배급관 남자가 심드렁하게 말했다.

"1단 159번이요."

그는 앉은 곳에서 상체만 돌려서 전광판을 확인했다. 하지만 1단 159번의 불은 당연히 꺼져 있는 상태였다. 소렌이 바로 이어서 말했다.

"여자분이 제 것을 가지러 들어가셨어요. 그분은 어디 가셨죠?"

"그 여자? 퇴근했는데."

소렌은 절망과 두려움에 눈앞이 깜깜해지는 기분이었다. 하지만 마음을 다잡고 침착하게 말했다.

"그분이 깜박 잊어버리신 것 같아요. 그래도 제 몫을 받을 수 있겠죠?"

하지만 대답으로 돌아온 것은 중년 배급관의 깊은 한숨뿐이었다. 그는 허리를 앞으로 당기고 짧은 목을 쭉 내밀었다.

"너 지금 없는 사람을 핑계 대고 거짓말을 하는 거지! 내가 너 같은 녀석을 한두 번 본 줄 알아! 뻔뻔한 놈! 못된 녀석 같으니, 항상 남을 속여먹을 궁리만 하지. 그 시간에 쓸모 있는 짓을 해 봐! 당장 꺼져!"

"저는 할당량을 다 채웠어요! 배급을 주세요!"

그는 일어서서 벽으로 다가갔다.

"여기, 이 노란 버튼 보이지? 이걸 누르면 경비대가 달려올 거야. 마음 같아선 직접 패서 버릇을 고쳐주고 싶지만, 쇠창살이 있는 걸 감사한 줄 알아. 얼른 꺼지지 못해! 3… 2…"

그리고 그는 숫자를 다 세기도 전에 노란 버튼을 눌렀다. 소렌은 가슴이 내려앉았다. 그때 디노비크가 나타나 소리쳤다.

"지금 뭐 하는 거야!"

디노비크는 소렌과 배급관 사이에 끼어들어서 주위를 훑어보았다.

"이 고아 놈이 할당량 가지고 거짓말을 하길래 본때를 보여주려고 경비병을 불렀지."

배급관 남자가 말했다.

"아니에요! 저는 할당량을 다 채웠어요!"

"거짓말하지 마!"

"거짓말 아니에요!"

디노비크의 손바닥이 소렌의 뺨을 후렸다. 소렌은 분노보다도 눈물이 핑 돌았다.

"이 녀석은 내 노잡이니까 내가 데려가겠소."

그 말에 배급관이 디노비크를 보고 손뼉을 쳤다.

"누군가 했더니 망나니 디노비크였군. 경비병을 불렀으니 그냥 놔두고 가쇼."

"내 노잡이니까 내가 알아서 한다고."

디노비크는 위협적으로 으르렁거려 배급관 남자를 입 다물게 하고, 소렌의 뒤통수를 잡은 상태로 다시 노 젓는 자리로 왔다. 그리고 소렌을 자리에 앉혔다.

"누가 너를 여기에 앉혔지?"

"감독님이요."

"누가 너를 여기 앉혀서 노 젓게 했어?"

디노비크가 반복해서 물었다.

"감독님이요."

"너같이 구제할 길 없는 고아를 데려와서 먹고살 수 있도록 노를 젓게 시킨 은인이 누구냔 말이야!"

디노비크가 소리치며 물었다.

"감독님이요!"

"내가 왜 그랬는 줄 알아?"

"몰라요."

디노비크가 빽 소리쳤다.

"나도 몰라! 정말이지 내가 내 머리통을 꺼내서 물어보고 싶을 지경이야! 내 인생에서 가장 후회스러운 일 두 가지가 있다면 하나는 내 목숨을 스스로 끊지 못한 것이고, 두 번째는 너를 데리고 온 거다. 도대체 잠시도 눈을 뗄 수가 없어. 고아 주제에, 살아남고 싶은 생각이 없는 거냐? 소렌!"

소렌은 붉게 달아오른 얼굴을 감추기 위해 고개를 숙이고 눈을 마주치지 않았다. 하지만 노를 잡은 손은 부들부들 떨고 있었다.

"내가 밉겠지. 아주 꼴도 보기 싫을 거야. 내가 모를 것 같아? 어느 날 갑자기 내가 사라졌으면 좋겠지만, 절대 그럴 일은 없을 거다. 너는 내가 없으면 안 돼. 내가 없으면 누가 너 같은 녀석을 데려다 일을 시키고 밥을 먹이겠어?"

그래도 소렌이 꾹 참아내는 모습을 보이자 디노비크는 소렌을 더 자극하여 한계까지 밀어붙이고 싶었다. 그래서 고아들이 가장 참기 힘들어하는, 예민한 부분까지 건드리게 되었다.

"너 같은 놈을 낳은 네 부모도 어지간히 등신이었겠지!"

마침내 소렌도 숨이 가빠지면서 피가 빠르게 돌기 시작했다. 뜨거운 덩어리를 삼킨 것처럼 가슴이 끓었다. 디노비크가 흥분해서 소리쳤다.

"네 부모는 너를 책임질 자신이 없었던 거야! 너 같은 걸 키우느니 차라리 죽어버리는 게 낫다고 생각한 거지! 하지만 좋은 선택을 한 거야! 왜냐면 자기 자식을 버리는 놈들은 죽어도 싸니까!"

소렌은 벌떡 일어나서 의자를 집어 들었다. 그리고 머리 위로 치켜들었다. 그 순간, 작은 빛이 반짝였다. 어둠 속에서 모그가 이쪽을 보며 깨진 이빨을 드러내고 미소를 짓고 있었다. 그게 무슨 허락 신호라도 되듯이, 소렌은 들고 있는 의자로 디노비크를 내리쳤다. 엄청난 기세로, 퍽퍽 소리가 날 정도로 내리쳤다.

노예로서 잔인하게 학대당하고 멸시받았던 지난날의 기억이 떠올랐다. 이전까지 소렌은 감독의 말을 진리처럼 받아들이며 할당량을 채우려고 아등바등하던 아이에 불과했다. 감독이 채찍을 매만지며 옆을 지나가기만 해도 죄인처럼 움츠리고, 눈을 마주치지 않으려고 어깨 사이에 고개를 파묻던 아이에 불과했다. 즉 겁쟁이였다. 하지만 이젠 아니었다.

디노비크는 소렌 발밑에 동그랗게 웅크린 채로 떨어지는 의자를 그저 견디고 있을 뿐이었다. 그때 처음 느껴보는 이상하고도 낯선 감정이 소렌의 마음에 떠올랐다. 그것은 폭력에 취한 우월감이었다. 그토록 대단하고 무섭게만 느껴졌던 디노비크가, 지금은 쥐새끼처럼 느껴졌다. 수모를 그대로 되갚아주는 쾌락적 복수에 우월감을 느끼고, 진정으로 즐기게 된 것이다. 어느샌가 고아들이 주위를 둘러싸고 있었다. 소렌은 그들이 더 이상 두렵지 않았다.

모그가 말했다.

"너도 이제 우리 가족이야."

경비대가 달려오고 있었다. 소렌은 좁은 통로 속으로 몸을 날려 고아들과 함께 뛰기 시작했다.

6

"신입이 왔다!"

그 외침이 하수구를 쩌렁쩌렁하게 울렸다. 구멍에서 개미 떼 같은 아이들이 우르르 튀어나오더니 소렌을 둘러싸고 만지고 쓰다듬었다. 한 아이가 이름을 물었지만 대답하기도 전에 다른 아이가 몇 살이냐고 물었고, 그 말이 끝나기도 전에 다른 아이가 도둑질은 해봤냐고 물었다. 아래에서 손이 쑥 뻗어 나와 소렌의 손을 잡고 흔드는가 하면 뒤에서 누가 어깨를 두드렸다. 소렌은 이렇게 어수선하고 복잡한 상황은 처음이었다. 그 손들 중 몇 개는 소렌의 주머니에 불법 침입했다. 물론 그 주머니에는 가치 있는 무언가가 들어가 있어 본 적이 없기 때문에, 도둑질에 대한 문제는 걱정할 필요가 없었다.

"우리 비밀기지에 온 걸 환영해. 난 가즈니야. 내 얼굴은 이미 알고 있지? 여기 있는 건 모두 고아들이야. 오직 고아들만 여길 들어올 수 있어. 우리는 발전소에서 애물단지 같은 존재지만, 여기서는 언제든 환영받을 거야. 하지만 고아들만이라는 걸 명심해. 다른 사람들, 특히 어른들에게 말해서는 절대 안 돼. 그랬다간 여긴 한순간에 박살 나고 말 거야. 우리는 고아야. 우리는 가족이 없어. 그래서 서로가 서로에게 가족이 되어줘야 해. 여기서는 모두가 가족이야."

가즈니가 손을 내밀었다. 소렌이 눈치를 보면서 슬그머니 손을 잡자 숨을 참고 있던 아이들이 환호성을 터뜨리며 방방 뛰었다.

"좋아! 그럼 오늘은 신입 환영회를 열어야지! 음식 가져와!"

아이들이 뛰어가서 먹을 것을 가져왔다. 하수구의 아이들이 다 먹어도 될 만큼 영양 반죽이 쌓여 있었다. 그 광경은 다시 봐도 놀라웠다.

가즈니가 귓속말했다.

"배급을 중간에서 슬쩍했어."

음식이 나오자 아이들은 한층 더 즐거워했다. 소렌도 흥분감을 감출 수 없었다. 가즈니가 소렌에게 영양 반죽 한 덩이를 던져주었다. 머리가 짧은 아이는 자기가 먹으려던 영양 반죽을 다른 아이에게 빼앗기자 달려들어서 뒹굴었다. 가즈니가 엄하게 소리쳐서 싸움을 말렸다.

아이들은 소렌에게 이름과 언제 고아가 됐는지, 뭘 하고 살았는지 등을 물었다. 소렌은 그런 질문에 쉽게 대답하고 싶지 않았다. 하지만 아이들은 끈질기게 캐물었다. 같은 고아라고 해도 겪은 불행의 단계는 제각각이기 때문에 그들에게는 나름 중요한 부분이었다. 불행의 급 나누기로 동질감의 거리를 정하는 건 고아들이 자주 하는 행동이었다. 아이들은 또 장애는 없는지, 도둑질은 얼마나 해봤는지, 사람은 죽여봤는지도 물었다.

한 무리의 아이들이 우르르 몰려와 소렌에게 말을 걸었다.

"안녕."

소렌은 입에 문 영양 반죽을 뱉을 뻔했다. 그들은 소렌을 협박했던 5인방이었다.

"우리 구면이지? 나는 피카르디야. 넌 이름이 뭐야?"

"…소렌."

피카르디라고 자신을 소개한 녀석은 5명 중 키가 제일 크고 사나운 인상이었으며, 5인방의 대장처럼 보였다. 그는 다른 아이들도 소개했다. 소렌을 협박하자고 권유한 녀석의 이름은 니스라고 했고, 키가 작은 녀석은 베유, 왼손 손가락이 하나 없는 녀석은 벨페유라고 했다. 베유와 벨페유는 형제였다. 그리고 왼쪽 눈꺼풀이 잘 떠지지 않아 반쯤 쳐져서 항상 졸려 보이는 녀석은 안젤로라고 했다.

피카르디가 말했다.

"우리 사이에 있던 일은 잊어버리자. 그건 이미 지나간 일이야. 우리가 너에게 심하게 굴긴 했어도 너도 껌을 훔쳤으니까 똑같이 주고받은 셈 치자. 이제부터 우린 형제고, 가족이야."

소렌은 경계했다. 모그가 그만두라고 했다지만, 그들이 아직 속에 앙금을 품고 있을지 모를 일이었다. 하지만 앙금이 남아 있던 건 오히려 소렌 쪽이었던 모양이다.

"너희는 규칙을 어기면서 사는 거지? 그러다간 언젠가 목이 매달릴 거야."

소렌은 사방이 조용해졌다는 사실을 조금 늦게 깨달았다. 그것은 더 큰 두려움을 불러왔다. 아이들은 먹던 것도 멈추고 소렌을 바라보았다. 가즈니가 폭소를 터뜨렸다. 한 아이가 말했다.

"우리가 지금 몇 개의 규칙을 어기고 있는지 알아? 고아 집합 금지법, 하수구 출입 금지법, 모닥불 금지법… 이미 목 하나로는 부족한걸?"

다른 아이가 받아서 말했다.

"소리치면 사형도 있어."

"경비병에게 반항하면 사형."

"침을 뱉으면 사형."

아이들은 다 같이 하수구가 쩌렁쩌렁하게 소리치고 카악, 퉤! 하고 바닥에 침을 뱉었다. 그리고 자신이 저질렀던 범죄 행위에 대해 자랑스럽게 늘어놓았다.

가즈니가 말했다.

"그건 어른들이 너를 복종시키기 위해 하는 소리야. 우리와 함께하면 그럴 필요가 없어. 너도 곧 알게 될 거야."

또 한 무리의 아이들이 찾아와서 흥분되는 얼굴로 물었다.

"너 하수구에 들어오기 전에 노잡이장을 죽였다며? 얘기 좀 해 봐!"

"죽인 적 없어. 의자로 때린 것뿐이야."

소렌은 당황해서 말했다. 하지만 "노잡이장을 죽였다며?" 이 부분까지만 흘려들은 아이들이 옆 사람에게 똑같이 전달하여 어느새 소렌은 잠재력이 대단한 악질이 되어 있었다. 고아들은 노잡이장을 죽인 이야기를 해달라고 성화였고, 소렌은 그런 적 없다고 해명하면서도 사람 죽인 일에 왜 이렇게 흥분을 하는지 이해할 수 없었다.

고아들이 뭉쳐 있는 곳에서 한 아이가 벌떡 일어나더니 이쪽으로 성큼성큼 걸어왔다. 각진 턱과 꾹 다문 입술이 한눈에도 거칠어 보이는 녀석이었다.

"한판 붙자."

"뭘 한판 붙자는 거야?"

"말귀 못 알아들어? 한판 붙자고."

그렇게 말한 녀석은 당장 싸울 준비를 했다. 소렌은 왜 이러는지 알 수가 없어서 주위를 둘러보았다. 하지만 아이들은 신나서 싸울 공간을 마련해주었다. 그리고 벽처럼 둘러싸고 아우성치면서 열기를 고조시켰다.

주먹이 날아와서 소렌의 배에 꽂혔다. 소렌의 몸이 앞으로 꺾였다. 녀석은 소렌의 멱살을 붙잡고 일으킨 다음 뺨을 후려치고, 손바닥으로 이마를 밀어서 소렌을 자빠뜨렸다. 관객의 절반 정도는 환호했고, 절반 정도는 새로운 악질 기대주였던 소렌이 너무 맥없이 쓰러져서 실망했다.

"우우우!"

소렌은 왜 자신이 맞아야 하는지 몰랐다. 왜 환호성, 또는 야유를 들어야 하는지 몰랐다. 자신보다 덩치가 큰 상대와 싸움을 강요받는 것은 도덕적으로나 상식적으로나 옳지 않은 일이었다. 하지만 옳지 않음이 이곳에서는 옳음이며, 소렌은 이미 그런 야만스러운 장소에 발을 들이고 만 것이었다.

소렌은 이 상황이 너무 혼란스럽고 두려웠다. 하지만 얼어맞기만 하고 물러나기에는 그것도 너무 수치스러웠다. 소렌은 달려가서 머리로 배를 들이받고, 멍청하게 생긴 턱에 주먹을 날렸다. 턱을 얻어맞은 녀석은 주춤했지만, 소렌을 꼼짝 못 하게 붙잡고 마구잡이로 주먹을 날리기 시작했다. 힘과 덩치에서 상대가 안 되는 소렌은 금방 쓰러졌다. 이대로는 안 되겠다고 생각한 소렌은 바닥에 떨어져 있는 뾰족한 막대기를 집어 들었다. 두려움과 아픔보다는 이미 분노가 소렌의 머릿속을 지배하고 있었다. 저놈을 당장 죽여버리겠다는 생각만 가득했다.

마침내 모그가 눈빛으로 신호를 보냈고, 가즈니가 그만하라고 소리쳤다. 아이들은 아쉬운 소리를 끝으로 아우성치는 것을 멈췄다. 먼저 싸움을 걸어놓은 주제에 그 녀석은 손을 내밀어 악수를 신청했고, "괜찮아?"하고 물었다. 소렌은 "괜찮아."라고 답했고, 마찬가지로 "너는 괜찮아?"라고 물었다. 녀석도 "괜찮아."하고 말했다. 비록 얻어맞기만 했지만, 그렇게까지 패배한 기분은 아니었다.

아이들은 방금까지 있었던 격렬한 전투는 금세 잊어버렸다. 그리고 유쾌한 노래와 춤, 장난스러운 음악이 시작되었다. 박자에 맞춰 바닥에 고인 물을 첨벙거리고, 연주하듯이 파이프를 쳤다. 가위를 싹둑거리고 칼을 갈기도 했다. 이 모든 소리가 노래를 구성하는 하나의 운율처럼 흘렀다. 두 아이가 벌떡 일어나 춤을 추기 시작했다. 남자와 여자가 출 법한 춤을 남자 둘이 사랑스럽게 추는 모습을 보고 아이들은 자지러지게 웃음을 터뜨렸다. 그 옆에서 배를 뒤집어 까고 엉덩이를 흔들며 천박하게 춤을 추는 아이도 있었다.

유쾌한 분위기는 갑작스럽게 끝이 났다. 무슨 일이든 터질 것 같다는 긴장감이 마음을 덮쳤다. 팽팽하게 조여진 공기가 불안감을 자극했다. 아이들은 제자리에서 달리듯이 발을 굴렀다. 발은 점점 더 많아지고, 빨라지고, 강해져서, 이윽고 수백 명의 군인이 하수구를 질주하는 듯한 착각이 들었다. 소렌은 천장을 올려다보았다. 하수구가 쿵쿵 울리며 분노와 고통을 표하는 것 같았기 때문이다. 이번에는 빠른 박자의 도전 의식을 북돋우는 노래를 불렀다.

발전소 아래에 하수구가 있지.
썩은 물이 흐르고 곰팡이가 피어있는 곳
악취가 널 숨 막히게 하지만,
숨 막히는 규칙보단 나을걸.

들어와, 들어와, 하수구로.

네가 순종할수록 그들은 더 많은 수갑을 채울 거야.
네가 고아라면 하수구로 와.
부모는 없지만,
가족도 없는 건 아니야.

내려와, 내려와, 하수구로.

발전소는 어른들 세상,
하지만 하수구는 우리들 세상,
발전소엔 빛이 있지.
하지만 우리는 자유가 있어.
얼굴은 까맣지만, 마음은 하얗다네.

발전소는 어른들 세상,
하지만 하수구는 우리들 세상,
발전소엔 경비병이 있지.
하지만 우리에겐 모그가 있어.
경비병들아, 어디 와 봐!
퇴치꾼 모그가 너희를 퇴치해 줄 거야.

어서 와, 어서 와, 하수구로.

노래가 끝나자 환호성과 박수가 터져 나왔다. 아이들은 뒤로 드러누웠다. 소렌도 힘이 빠지고 온몸이 나른해졌다. 가장 시끌벅적한 시간이 끝났다. 아이들은 이제 좀 쉬면서 놀고 싶었다. 그래서 모그를 불렀다. 아이들이 가장 기다리는 시간이었다. 한 아이가 손을 들고 "모그! 재밌는 얘기 해줘요!"라고 말하자 모그는 일어서서 선장처럼 외쳤다.

"모두 판자 구멍으로!"

"판자 구멍으로!"

아이들은 즉시 구멍 속으로 우르르 몰려 들어갔다. 그 구멍은 안쪽이 넓고 위로 올라가는 사다리도 있었다. 가즈니와 소렌, 그리고 따라온 아이들은 무너질 것같이 불안한 썩은 판자 위에 옹기종기 모여 앉았다. 머리 위에는 파이프 하나가 지나가고 있었는데, 밸브를 풀자 치이익 하고 가스 새는 소리가 들렸다. 거기에 피카르디가 라이터로 불을 붙이자, 공중에 모닥불이 생겼다. 그것은 나름 멋진 조명이었다. 아이들은 불 아래에 모여 앉았다.

모그가 이야기를 시작했다. 그것은 모그가 퇴치꾼이었던 시절, 거대벌레와 싸웠던 모험담이었다. 그는 폐쇄 터널이 얼마나 위험한지, 땅속에 어떤 거대벌레들이 숨어 있는지 말해주었다. 바위를 아무렇지도 않게 부수는 벌레가 있다고 했을 때 소렌은 깜짝 놀랐고, 해독제도 없는 독을 내뿜는 벌레가 있다고 했을 때는 두려움에 떨었다. 지긋지긋한 딱정벌레들과 진흙, 어둠도 거대벌레 못지않은 위험한 적이었다. 마침내 거대한 지네가 등장했을 때 소렌의 가슴은 흥분으로 뛰었다. 모그는 그 지네가 자신이 만나본 모든 거대벌레 중에 최악의 벌레라고 단언했다. 껍질은 두껍고 단단하여 칼에 흠집도 나지 않고, 다리는 사람보다 크며, 입에서는 독안개를 내뿜고, 넓은 등판 위에서 머리부터 꼬리까지 뛰어도 한참이 걸린다고 말했다. 그리고 이제 그 거대 지네를 쓰러뜨릴 차례인데, 모그는 기대감만 부풀려놓고 다음에 해주겠다며 이야기를 끝내버렸다. 아이들은 야유와 탄식을 쏟아내며 "저번에도 다음에 해준다고 그랬잖아요."라고 소리쳤다. 이야기를 듣고 싶은 아이들과 해주기 싫은 모그 간에 줄다리기가 계속되었다.

"닥쳐! 못 배워먹은 고아 새끼들아!"

모그가 버럭 소리를 질렀다. 아이들은 입을 다물었다. 더 이상 아무도 모그에게 이야기를 해달라고 조르지 않았다. 아이들은 하나둘 판자 구멍에서 빠져나갔다. 모닥불이 꺼지면서 어둠이 찾아왔다. 환영식은 그렇게 끝났다.

7

하수구에 있는 고아들의 비밀기지에서는 미개하고 야만스러운 괴성이 구멍마다 흘러나왔다. 늦은 시간에도 잠을 자지 않고 구멍을 들락거리고, 틈새에 작은 벌레들이 가득한 모습처럼 좁은 구멍 속에서 상스러운 소리를 내뱉으며 깔깔거렸다. 구멍은 대체로 좁고 작아서 허리를 숙이고 기어 다녀야 했으며, 오물과 진흙이 바닥에 깔려 있었다. 흐릿한 빛을 뿜는 전구가 달려 있는 곳도 있었지만, 아이들은 어두운 그림자가 드리운 곳을 더 선호했다. 고여 있는 물을 튀기면서 뛰어다니고, 아무리 크게 소리쳐도 욕하는 사람이 없으니, 발전소에서 만끽하지 못하는 자유와 나태를 마음껏 즐겼다.

소렌은 아이들이 서로의 주머니에서 물건을 뽑아내는 장난을 치면서 시간을 보내는 것을 지켜보았다. 한 명이 뒤를 돌아 있고 다른 아이가 주머니에 몰래 손을 집어넣어 물건을 빼내면 성공이다. 만약 주머니에 들어오는 손을 눈치채면 실패였다. 손이 잡히면 그 손은 없는 손이 되었다. 경비병에게 잡히면 손목이 잘리는 것을 흉내 낸 것이다. 소렌은 이 놀이에 정식으로 초대를 받았다. 먼저 소렌이 소매치기를 당하는 역할을 맡았다. 소렌이 뒤를 돌고, 아이들은 소렌 주머니에 돌멩이를 집어넣었다. 소렌은 이제 뒤를 보지 않고 감각만으로 주머니에 손이 들어왔다는 사실을 알아채야 했다. 소렌은 눈을 감고 정신을 집중했다. 꼭 잡아내고 싶었다. 그런데 시간이 지나도 아무것도 느껴지지 않았다. 혹시 날 가지고 장난을 치나 싶어서 뒤를 홱 돌아보자, 아이들은 이미 주머니에서 돌멩이를 빼내고 의기양양한 상태였다. 소렌은 그 신기에 깜짝 놀랐다. 정말 아무것도 느껴지지 않았다. 이제 반대로 소렌이 훔치는 역할을 했다. 방금 소렌의 주머니에서 돌을 훔쳤던 아이가 주머니에 돌을 넣고 뒤를 돌았다. 소렌은 자신이 할 수 있는 최대한의 집중력과 느린 속도로 주머니에 손을 가져갔다. 천천히, 신중하게 다가가서 주머니의 입을 벌렸다. 그 안으로 살금살금 침입하는데, 너무 긴장하고 조심하느라 손이 벌벌 떨렸다. 결국 몸에 닿고 말았다. 뒤를 돌아있던 녀석은 바로 소렌의 손을 붙잡았다.

"잡았다! 이 소매치기!"

"이거 놔!"

"어딜 가려고!"

그 순간 옆에 있던 아이들이 소렌을 붙잡고 꼼짝 못 하게 팔다리를 붙들었다. 그리고 소렌의 오른손을 두꺼운 줄로 칭칭 감아버렸다.

"왜 이러는 거야!"

"넌 손이 잘린 거야."

줄이 워낙 튼튼하고 단단하게 묶여서, 왼손만으로는 그 줄을 풀 수가 없었다. 어쩔 수 없이 오른손을 펼 수도, 쥘 수도 없는 상태로 지내야 했다. 지나가는 아이들이 그걸 볼 때마다 웃음을 터뜨렸다.

"소렌, 산책 가자."

5인방이 말했다. 산책이란 고아들 여럿이서 무리를 지어 발전소 통로를 활보하고 다니는 것을 말한다. 그들은 턱을 들고, 어깨를 흔들며, 주머니에 손을 넣고 걸었다. 소렌은 그런 걸음걸이가 어색했다. 지금까지 한 번도 그런 식으로 걸어본 적이 없었다. 피카르디와 니스가 제대로 된 걸음걸이를 알려주었다. 그들은 그렇게 돌아다니면서 발전소의 동향을 살피고, 돈이 될 만한 건수를 찾아보기도 했다. 소렌은 혼자 걸을 때보다 훨씬 자신감 넘치고 우쭐한 기분이 되었다. 발전소 통로를 걷는 것도 즐겁게 느껴졌다. 5인방, 아니 이 6인방이 발전소의 주인이 된 것 같은 착각까지 들 정도였다.

산책에서 돌아오면 영양 반죽을 먹었다. 소렌은 노를 젓지 않고도 먹을 수 있다는 사실에 신이 났다. 다만 그 영양 반죽이 하수구에서 공짜로 솟아나는 것은 아니라서, 소렌도 영양 반죽을 '운반'하는 일에 참여해야 했다. 그 일에는 항상 가즈니가 대장으로 나섰고, 따라가는 사람은 그때그때 바뀌었다. 소렌은 첫 도둑질이라서 무척 긴장했고, 혹시라도 실수를 저지를까 봐 무서웠다. 그러다 경비병에게 붙잡힐까 봐 걱정도 됐다. 그런데 영양 반죽을 가로채는 일은 그런 걱정이 무색할 정도로 너무 간단하고 쉬웠다. 소렌은 고아들이 알아낸 비밀 통로를 따라 영양 반죽을 만들어내는 기계 속으로 숨어 들어갔고, 거기서 생산된 영양 반죽을 담기만 하면 됐다. 그리고 기계 밖으로 빠져나와 다시 비밀 통로 속으로 들어왔다. 감시하거나 지키는 사람도 없었다. 배급관 여자가 시설 안으로 문을 열고 들어왔다가 잠시 후 나가는 모습만 보였을 뿐이었다.

"이렇게 보안이 허술할 줄 몰랐어. 보초들이 항상 엄중하게 지키고 있을 줄 알았는데."

"이렇게 훔쳐도 어른들은 눈치도 못 채."

"영양 반죽이 이렇게 넉넉한데 왜 사람들에게 나눠주지 않는 거지?"

가즈니는 '이제 너도 진실을 깨달았구나.'라고 말하는 듯한 얼굴로 소렌을 보며 씨익 웃었다.

"통제하기 위해서야. 많은 건 쓸모가 없거든. 부족한 게 유용하지."

소렌은 그게 무슨 말인지 잘 이해되지 않았다. 골똘히 생각하는 소렌을 보고 가즈니가 쉽게 설명해주었다.

"목마른 사람을 마음대로 다루려면 어떻게 해야 될까? 물을 준 다음에 부탁을 할까? 아니야. 죽지 않을 정도로만 한 방울씩 물을 주면 너는 네 손발을 움직이는 것보다도 더 쉽게 다른 사람을 지배할 수 있어. 뭐든지 부족하면 총칼보다 무서운 무기가 돼. 부족해야 사람을 조종할 수 있는 거야."

그리고 가즈니는 증오스럽다는 듯이 덧붙였다.

"그래서 어른들을 믿을 수 없는 거야."

아이들은 잠이 들기 전에 중요하거나 재밌는 이야기가 있을 때는 꼭 판자 구멍으로 모였다. 공중에 모닥불을 만들고 판자 위에 올라가면 어떤 이야기든 두세 배 더 재밌어지는 효과가 있었다. 아이들은 번갈아 가면서 자신들이 준비해 온 이야기를 꺼냈다. 그리고 마침내 가즈니의 차례가 왔다. 가즈니의 이야기엔 모든 아이가 심각하게 귀를 기울였다. 소렌도 그럴 수밖에 없었다. 그것은 얼마 전 발전소를 떠들썩하게 만들었던 바로 그 오싹한 실종 사건 이야기였다!

"동쪽 폐쇄 터널에서 일어난 그 사건 말이지? 기술자와 보초들이 한 명도 돌아오지 못했잖아."

"내가 아는 건 그 뒷얘기야. 숨겨진 이야기가 더 있던 거지."

가즈니가 숨겨두었던 무기를 꺼내는 것처럼 비장한 목소리로 말했다.

"그건 왜 소문이 안 났지?"

피카르디가 물었다.

"발전소장이 절대 비밀에 부치라고 엄명했대. 소문을 퍼뜨린 자는 목을 매달아 죽인다고."

"흥, 뭐든지 목을 매달아 죽이는군. 장담하는데 발전소장은 발전소에 있는 사람을 전부 목매달아 죽이고 마지막엔 자신의 목을 매달아서 죽을 거야."

한 아이가 비웃으며 말했다. 피카르디가 가즈니를 재촉했다.

"그래서 그 뒷얘기는 뭔데?"

"듣고 싶어? 듣고 싶어?"

가즈니는 듣고 싶냐는 질문을 수많은 아이들에게 반복하고, 아이들이 짜증을 내면서 그렇다고 대답하자 비로소 만족하고 이야기를 시작했다.

“기술자와 보초들이 돌아오지 않자 발전소장은 그들을 찾기 위해 추가로 사람을 파견했어. 그들은 단단히 무장하고 터널 속의 어둠을 비추며 나아갔어. 안전한 지대를 넘어 손전등이 꺼질 때까지 나아갔고, 건전지를 갈아 끼워야만 했지. 뭔가 이상했어. 기술자들은 폐쇄 터널의 복구 가능 여부를 정찰하러 나온 것뿐이라서 이렇게 깊게 들어왔을 리가 없었어. 그런데 아무것도 보이지 않았어. 만일 그들에게 무슨 일이 생겼다면, 그 흔적이라도 남아 있어야 해. 그런데 가장 무서운 점은, 그들이 이 터널에 처음부터 들어온 적도 없다고 말하는 것처럼 아무 흔적도 없었다는 거야. 터널이 집어삼키기라도 한 걸까?”

소렌은 오싹하고 소름이 돋았다. 아이들은 하나같이 긴장한 눈으로 가즈니에게 집중했다.

“어떤 일이 일어나도 놀라지 않도록 단단히 마음먹고 덜덜 떨리는 손전등을 들고 더 깊은 곳으로 나아갔어. 울퉁불퉁한 발밑을 조심하면서, 터널의 깊은 어둠을 노란 불빛으로 비추며 나아가는데, 모두 돌아가고 싶어 하는 길을 어둠이 뒤에서 억지로 떠미는 것 같았지.”

가즈니는 거칠어지는 호흡을 가다듬고 말했다.

“막다른 길이 나타났어. 터널이 무너져서 더 앞으로 갈 수 없었어. 속으로는 안심이 되었지. 아무것도 찾지 못했지만, 이제 돌아가기만 하면 되니까. 그런데 야속하게도 운명은 꼭 그런 순간에 무언가를 발견해 내고 마는 거야. 그들은 홀린 듯이 무너진 터널을 파기 시작했어. 그 예감은 적중했어. 곧 구멍이 뚫렸고, 처음 보는 장소로 들어섰어. 그건 또 다른 터널이었어."

소렌은 너무 소름이 돋아서 털이 쭈뼛하게 섰다. 하수구에 가즈니의 목소리를 제외한 그 어떤 숨소리조차 나지 않았다.

"그 터널은 북쪽으로 깊숙이 뻗어 마치 헝클어진 거미줄처럼 복잡하게 뒤얽혀 있었어. 그저 막혀 있던 구멍 하나를 통과했을 뿐인데, 내리 깔려 있는 어둠은 전혀 다른 세계의 것 같았지. 축축한 악취, 외로움과 공포가 어둠에 진득이 배어 있었어. 그들은 어둠 속에 도사리는 불길한 암시를 느꼈지만, 그럴수록 그 끝에 있는 것이 무엇인지 확인하고 싶은 잘못된 욕망에 사로잡혔어. 이런 말이 있지. 모든 어둠에는 주인이 있다."

"모든 어둠에는 주인이 있다…"

소렌이 따라 중얼거렸다.

"그 주인이 누구인지 알았다면 그 어떤 개척자나 용감한 모험가도 그 구멍에 발을 들이밀지 않았을 거야. 그들은 처음으로 다른 존재의 소리를 들었어. 그것은 지옥 밑바닥에서 끓어오르는 것처럼 끔찍한 비명이었어! 그 목소리는 너무 끔찍해서

도저히 살아 있는 사람의 것이라고는 생각할 수 없었어. 그들은 도망쳤어. 울퉁불퉁한 길을 오르고, 갈림길과 진흙탕을 헤치고, 왔던 길을 되돌아가며 무슨 일이 있어도 뒤를 보지 않았어. 비명 소리가 늘어날 때마다 죽음보다 무서운 공포가 쫓아오고 있다는 사실에 전율했어. 그들은 들어왔던 구멍 밖으로 빠져나왔어. 그리고 얼른 구멍을 닫았지. 소리는 그쳤고, 조용한 터널이 그들을 반기는 것 같았어. 그들은 목숨을 건졌다는 사실에 안도했어. 그 소리는 뭘까? 사라진 사람들은 어떻게 된 것일까? 하지만 그 질문에 대한 답은 찾지 못한 채 한 사람이 낙오되어 빠져나오지 못했다는 점만 깨달았어. 그러나 누구도 그 안으로 다시 들어가자는 말을 하지 못했어."

가즈니의 이야기는 끝났다. 아이들은 참았던 뜨거운 숨을 낮게 토해냈고, 소렌도 힘이 풀렸다. 쪼그려서 듣던 한 아이가 뒤로 털썩 자빠졌다. 한참 동안 침묵이 흘렀다.

한 아이가 조심스럽게 입을 열었다.

"나는 그 말이 헛소리인 줄로만 알았어."

"무슨 말이야?"

"동쪽의 폐쇄 터널에 거대벌레가 있다는 소문 말이야. 어른들이 우릴 겁주려고 하는 소리인 줄 알았는데, 발전소에 쳐들어오진 않겠지?"

잠깐의 침묵이 흘렀다. 다른 아이가 말했다.

"괜찮아. 우리에겐 모그가 있잖아. 모그가 우릴 지켜줄 거야."

아이들이 고개를 끄덕였다. 피카르디가 말했다.

"거대벌레가 무서운 거야? 겁쟁이 자식들, 난 거대벌레가 나타나면 모그랑 같이 싸울 거야."

그 말을 들은 아이들은 기분이 상했다. 빼빼 마른 아이가 어이없다는 웃음을 피식 흘리며 말했다.

"너 같은 건 거대벌레한테 한 입 거리야."

"뭐라고?"

피카르디가 빼빼 마른 아이에게 덤벼들었다. 두 소년은 한 몸처럼 뒹굴었다. 가즈니가 말리고, 아이들은 신나서 누가 이기라고 왁자지껄 떠들었다. 빼빼 마른 아이는 입술이 터지고, 피카르디는 코피를 흘렸다. 그래도 싸움을 말리러 달려오는 부모들은 없었다. 고아들은 좁디좁은 굴 안에서 싸우고, 뒹굴고, 그러다 함께 자고, 놀았다. 그게 그들이 사는 방식이었다. 결국 다른 아이들도 싸움이 붙기 시작했다. 짜증이 난 가즈니는 패싸움에 끼어들어서 그만 싸우라며 직접 애들을 패고 다녔다. 소렌은 싸움에 휘말릴까 봐 구석으로 몸을 피했다. 버릇없고, 예의를 모르며, 기분 내키는 대로 막 사는 게 고아들이라는 사실을 확실히 깨닫는 나날이었다.

한편, 모그는 소렌이 하수구에 적응해 나가는 과정을 조용히 지켜보았다. 모그는 소렌에게서 아직 드러나지 않은 잠재성을 발견했다. 의자로 노잡이장을 두들겨 패는 모습이 그에게 강한 인상을 남긴 것이다. 그러한 것은 찰나의 순간에 반짝였다 사라지지만, 번쩍이는 전구가 망막에 흔적을 남기듯이 잊히지 않는 강렬한 인상을 남긴다. 모그는 슬슬 소렌에게 일을 시켜 봐야겠다고 생각했다.

부름을 받은 소렌은 쇠사슬 구멍으로 들어갔다. 여전히 고문 도구가 가득한 살벌한 곳이었다. 모그는 화로 옆에서 작은 칼로 껌을 다듬는 중이었다. 불 때문에 모그와 쇠사슬의 그림자가 벽에 일렁였다. 소렌은 그때의 기억 때문에 자기도 모르게 움츠러들었다.

"시키실 일이 있다고 들었어요."

"그래, 너도 이제 일을 시작해 봐야 할 거 같아서 말이야."

모그가 여전히 껌에 시선을 고정한 채로 말했다.

"무슨 일이요?"

"무슨 일이긴, 당연히 돈 버는 일이지."

소렌은 뻣뻣하게 굳었다. 소렌은 돈을 벌어본 적이 없었다. 고아가 할 수 있는 일은 기껏해야 노잡이나 잡일꾼이 다인데, 그들은 할당량을 채워서 받은 영양 반죽으로 하루하루 끼니를 때울 뿐이지 돈을 받지는 않기 때문이다. 그래서 고아가 돈을 벌려면 필연적으로 나쁜 짓에 손을 대야 했다. 모그가 말하는 일을 시작하자는 의미는 그런 것이었다.

"모그, 저는 돈 버는 일보다는 다른 일을 하면 안 될까요? 잔심부름이라든가 다른 아이들을 돕는…"

모그는 말없이 껌을 다듬는 일에 열중했다. 소렌은 가만히 서서 기다려야 했다. 드디어 모그가 손을 털고 소렌 쪽으로 몸을 돌려 앉았다.

"우리 가족이 몇 명인지 아니?"

소렌은 머리로 숫자를 세어보다가 헷갈려서 고개를 흔들었다.

"31명이란다. 더러운 고아 30명에 나까지 합쳐서 31명. 우리는 가족이지만, 고아라고 해서 아무나 다 가족이 될 수 있는 건 아니야. 그랬다간 하수구는 쓸모없는 고아들로 꽉 찰 거야. 오갈 데 없는 고아들을 무상으로 먹여 살려주는 양육시설이 아니니까, 가족이 되려면 자신이 쓸모 있다는 사실을 증명해야 돼."

모그의 말은 소렌을 심리적으로 위축시켰다. 쓸모를 증명하는 것이 고아들에게 가장 어려운 일이었다. 흙먼지를 한 움큼 모아놓는다고 그게 어디 쓸모가 생기는 건 아니기 때문이다.

"그런데, 잠깐."

말을 하다 말고 모그가 갑자기 얼굴을 찡그렸다. 그는 화로의 불을 끄고 방을 어둡게 만든 다음, 소렌의 얼굴을 빤히 쳐다보았다.

“눈썹 위에 손을 올려봐. 눈이 그늘지도록.”

소렌은 모그가 시키는 대로 했다. 모그는 부담스러울 정도로 얼굴을 가까이 붙이고 소렌의 눈을 뚫어져라 쳐다보았다. 얼마나 가까웠냐면 모그의 찢어진 코가 소렌의 코에 닿을 정도였다.

“눈에서 빛이 나는 것 같군. 아직은 미약하지만, 분명히 빛이 나. 알고 있나?”

“네, 사람들이 말해서 알고 있어요. 어둠 속에서 반짝이는 것은 아직 안 꺼진 전구거나 제 눈빛이라고요.”

“아직 그 정도로 밝지는 않지만.”

모그가 말했다.

“라라밴.”

“네?”

“네 이름은 앞으로 라라밴이다.”

소렌은 어리둥절했다. 모그는 원래 얘기로 돌아갔다.

“이 세상에 공짜는 없어. 건전지도 좋고, 건전지로 바꿀 수 있는 물건도 좋고, 아무튼 돈이 되고 가치 있는 건 뭐든 좋다. 수단과 방법은 묻지 않아. 나쁜 짓을 해도 좋고, 훔쳐도 좋아.

다른 사람의 도움을 받아도 좋고, 사기를 쳐도 좋다. 무슨 수를 쓰든 그냥 돈만 벌어오면 돼. 네가 그저 영양 반죽만 축내는 녀석이 아니라는 걸 증명하는 거야. 다른 녀석들은 모두 그렇게 일하고 있어. 그런데 너만 일하지 않는다면 불공평하지. 누구 한 명 봐주기 시작하면 다 봐줄 수밖에 없어. 가족은 그러면 안 돼. 누구 하나를 편애해선 안 돼. 가족은 모두 공평해야 하는 거야. 무슨 말인지 알지, 라라밴? 가즈니에게 가라. 가즈니가 할 일을 알려줄 거다."

모그는 다시 칼을 잡고 껌을 자르기 시작했다. 소렌이 몸을 돌려 쇠사슬 구멍에서 나가려고 하는데, 이건 꼭 물어야 할 것 같았다.

"그런데 라라밴이 무슨 뜻이죠?"

소렌은 두려움에 떨지 않을 수 없었다. 이 전직 퇴치꾼은 방금 자른 껌 조각을 입에 넣고 게걸스럽게 씹어대는 중이었다. 빨갛게 변한 볼을 문지르며 자기 뺨을 때리고 있었다. 그러더니 잠시 후 턱을 들고 눈꺼풀을 부르르 떨면서 코를 킁킁댔다. 얼굴에 난 흉터는 벌레가 살아 숨 쉬는 것처럼 꿀렁거렸다. 찢어진 콧구멍은 좌우가 따로 벌렁거렸다. 그리고 흐리멍덩한 눈으로 다가와 이렇게 속삭였다.

"벌레눈."

약 기운에 돌아버린 게 분명했다. 소렌은 허겁지겁 도망쳤다.

8

"처음엔 역시 도둑질이나 소매치기가 무난하지."

가즈니가 말했다.

"이 형님이 소매치기의 신이라는 얘기는 들어봤는지 모르겠네. 내가 하라는 대로만 하면 돈이 굴러들어 올 거야. 소매치기에 가장 중요한 게 뭔지 알아? 바로 눈썰미와 결단력이야. 멍청하고 둔해 보이는 먹잇감을 찾아내고, 찾으면 즉시 실행에 옮기는 거지. 그런데 내가 보니까 너는 소매치기 같은 건 못할 관상이긴 해. 소심하고 담이 작아. 소매치기하다가 붙잡히면 어떻게 되는지 알지? 손목이 잘려. 그렇게 손목 잘린 애들이 우리 하수구에도 셋이나 되지. 하지만 다 경험이니까, 두 손목이 모두 잘리기 전에 빨리 배우면 되지."

그 말에 소렌의 얼굴이 하얗게 질렸다. 가즈니가 또 말했다.

"정 손기술에 자신이 없으면 몽둥이를 들고 숨어 있다가 혼자 있는 사람 뒤통수를 후려치고 훔치는 방법도 있어. 너같이 배짱이 부족한 애들은 그게 더 나아."

"그런 거 말고 다른 방법은 없을까?"

"거주구에서 빈집을 털거나 기계를 부숴서 털어먹는 것도 있어. 그런데 이건 치밀한 준비가 필요해."

가즈니가 제안한 방법들은 전부 다른 사람에게 해를 끼치는 일이었다. 소렌도 계량기 조작이나 영양 반죽 훔치는 등 규칙을 어기는 짓을 하지 않은 건 아니지만, 다른 사람에게 직접적으로 해를 끼치는 일은 여전히 꺼려졌다.

"또 다른 건?"

가즈니가 소렌을 날카롭게 쳐다보더니 혼을 내듯이 말했다.

"돈을 버는 게 쉬운 일인 줄 알아? 백날 땅을 파봐라, 건전지 하나라도 나오나. 네가 하고 싶은 일만 하면서 살 수는 없어."

"강도질이 돈을 버는 유일한 방법은 아니잖아. 다른 일은 뭐든지 열심히 할 수 있어. 다른 방법은 없을까?"

"돈 버는 방법을 찾는 건 비밀 통로를 찾는 것과 같아. 겉으로는 보이지 않고, 찾으려면 부단히 애를 써야 한다는 거지. 그리고 찾고 나서는 다른 사람 몰래 혼자 이용해야 한다는 것도 같고, 찾는 과정에서 약간의 창의력도 필요하지. 즉, 남에게 쉽게 알려줄 수 없다는 거야."

가즈니가 잘난 척하며 거만하게 말했다.

"사실 딱 하나 방법이 있긴 한데…"

가즈니는 미끼를 흔들면서 소렌을 조금 더 깊은 곳으로 꾀어냈다.

"그게 뭔데?"

"아니야, 너무 위험해. 차라리 소매치기를 하는 게 나아."

"일단 얘기는 해볼 수 있잖아."

가즈니가 어쩔 수 없다는 듯이 이야기를 시작했다.

"발전소는 매우 거대해… 그거 알고 있어? 우리가 살고 있는 곳은 거대한 발전소의 일부분에 지나지 않아. 우린 그중에서 사람이 살만한 곳을 개조해서 살고 있는 거야. 그러니까 우리가 지금 알고 있는 곳보다 알지 못하는 곳이 훨씬 많은 거지. 우리 발전소 지하에 뭐가 있는지 알아?"

"발전소 지하? 하수구를 말하는 거야?"

가즈니가 고개를 저었다.

"더 깊은 지하 말이야. 잊혀지고, 버려진 곳이지. 거기엔 아직도 돈 되는 물건이 많아. 오죽하면 보물이 잠자고 있다는 말까지 있을 정도니까. 그런데 얼마 전 애들이 거기로 내려가는 길을 발견했어. 하지만 아직 아무도 가볼 엄두를 못 내고 있는

데, 원한다면 알려줄게."

소렌은 발전소보다 더 깊은 미지의 땅속을 생각하자 온몸이 오싹해졌다. 제정신이 박혀있는 사람이라면 그런 곳엔 발도 들이밀지 않을 것이다. 어떤 위험이 도사릴지 모르기 때문이다. 하지만 소매치기를 시도하다가 잡혀서 손목이 잘리는 것보다는 낫다고 생각했다. 일단 내려가 보고 무서우면 돌아와도 된다는 가즈니의 말도 소렌의 마음을 기울게 했다.

소렌은 하수구의 고아 중에서 같이 내려갈 사람을 찾아보았지만, 어떤 아이도 그 오싹한, 불길한 땅으로 내려가고 싶어 하지 않았다. 이런 상황에서 도움을 청할 친구라면 역시 하나뿐이었다.

소렌은 하수구에 내려온 뒤로 유르가와 만나지 않았다. 마음만 먹으면 언제든지 유르가를 찾아가서 안부를 전할 수 있었지만, 그러지 않았다. 유르가는 처음부터 하수구의 고아 무리와 한패가 되는 것을 반대했고, 그래서 싫어할 게 뻔하기 때문이었다. 하지만 언제까지 감추고 있을 수도 없었다.

소렌은 배급소 근처에 숨어서 일을 마치고 배급을 받으러 오는 유르가를 기다렸다. 곧 유르가가 몹시 지친 모습으로 등장했다.

"유르가, 유르가."

유르가는 빛이 들지 않는 구석에서 자신을 부르는 소렌을 발견하고 깜짝 놀랐다.

"소렌! 어떻게 된 거야? 그동안 어디에 있었어?"

"나는 지금 하수구에 있어."

유르가의 얼굴이 순식간에 찡그린 얼굴로 변했다.

"그 패거리와 어울리지 말라고 분명히 말했을 텐데! 노 젓기 싫다고 기어코 그 녀석들과 한패가 됐구나!"

"유르가, 진정해. 그건 내 의지가 아니었어. 내 소문은 들었지? 경비병에게 붙잡혔으면 난 그 자리에서 목이 매달렸을 거야."

"경비병한테는 왜 쫓긴 거야? 디노비크에게 대들었다는 게 사실이야?"

"사실이야."

"무슨 일이 있었어? 왜 그런 짓을 한 거야?"

"디노비크가 날 완전히 죽이려고 했어. 맞아 죽기 직전이었어. 그때 하수구 고아들이 날 구해준 거야. 그래서 한패가 될 수밖에 없었어. 하지만 네 말이 맞았어. 같이 지내보니 알겠어. 그 녀석들은 탐욕스럽고, 폭력적이고, 정말 못돼먹은 놈들이야."

소렌은 유르가의 도움을 받으려면 약간의 거짓말과 동정심 유발이 필요하다고 생각했다. 그래서 유르가의 화를 누그러뜨리기 위해 하수구 고아들을 열심히 비난했다. 그리고 고개를 숙이고 최대한 슬프고 절망적인 티를 내면서 말했다.

"나는 돈을 벌어야 돼."

"돈? 너 설마."

"걱정 마. 나쁜 짓을 하려는 건 아니야. 지하 깊은 곳에 지금은 버려졌지만, 예전에 발전소 영역이었던 곳이 있대. 거기로 내려가야 돼. 하지만 혼자 가기에는 너무 무서워."

"가족이라면서, 같이 갈 사람이 하나도 없어?"

"그놈들은 가족도 뭣도 아니야. 내가 노잡이로 돌아갈 수 없다는 약점을 이용해서 나에게 그런 걸 시킨 거야. 그래서 네 도움이 필요해, 유르가."

"같이 가달라는 거야?"

소렌이 고개를 끄덕였다.

"거기 가면 돈을 벌 수 있는 건 맞아?"

"나도 잘은 모르지만, 기계 부품이라든가 귀한 골동품 같은 게 있지 않을까?"

유르가는 크게 한숨 쉬고 화를 냈다.

"넌 항상 그런 식이야. 일을 저지르는 건 너고, 휘둘려서 피해를 보는 건 내 쪽이지."

"유르가, 부탁해. 이것만 도와줘, 응?"

소렌은 간곡히 부탁했다. 유르가는 영 마음에 들지 않았다. 소렌의 말에 어느 정도 거짓이 섞여 있다는 것도 유르가는 직감적으로 느끼고 있었다. 그러나 어쩌겠는가? 하나뿐인 친구가 부탁하는데. 속는다는 것을 알면서도 그렇게 할 수밖에 없는 게 또 가족이라는 것이었다.

'들어주면 안 돼. 결국 나만 손해 볼 거야. 또 나만 속상할 거라고.'

유르가는 그렇게 생각하면서도 입으로는 다른 말을 뱉었다.

"내 말엔 무조건 따르겠다고 약속해. 위험해지면 바로 돌아오는 거야."

소렌은 반드시 그러겠다고 대답했다. 유르가는 믿을 수 없었다.

세차게 물이 흐르는 하수도 옆에서 가즈니는 기다리고 있었다. 넓적한 고철이 세차게 흐르는 물 위에 떠 있었다. 고리에 걸려 있는 그것은 당장이라도 튀어 나갈 것처럼 심하게 흔들렸다.

소렌이 물었다.

"저게 내려가는 방법이야?"

"가장 확실한 방법이지. 이게 널 한방에 지하까지 데려다

줄 거야."

배라는 물체에 대한 정의를 아무리 후하게 잡아도 그 고철을 배라고 할 수는 없을 것 같았다. 이럴 줄 알았으면 내려가는 것을 다시 생각해 보았을 것이다. 하지만 가즈니는 사악한 미소를 띠면서 소렌을 곤란하게 만들었다.

"무서우면 관둬. 그냥 소매치기나 하든가."

소렌은 유르가 눈치를 살피다가 대답 대신 그 작은 고철 조각배에 올라탔다. 유르가는 뭔가 잘못되었다는 느낌을 강하게 받았지만, 이렇게 된 이상 어쩔 수 없었다. 유르가도 배에 올라탔다. 소렌이 앞에 타고, 유르가는 뒤에 탔다. 가운데가 오목하게 파여 있어서 어쨌든 사람이 탈 수 있는 모양새가 나오긴 했다. 가즈니가 걸려 있는 고리를 빼자, 방해물 없이 자유를 되찾은 고철 배가 철썩 소리와 함께 순식간에 물결을 타고 나아갔다. 손을 흔드는 가즈니의 모습도 순식간에 사라졌다. 배의 속도가 생각보다 빠르고 저항 없이 미끄러져서 소렌은 깜짝 놀랐다. 깜깜한 통로 속으로 빨려 들어가자 코앞도 보이지 않았고, '콰아아' 하는 물소리만 시끄럽게 귀를 때렸다. 물소리는 좁은 통로 속에서 더 크게 들렸다. 소렌은 덜컥 겁이 났다.

"이거 괜찮은 거 맞아?"

유르가가 소리쳤다.

"뭐라고? 안 들려!"

"이거 괜찮은 거 맞냐고!"

"나도 처음 타보는 거야!"

"날 죽일 셈이구나!"

"빠지지만 않으면 괜찮을 거야!"

빠지지만 않는다면 말이지. 자신이 한 말이지만, 소렌은 그 말이 무척 불길하게 들렸다. 빠지지 않는 게 거의 불가능한 일처럼 느껴졌다. 물살은 거세고, 작은 고철 배는 심하게 휘청거렸다. 과연 뒤집히지 않고 끝까지 갈 수 있을까?

"이거 어디까지… 어푸."

소렌은 끝까지 말을 할 수 없었다. 배가 한 번 크게 출렁이면서 튀긴 물살이 소렌의 얼굴을 후려쳤기 때문이다. 소렌은 손으로 얼굴을 닦으려고 한 손을 놓았다가 바깥으로 날아갈 뻔했다.

"조심해!"

유르가가 잡아주지 않았다면 틀림없이 물에 빠졌다. 소렌은 배에서 내리기 전까지 다시는 손을 놓지 않겠다고 다짐했다. 어둠에 눈이 적응하자 약간의 형체를 구분할 수 있을 정도는 보였다.

"오른쪽으로 꺾어!"

소렌이 외치자 유르가는 오른쪽으로 몸을 기댔다.

"왼쪽!"

이번엔 왼쪽이었다.

"다시 오른쪽!"

시원한 바람이 귓가를 스치고, 물살이 철썩일 때마다 물보라가 튀었다. 머리가 위기를 감지하지 못하게 된 것인지, 소렌은 이런 것들이 신나기 시작했다. 어느새 입가에는 미소가 지어졌다. 소렌은 균형을 잡으려면 머리를 숙이고 몸을 낮게 붙이는 게 유리하다는 걸 깨달았다. 안전 측면에서도 그랬다. 방금도 유르가가 갑자기 "숙여!"라고 소리쳤을 때 재빨리 머리를 숙이지 않았다면 낮은 천장에서 튀어나온 칼날 같은 쇳조각에 머리가 둘로 갈라졌을 터였다.

깜깜한 통로가 끝나고 좌우로 커다란 기계들이 줄지어 서 있는 공간을 가로질러 갈 때는 가슴이 두근거렸다. 그다음에는 복잡하게 연결되어 있는 수많은 톱니바퀴가 머리 위를 지나갔다. 오른쪽을 보면 높게 쌓인 축대를 따라 원통 모양 저장고가 계단처럼 서 있었고, 왼쪽에서는 용광로가 펄펄 끓는 중이었다. 그 위에서 피어오르는 핏빛 수증기가 멀리 있어도 데일 것처럼 뜨겁고 무섭게 느껴졌다. 멀리서 똑같이 물이 흐르는 다른 수로도 보였다. 커다란 회색 방에서 여러 개의 수로가 모이

더니 하나로 합쳐졌다. 대단한 광경이었다. 소렌은 이쯤에서 멈출 거라고 생각했다. 하지만 배는 계속 갔다. 수로가 하나로 합쳐지자, 유속이 더 빨라졌다. 소렌은 멈추고 싶었는데 배가 너무 빨라서 멈출 수가 없었다. 멈출 방법도 몰랐다.

소렌이 절망적으로 외쳤다.

"어떻게 멈춰야 할지 모르겠어!"

유르가는 귀를 의심했다.

"타기 전에 멈출 방법을 생각 안 했단 말이야?"

"이렇게 빠를 거라고 생각 못 했지!"

"그게 말이 되는 소리야?"

두 소년은 몸을 한쪽으로 기울여서 배가 벽에 닿게 하려고 했다. 하지만 물이 워낙 빠르고 직선으로 강하게 흐르고 있어서 배를 벽에 붙이는 것은 어려웠다. 하지만 그것도 곧 작은 고민이 되고 말았다. 부서지는 듯한 요란한 물소리가 앞에서 점점 크게 들려왔기 때문이다. 소리가 커짐에 따라 물도 점점 거칠어졌다. 유르가가 찢어지듯 소리쳤다.

"폭포다!"

결국 올 것이 왔구나! 소렌은 생각했다. 물은 아래로만 흐르고, 즐겁고 신나는 모험만 계속되리란 법은 없는 것이다. 소렌은 두려움에 유르가를 꽉 붙잡았다. 유르가의 얼굴에도 두려운 빛이 스쳤다.

물에 빠진 쥐 한 마리가 허우적거리며 옆에서 떠내려가고 있었다. 숨 쉴 틈 없이 머리를 덮는 파도, 출렁이는 거친 물살, 하얀 거품이 이는 물보라에도 쥐는 용감히 저항했다. 산산조각 내고, 절망에 빠뜨려서, 이윽고 삼켜버리는 파도에도 쥐의 의지는 꺾이지 않았다. 하지만 버틸 수 없는 강력한 소용돌이가 그를 물속 깊숙한 곳으로 끌고 내려갔고, 다시 떠오르지 않았다.

그때 이상한 일이 벌어졌다. 이 긴급한 순간에 소렌이 고개를 돌려서 유르가를 보더니 크게 웃음을 터뜨린 것이다. 유르가는 소렌이 미쳤구나 싶었다. 하지만 어찌 된 일인지 유르가도 곧 웃음을 터뜨렸다. 두 소년은 이 상황을 진심으로 즐기기 시작했다. 모든 일이 잘 풀릴 것 같은 느낌이 들었다.

폭포 끝에 도달했을 때 세상이 갑자기 조용해졌다. 바닥이 없는 시커먼 어둠이 두 소년이 탄 배를 삼키려고 입을 벌렸다. 더 큰 모험이 소년들을 기다리고 있었다. 두 소년은 희열에 벅차서 이렇게 외쳤다.

"꽉 잡아!"

9

관성과 중력의 강력한 힘 때문에 배 밖으로 튕겨져 나온 소렌은 공중에서 빙글빙글 돌다가 물속으로 처박혔다. 물에 처박히는 순간에는 망치로 머리를 때린 것처럼 목과 허리는 푹 꺾이고, 두 손과 두 발이 꼿꼿하게 펴졌다. 입과 코와 귀로 물이 강제로 밀고 들어와서 물먹은 신경이 일시적으로 기능을 잃고 허우적거렸다. 소렌은 날아갈 것 같은 의식을 필사적으로 붙잡았다.

"허억… 헉, 헉, 어푸, 헉, 콜록콜록."

소렌은 입을 크게 벌리고 탐욕적으로 공기를 삼켰다. 작은 고철 조각배에 상반신을 걸치고, 마찬가지로 흠뻑 젖은 채로 지쳐서 조각배에 상반신을 걸친 유르가를 바라보았다. 소렌이 유르가를 배 위로 끌어 올렸다. 두 소년은 비좁은 배 안에서 어깨를 맞대고 누워서 휴식을 취했다. 이윽고 호흡이 안정되자 유르가가 말했다.

"정말 재밌었어. 하지만 다신 타지 말자."

소렌은 말없이 웃기만 했다. 유르가도 웃었다. 배를 타고 내려오면서 두 사람 간에 해묵은 감정도 함께 씻겨 내려간 것 같았다. 역시 유르가와 있을 때 가장 편하고 자연스러웠다.

쏟아지는 폭포 때문에 밑은 호수가 되어 있었다. 두 소년은 손으로 노를 저어서 땅으로 올라왔다. 젖은 옷을 벗고, 주위에 흩어져 있는 마른 나무토막을 모아 불을 붙였다. 불을 붙일 때는 피카르디에게 빌린 라이터를 사용했다. 작은 모닥불에서 나오는 따뜻한 빛이 몸을 감싸고 잔잔한 물가 위로 어른거리는 그림자를 만들었다.

쥐 한 마리가 모닥불 옆으로 쪼르르 달려갔다. 소렌과 유르가의 눈이 마주쳤다. 같은 생각이 두 소년의 눈동자를 스쳤다. 소렌이 쥐의 뒤를 쫓아 뛰쳐나갔다. 유르가는 빙 돌아서 쥐의 앞을 막았다. 하지만 작고 날쌘 쥐는 유르가의 다리 사이로 빠져나갔고, 두 소년은 머리를 박고 말았다. 둘은 거울에 비친 모습처럼 똑같이 뒤로 자빠져서 한 손으로 머리를 감쌌다.

"아니, 그것도 못 잡아?"

"누가 할 소리!"

옥신각신할 틈이 없었다. 이번엔 유르가가 쥐를 쫓았다. 모닥불을 빙빙 돌면서 꽁무니를 쫓는 모습에 소렌이 폭소를 터뜨렸다. 유르가가 빨리 잡으라고 소리쳤지만, 구경하는 편이 훨씬 재밌었다. 그러다가 어지럼증을 느낀 유르가가 자기 발에 걸려 넘어졌고, 쥐는 보이지 않는 어둠 속으로 사라졌다.

"배만 더 고파진 것 같아."

유르가가 털썩 주저앉으며 말했다.

"동생이 배고파할 텐데…"

소렌은 더 이상 노를 젓지 않지만, 유르가는 여전히 노잡이로 일하고 있었다. 소렌은 유르가가 요즘 어떻게 지내는지 궁금했다. 혼자서는 계량기 조작도 할 수 없기 때문에 무척 힘들 터였다.

"동생이 일을 시작했어."

"정말이야? 그거 대단한데."

소렌이 놀란 부분은 어린 동생이 벌써 일을 시작했다는 부분이 아니라 어린 고아가 할 수 있는 일자리를 용케도 찾았다는 부분이었다. 어른들은 어린 고아에게 일을 맡기려 하지 않았다.

"그래서 배수로 청소를 하고 있어."

"냄새 지독하겠다. 오물과 찌꺼기 퍼내는 일이잖아, 그거."

"나는 조금도 신경 쓰지 않아. 그보다는 동생의 건강이 걱정이야. 일을 하고 오면 기침을 계속하거든. 아마 거기서 들이마시는 유독한 공기 때문일 거야. 안 그래도 몸이 약해서 잘 뛰지도 못하는 애인데."

동생을 걱정하고는 있지만, 그 안에서는 다른 감정도 묻어나오고 있었다. 그것은 동생을 기특하고 대견하게 여기는 마음이었다. 그 마음은 소렌에게까지 전달되었다. 형제의 우애가 느껴지는 아주 감동적인 장면이었지만, 소렌은 왠지 가슴이 뜨겁고 기분이 좋지 못했다.

소렌이 모닥불 옆을 기어가는 벌레를 손가락으로 꾸욱 눌러 죽이며 말했다.

"우리는 이 벌레나 마찬가지야. 하찮고, 죽어도 아무도 신경 쓰지 않아. 눈에 띄지도 않고, 목소리를 내도 들어주는 사람도 없어. 발에 밟혀도 죽은 줄도 모르지."

소렌은 계속 말했다.

"한 명 한 명의 고아는 외롭고 나약해. 그래서 뭉쳐야만 하는 거야. 뭉치면, 우리도 강해질 수 있어. 강해져야 또 하루를 살아갈 수 있는 거야."

유르가는 대답하지 않았다.

"고아들도 의지할 존재가 필요해. 난 그걸 깨달았어."

"그게 그 가짜 퇴치꾼이야?"

"가짜?"

"자기가 퇴치꾼이라는 말을 믿어?"

"그 사람은 진짜 퇴치꾼이야."

"내가 보기엔 아니야."

유르가는 옷을 들쳐서 배를 드러냈다. 그러자 붉게 일그러진 화상 흉터가 두 개가 보였다. 소렌의 배와 옆구리에도 같은 흉터가 세 개 있었다.

"우리를 이렇게 만든 놈을 믿자고?"

모닥불은 많이 어두워졌고, 소렌은 피로감을 느꼈다.

"아무튼… 고아들에게도 가족이 있어야 한다는 거야."

"나는 가족이 아니야?"

"그게 아니라 내 말은…"

소렌은 말실수를 바로잡으려다가 관뒀다. 유르가가 말했다.

"소렌, 넌 거기서 나와야 해."

소렌은 대답하지 않았다.

"그럴 생각은 있는 거야?"

"물론, 그러고 싶어. 하지만 노잡이에서도 쫓겨났고, 난 이미 하수구에서 살아갈 수밖에 없어."

그 말에 유르가는 씁쓸하게 미소 짓고 더 말하지 않았다. 소렌은 다 타버려서 도저히 불이 붙을 구석이 없는 모닥불에 억지로 불을 붙이려고 계속 라이터를 갖다 댔다. 그러나 불은 끝내 붙지 않았다.

옷을 입고 소렌이 일어난 순간이었다. 폭포가 수도꼭지를 잠근 것처럼 물줄기가 점점 가늘어지더니 이윽고 끝나버렸다. 그리고 벽인 줄 알았던 곳이 열리면서, 땅이 진동하는 소리와 함께 물이 빠져나가기 시작했다. 두 사람이 타고 온 고철 배도 보이지 않는 곳으로 쓸려갔다.

물이 차 있던 곳에는 무섭고 커다란 검은 구멍만 남았다. 소렌은 아래로 내려가 봐야 할 것 같은 느낌이 들었다. 갑작스러운 변화는 모험심을 부르고, 보물은 그 모험 끝에 있는 법이라서, 소렌이 "내려가 볼래?"라고 묻자, 유르가도 고개를 끄덕였다.

바닥으로 내려오자 한층 더 진한 어둠이 주위를 감싸는 가운데, 바닥에서 피어오르는 수증기가 음산한 안개처럼 사방에 깔려 있었다. 소렌은 라이터를 꺼내서 불을 켜고, 안개를 헤치듯이 팔을 저으며 나아갔다. 라이터의 붉은빛이 안개에 번져서 동그란 구 모양으로 축축하게 빛났다. 유르가는 라이터가 흩뿌리는 빛으로 바닥을 살폈다. 폭포 위에서 남은 물이 후드득 떨어져서 화들짝 놀라긴 했으나, 그밖에는 아무것도 없었다. 적

막하고, 고요했다.

바닥으로 내려온 것이 과연 옳은 판단이었는지 소렌은 걱정되었다. 또 어떤 기계장치가 갑작스럽게 움직여서 예상치 못한 위험을 초래할지 모를 일이었고, 폭포가 다시 쏟아지거나 물이 흘러가는 통로에 어떤 가공할 비밀이 숨겨져 있을지 몰랐다. 단단하고 축축한 바닥은 불길한 감상을 떠오르게 만들고, 떠도는 안개는 보물을 감추고 있는 혼령들 같아서, 두 소년은 거의 말도 못 하고 엄숙함을 지키며 조심스럽게 나아갔다.

유르가가 작게 속삭였다.

“그만 올라가자. 여기 있으면 안 될 것 같아.”

“좀만 더 가보자.”

“느낌이 안 좋아. 빨리 돌아가자.”

“좀만 더… 잠깐만, 저 앞에 뭐가 있어!”

소년들은 멈춰 섰다. 그것은 거대한 벌레의 시체였다. 오래전 물에 빠져 죽은 벌레가 바닥이 드러나자 모습을 나타낸 것이다.

그것은 죽어서도 생전의 위엄을 조금도 잃지 않았다. 키틴질의 껍질은 방금 천으로 닦은 것처럼 광이 났고, 뿔은 무르지 않고 여전히 단단하여 죽어서도 기백을 잃지 않은 벌레의 기상이었으며, 이빨과 발톱은 흐트러지지 않은 감각과 본능의 징후였다. 그것은 흐릿한 연기로 가득 찬 이곳에서 유일하게 뚜렷하고 분명한 선과 면의 집합체였다. 가장 인상적인 것은 그 크기였다. 그것은 일반적으로 상상할 수 있는 크기가 아니었다. 위로 솟은 뿔은 소년들의 키보다 컸고, 발톱이 손보다 컸다. 소렌은 아기가 된 것 같았다. 세상 모든 것이 나보다 커서 자기 몸으로 크기를 비교하는 순진한 아기 말이다. 벌레는 유르가와 소렌이 양팔을 벌린 것보다 더 컸다. 벌레 주위를 완전히 감싸려면 고아 열 명은 필요할 것 같았다.

"거대벌레…"

유르가가 방금 막 지옥에서 기어 올라온 사람처럼 힘겹게 짜낸 목소리로 중얼거렸다.

커다란 이빨과 무시무시한 발톱은 사람 따위는 우습게 찢어 죽일 것 같았고, 물에 잠겨 있었는데도 날카로움이 쇠하지 않았다. 껍질도 전혀 물러지지 않았다. 생전의 위엄을 조금도 잃지 않고, 여전히 살아 움직일 것처럼 모습이 훼손되지 않아서, 소렌은 거대벌레가 사실은 잠에 빠져 있을 뿐이고 당장이라도 눈을 뜰까 봐 두려웠다.

유르가는 뒷걸음질 치다가 소리를 질렀다. 거기에는 또 다른 거대벌레가 있었다. 자세히 보니 그것은 거대벌레가 아니라 거대벌레를 묘사한 석상이었다. 거대벌레 석상은 하나가 아니었다. 그들은 소렌과 유르가를 둘러싸고 있었다. 극심한 공포에 소년들은 뒤도 돌아보지 않고 땅 위로 올라왔다.

그때 폭포가 다시 쏟아지면서 구멍에 물이 차기 시작했다. 물이 차면 빠지고, 빠지면 다시 차는 구조인 것 같았다. 폭포에서 떨어지는 게 조금만 늦거나 빨랐으면 아마 큰일이 났을 것이다. 소렌과 유르가는 올라갈 길을 찾기 위해 분주히 움직였다.

10

폭포를 거슬러 올라갈 수는 없으므로 그들은 벽 근처에서 위로 향하는 계단이나 사다리를 찾았다. 하지만 어디에도 그런 건 보이지 않았다. 당연히 올라갈 길이 있을 거라고 생각한 소년들은 당황했다. 혹시 사람을 부를 수 있는 호출 장치 같은 게 있나 찾아보았지만, 그런 것도 없었다. 꼼짝없이 갇힌 것이다.

그때, 어떤 불빛이 소렌의 눈을 건드렸다. 붉은 비상등이 굳게 닫힌 철문을 비추고 있었다. 소렌은 저런 곳이 있었나 하고 생각했다. 그리고 홀린 것처럼 다가갔다. 철문은 잠겨 있지 않고 기다리고 있던 것처럼 쉽게 열렸다. 긴 복도가 보였다. 오래된 비밀 통로가 틀림없었다. 유르가는 들어갈지 말지 소렌의 결정을 기다렸다. 소렌은 안으로 들어갔다.

붉은 비상등 아래로 길게 뻗은 통로가 땅끝으로 떨어지는 구멍처럼 보였다. 통로 양쪽에는 격자 모양의 철창으로 막혀 있어서 다른 곳으로 갈 수도 없고, 그래서 갇혀 있는 느낌도 들었다. 길은 바닥에서 조금 떠 있어서 다리를 건너는 것 같기도 했다. 바닥에서는 하얀 연기가 올라왔고, 철창 바깥에서 희미한 형체가 보인 것 같았는데, 연기에 가려서 사라졌다.

머리 위로는 수많은 전기선이 지나갔다. 그것들은 구불구불하고 다발로 묶여 있었다. 소렌은 이 전기선이 어디까지 뻗어 있는지, 무슨 목적으로 뻗어 있는지 궁금했다. 전기를 운반한다면 그것은 필시 전구를 밝히고 기계를 돌리기 위함일 텐데, 이곳은 중간중간 떠 있는 붉은 비상등이 전부였고, 기계가 돌아가는 작은 소리조차 들려오지 않아서 이 전깃줄을 포함하여 비밀 통로까지도 전부 망해버린 세계의 일부분이 아닌가 하는 생각이 들었다.

통로는 생각보다 훨씬 깊었다. 이렇게 걷기만 하다가는 발전소로 돌아가는 게 아니라 반대로 발전소를 떠나버리는 게 아닌가 싶을 정도였다. 그래도 길은 계속될 뿐이었다. 어디까지 이어지기에 이렇게 길고도 깊은 것일까? 양옆의 철창이 평범한 벽으로 바뀌면서 통로는 갑작스럽게 끝이 났다. 바닥도 평범하게 바뀌고 연기도 올라오지 않았다. 머리 위를 지나가는 전기선들은 빨려 들어가듯이 위쪽으로 사라졌다.

소렌은 깜짝 놀랐다. 벽에 괴물 같은 커다란 그림자가 나타난 것이다. 자세히 보자 그것은 그림자가 아니라 낙서였다. 그런데 더 자세히 보자 그것은 낙서도 아니었다. 낙서라기엔 지나치게 크고, 섬세하며, 자세했다. 그것은 어떤 구조를 나타내는 것 같았다. 소렌이 라이터를 높이 들었다. 그러자 작은 불빛 아래 숨겨져 있던 그림이 모습을 드러냈다. 그것은 거대한 설계도였다. 소년들은 탄성을 뱉었다.

“도대체 이게 뭐지? 누가 여기에 이런 걸 그려놓은 거야?”

“이건 정말 엄청난데, 나는 약간 무서울 정도야.”

유르가는 위치를 옮겨가면서 그림을 샅샅이 살폈다.

“이건 발전소의 단면도 같아. 자, 봐. 층이 나누어져 있잖아? 이 위쪽은 지하수를 끌어올리는 수직 펌프와 기관부가 있는 곳이야. 그리고 중간층에 발전부가 있고, 그러면 여기가 노잡이들이 노를 젓는 곳이겠지. 텅 빈 이 공간은 광장인 거 같고, 여기가 거주구… 가 아닌가? 물자 창고처럼 보이는데. 지하에 있는 건 쓰레기장과 하수구야. 그런데…”

유르가는 발전소 지하에서 더 깊은 곳으로 빠지는 수로를 손가락으로 가리키며 따라가다가 심각한 얼굴로 입을 다물었다. 발전소 지하에 발전소보다 더 큰 건물이 있었다.

“이게… 뭐지? 마치… 발전소 밑에 발전소가 하나 더 있는 것 같잖아."

거대하고 강력한 수직 육각 구조물이 있었다. 지하보다 더 깊은 심연 속에서 발전소를 떠받치며, 꼿꼿한 모양새로 서 있었다. 치밀하고 완벽하게 설계된 노심은 강철보다 무거운 피스톤을 펌프질하며, 한계까지 압축된 방대한 양의 초고열 증기를 내뿜는다. 강철 외피에 둘러싸여 바위처럼 견고하게 밀폐되어 있었다. 거기에는 이렇게 쓰여 있었다.

"창조의 엔진…"

소렌은 전율을 느끼며 중얼거렸다.

"소렌, 방금 뭐라고 했어?"

"창조의 엔진이라고 쓰여 있어."

"그게 뭐야?"

"나도 잘… 모르겠어."

"잠깐, 옆에 뭐가 또 있는데?"

확대를 해놓은 것 같은 길쭉한 물체가 그려져 있었다. 어떤 기계의 부품 같아 보였는데, 정확히 뭔지는 알아볼 수 없었다.

"이거는 뭐라고 쓰여 있는 거야?"

글자가 오래되고 희미해졌는데, 휘갈겨 써서 알아보기 더욱 힘들었다. 소렌은 천천히 읽었다.

"이것을 얻는 자, 태양의 힘을 손에 넣으리라."

소렌은 새로운 충격을 받았다. 유르가가 흥분해서 물었다.

"태양? 지상에 떠 있다는 그 태양 말이야? 영원히 타오르는 햇불?"

"그런 거 같아."

소렌은 이걸 그린 사람이 누굴지 상상해 보았다. 지하에 갇혀서 연구에만 골몰하던 한 광인은 아니었을까. 유르가는 나갈 길을 찾으려고 빨리 앞으로 나아가려고 하는데, 소렌은 아까 본 것에 대해 생각하느라 자꾸 발걸음이 늦어졌다. 유르가가 두세 번 재촉하고 나서야 겨우 발을 움직였다. 하지만 걸으면서도 고개를 숙이고 여전히 아까 본 것들에 대해서 생각했다.

유르가가 불쑥 말했다.

"글을 읽을 줄 아는지 몰랐어."

"읽을 일이 없었으니까."

"글을 읽을 줄 알면 노잡이 같은 게 아니라 훨씬 좋은 일을 할 수 있을 텐데, 정비공이라든가 관리직 같은 거 말이야."

"알잖아, 고아라서 불가능한 거."

"그런데 글은 누구한테 배운 거야?"

"날 키워준 사람들한테 배웠어."

"그게 누군데? 왜 이젠 안 만나?"

"만나고 싶지 않아."

“왜?”

“난 버림받았거든.”

그들은 계속 나아갔다. 유르가는 아까 보았던 커다란 설계도에 대한 생각을 하고 있었다. 발전소 지하에서 더 깊은 곳으로 떨어지는 수로가 머릿속에서 맴돌아서, 혹시 자신들이 그곳으로 빠진 게 아닌지, 그렇다면 지금 그들이 있는 곳은 발을 들이밀어서는 안 되는 금지된 장소, 잊혀진 장소, 폐쇄된 장소가 아닌지 걱정과 불안에 시달렸다.

깜짝 놀랐다. ‘띵동’ 하는 소리가 울리더니 옆에 있는 벽이 갈라지면서 열렸다. 그것은 승강기처럼 보였다. 발전소에도 승강기가 있다. 타본 적은 없고 본 적만 있는데, 구형 모터에 줄을 달고 구멍이 숭숭 뚫린 녹슨 철판과 몇 개의 철골만 사용해서 만든 불안하기 짝이 없는 물건이었다. 그런데 이 승강기는 훨씬 오래된 시간의 물건일 터인데, 더 높은 기술로 만들어진 것 같았다. 단단하고 깨끗한 벽과 바닥에 눈부실 정도로 밝은 백색의 빛이 쏟아져서 붉은 비상등이 비치고 있는 통로와는 본질적으로 다른 장소처럼 느껴졌다.

소년들은 훌륭한 승강기에 한번 놀라고, 버튼이 3줄이나 있다는 것에 두 번 놀랐다. 발전소에 이렇게나 층이 많은 줄 몰랐다. 그들은 무조건 가장 높은 층으로 가는 버튼을 눌렀다. 문이 닫히고 승강기가 움직이기 시작했다. 소년들은 비로소 안심했다. 드디어 발전소로 돌아갈 수 있었다. 그런데 아니었다! 승강기는 아래로 향하고 있었다! 분명히 가장 높은 곳으로 가는 버튼을 눌렀는데, 최하층으로 가는 버튼이 눌려 있었다! 승강기는 심연으로 내려가고 있었다. 두 소년은 서로에게 꽉 매달렸다.

'우우웅' 하는 부드러운 소리를 내며 승강기는 움직였다. 약간이지만 몸이 뜨는 느낌이 들었다. '띵동' 소리가 나고, 문이 열렸다. 처음에는 아무것도 보이지 않았다. 그리고 어둠의 숨결이 승강기 내부로 밀려 들어왔다. 소렌은 흠잡을 데 없는 완벽한 어둠을 마주했다는 느낌에 몸을 떨었다. 그 어둠은 평화로운 세계에 나타난 불청객의 뺨을 스치고, 두려운 경고를 남기며 사라졌다. 다음으로 으스스한 바람이 찾아와 복도에 있는 먼지들을 승강기 안으로 밀고 들어왔다. 소렌은 한기를 느끼면서 자기도 모르게 팔을 감싸고 바깥으로 한 걸음 내디뎠다. 딱 한 걸음 내딛자, 소렌의 움직임을 감지라도 한 것처럼 머리 위에서 자동으로 불이 들어왔다. 하지만 딱 코앞 부분만 희미한 조명이 켜졌다. 그것은 앞으로 계속 나아가라는 누군가의 뜻처럼 느껴졌다.

한 발짝씩 나아갈 때마다 놀라운 광경이 펼쳐졌다. 그림자들이 물러나면서 넓은 공간이 드러났고, 감춰져 있던 형체들이 어둠을 벗고 모습을 드러냈다. 처음 보는 방식의 구조물과 건축 양식들, 영겁의 시간 속에 잠든 기술과 기계들이 나타난 것이다. 기둥인 줄 알았던 것은 거대한 기중기였고, 측면에는 아치 모양의 구멍이 수없이 나 있는데 구멍마다 자동으로 물건을 나르기 위한 벨트가 설치되어 있었다. 그 옆에는 작동하지 않는 기계 집게발이 고개를 떨구고 쓸쓸하게 앉아 있었다. 키가 큰 조명이 규칙적인 간격으로 곳곳에 서 있고, 갈고리 달린 도르래가 그 옆으로 내려와 있었다. 그리고 천장 높은 곳에 이 모든 것을 통제하기 위한 관제소 같은 곳이 보였다.

소렌은 어느새 두려움도 잊고 이 신비로운 공간의 첫 번째 발견자라는 사실에 가슴이 부풀었다. 하지만 유르가는 그러지 못했다. 낯설고 새로운 광경에 극히 불안했다. 지금 이 장소가 비정상처럼 보였고, 그들이 있어서는 안 될 장소처럼 느껴졌다.

"소렌, 돌아가자. 나 느낌이 안 좋아."

가장 깊숙한 곳에는 녹슬고 찌그러진 컨테이너 더미가 아무렇게나 막 쌓여 있었는데, 마치 강한 힘으로 컨테이너를 찌그러뜨리고 내던진 것처럼 기이한 광경이었다. 그리고 그 옆에 두꺼운 사슬에 묶여 봉인된 커다란 문이 있었다. 천장에 닿을 만큼 높고, 양팔을 벌린 것보다 수십 배는 더 넓었다. 이렇게 거대한 문을 소렌은 본 적이 없었다. 가장 신비하고, 가장 수상쩍고, 가장 범상치 않으며, 가장 이상한 기운이 느껴져서, 소렌은 이 문이 자신을 여기까지 부른 진정한 장본인이 아닌가 하는 생각까지 들었다.

"뭔가 이상해. 여기 있으면 안 될 거 같아. 빨리 돌아가자. 소렌, 거기 다가가지 마. 소렌, 내 말 안 들려? 돌아가자고 했잖아! 소렌!"

그 알 수 없는 끌림을 느끼면서, 소렌이 문에 손을 가져갔다. 그 순간 차르르륵 소리를 내면서 사슬이 풀리고 문이 열리기 시작했다. 어떤 일이 일어나려고 하고 있었다. 거대한 철문이 열리는 진동으로 공간 자체가 흔들렸다. 천장에서 하얀 가루가 떨어지고, 바닥에서 돌이 튀었으며, 거대한 철문에서는 녹 조각이 떨어졌다. 거대한 괴물이 아주 오랫동안 다물고 있던 입을 여는 것 같았다. 그 입에서는 독한 바람이 풍겨 나왔고, 눈이 따가운 먼지와 부스러기가 날렸다. 그 안쪽으로는 목구멍처럼 깊은 어둠이 자리하고 있었다. 소렌은 두려움을 느끼고 뒷걸음질 쳤다. 소렌이 한 번도 본 적 없는 진하고 찐득한 어둠이었다. 거기 붙잡히면 목구멍 안쪽으로 넘어가 다시는 빠져나오지 못할 것 같았다. 그런데 그때 어둠을 잘 보는 소렌의 눈이 문 안쪽에서 반짝이는 무언가를 찾아냈다. 그것은 두껍고 묵직한 유리 막대였다. 안에는 무슨 액체가 들어있어서 꿀렁거렸고, 막대 양 끝에는 어딘가에 접속할 수 있는 단자가 달려 있었다. 처음 보는 물건이었다. 용도가 무엇인지는 짐작도 할 수 없었다.

어둠의 목구멍에서 한 차례 더 바람이 불어왔다. 이번 입김은 뜨거운 한숨 같았다. 그다음에는 심장까지 얼어붙을 정도로 차가운 공기가 불었다. 소렌은 눈을 찡그리고 문 뒤로 끝없이 뻗어 있는 어둠 속을 지그시 쳐다보았다. 어떤 형체가 움직이는 것 같기도 하고, 공기의 흐름인 것 같기도 하고, 창백하게 변한 사람 얼굴 같기도 하고, 더 들어가서 살펴보기에는 너무 괴상하고 두려웠다. 이젠 무슨 목소리까지 들리는 것 같았다!

갑자기 키가 큰 조명들이 동시에 삐걱거리며 좌우로 흔들렸다. 천장에서 흰 가루가 파스스 떨어졌다. 무슨 일이 일어나려고 했다. 안쪽에서 쿵쿵거리는 발소리가 들렸다. 소렌은 지금 당장 도망쳐야 한다고 생각하면서도 발은 꽝꽝 얼어서 움직이지 않았다. 유르가도 마찬가지였다. 겁을 먹고 얼굴이 하얗게 질렸지만, 먼저 도망치지는 못하고 있었다.

소렌의 입에서 목소리가 흘러나왔다.

"모든 어둠에는 주인이 있다. 모든 어둠에는 주인이 있다."

어둠으로부터 거대벌레가 모습을 드러냈다. 여섯 개의 다리로 육중한 몸체를 지탱하고, 더듬이는 짧고 뾰족했으며, 눈동자도 없는 검은 눈알은 매끄러웠다. 커다란 분쇄기 같은 앞턱은 두 소년의 머리를 한꺼번에 씹을 수 있을 정도로 컸다. 그 턱 안쪽에서 작은 입들이 교차하면서 움직이는데, 소렌은 유르가에게 들었던 노인 이야기가 떠올라서 소름이 돋았다.

벌레가 괴성을 질렀다.

"도망쳐!"

유르가가 소리쳤다. 그 외침이 굳어 있던 소렌을 뛰게 만들었다. 벌레가 조금 늦게 반응한 것은 우두커니 서 있던 그들이 갑자기 뛰쳐나가 놀랐을 뿐, 이제 그들을 갈기갈기 찢어버리려고 쫓아오고 있었다. 벌레의 몸집보다 조금 작은 통로가 아니었다면 소년들은 이미 고기 조각이 되었을 것이다. 하지만 그것도 괴물과 소년들 사이에 약간의 유예를 두는 것에 지나지 않았다. 어마어마한 완력으로 복도를 부수고, 비틀고, 강철처럼 단단한 발톱으로 바닥을 파내면서 자신의 몸집보다 작은 통로를 평지처럼 달렸다.

"뛰어! 경비병이 쫓아온다고 생각하고 뛰어!"

유르가가 전하고자 하는 뜻은 알겠지만 소렌은 비교 대상이 너무 하찮다고 생각했다. 심연에서 걸어 나온 거대한 벌레와 멍청하고 초라한 경비병 사이에서 한쪽에 붙잡혀야 한다면 백

번 죽어도 경비병 쪽을 택할 것이다. 소렌이 달리면서 철문을 닫았지만, 그것은 벌레의 기세를 늦추지도 못하고 한방에 박살나서 소년들 머리 위를 날아와 코앞에 떨어졌다.

"저기야! 승강기야!"

승강기에 도착하자마자 닥치는 대로 버튼을 눌렀다. 승강기는 작동했다. 그것이 얼마나 감사한 일인지 모른다.

콰앙!

벌레가 승강기 문에 박는 충격이 소년들이 타고 있는 승강기를 뒤흔들었다. 소년들은 승강기 안에서 나뒹굴었다. 승강기는 삐걱삐걱 위태로운 소리를 내면서 위로 올라갔다. 소렌은 제발 떨어지지 않기를 간절히 빌었다. 마침내 잠잠해지고, 소년들은 숨을 죽였다. 얼마간의 시간이 흐르고 '띵동' 하는 소리와 함께 문이 열렸다. 그들은 밖으로 튀어나왔다.

발전소였다. 그들의 익숙한 발전소로 돌아온 것이다. 소년들은 탈진하여 쓰러졌다. 소렌은 몸에 감각이 하나도 없었다. 손가락도 하나 까딱할 수 없었다. 유르가는 지친 눈으로 소렌의 손을 내려다보고 있었다. 거기에는 길쭉한 유리 막대 하나가 들려 있었다.

11

"이것을 얻는 자, 태양의 힘을 손에 넣으리라… 그렇게 쓰여 있었단 말이지?"

모그가 유리 막대를 살펴보며 말했다. 소렌이 고개를 끄덕였다.

"이게 뭔데 태양의 힘을 손에 넣는다는 거야? 불탄다는 뜻인가? 뜨겁다는 뜻인가? 어떻게 작동하는 거야?"

가즈니가 질문을 퍼부었다.

"나도 잘 모르겠어. 하지만 벽에 있던 낙서에는 그렇게 쓰여 있었어. 길쭉하고 끝은 뾰족한 그림이 있었고. 봐, 똑같이 생겼잖아."

소렌은 날카로운 도구로 벽을 긁어서 자신이 지하에서 본 것을 그대로 그렸다. 가즈니는 그 둘이 비슷하게 생겼다는 감상에는 동의하면서도, 그런 우연이 일어날 확률에 대해서는 부정적이었다. 안에 투명하고 걸쭉한 액체가 들어있다는 점만 빼면 겉보기에도 평범했다. 이 유리 막대가 그런 엄청난 힘을 갖고 있을 거라고 상상이 되지 않았다.

“난 잘 모르겠어.”

“잘 봐. 똑같이 생겼다니까?”

“우연히 비슷하게 생겼을 수도 있지. 그리고 그 낙서가 진짜라는 보장도 없잖아. 웬 미친놈이 헛소리를 적어놓았을 뿐일지도 모르지. 아마 하수구를 뒤져보면 그런 낙서 두세 개는 더 찾을 수 있을걸?”

모그는 “태양의 힘… 태양의 힘…” 하고 중얼거리면서 혼자 깊은 생각에 빠져 있었다. 유리 막대를 옆으로 기울여서 안에 있는 액체를 흔들어 보기도 하고, 손가락 끝으로 두드려서 ‘통통’하고 맑은소리를 내보기도 했다. 하지만 어디에 쓰는 물건인지는 끝내 알아내지 못했다.

“기계를 잘 아는 게 누구였지? 그래, 베유를 불러와.”

모그가 말했다. 베유는 5인방 중에서 제일 키가 작은 녀석이었다. 베유는 사정을 듣고 유리 막대를 살펴보았다. 베유는 고개를 갸웃거렸다.

“동생을 불러올게요. 걔가 기계에 대해서는 저보다 더 잘 알거든요."

그러나 벨페유도 이런 것은 처음 본다고 고개를 저었다.

"그 벽에 그려져 있다는 설계도에 다른 내용은 없었어?"

가즈니가 물었다.

"우리 발전소 지하에 우리 발전소보다도 더 거대한 구조물이 있었어… 마치 발전소 밑의 발전소처럼 말이야. 거기에 창조의 엔진이라고 쓰여 있었어."

소렌이 말했다.

"발전소 밑에 발전소라고? 무슨 말도 안 되는 소리를… 창조의 엔진은 또 뭐야?"

"나도 몰라. 그렇게 쓰여 있었어."

"어쩌면 유리 막대가 그 창조의 엔진을 구성하는 중요한 부품일지도."

베유가 새로운 의견을 제시했다. 가즈니가 그 말을 받았다.

"그럴지도 모르지. 그럼 이게 창조의 엔진의 부품이라고 치자. 그런데 우리는 창조의 엔진이 뭔지도 모르잖아?"

다들 입을 다물었다. 벨페유가 곰곰이 생각하다가 말했다.

"벽에 있는 낙서는 유리 막대가 있으면 태양의 힘을 얻을 수 있다고 했잖아. 그리고 태양은 영원히 빛을 내는 존재고, 그렇다면 창조의 엔진은 무한히 전기를 생산하는 게 아닐까?"

"그런 게 실제로 존재한다면, 우리가 발전소의 주인이 될 수도 있겠구만."

가즈니가 이죽거렸다.

"전기를 통해보자. 창조의 엔진이 전기를 생산한다면, 그리고 이 유리 막대가 창조의 엔진의 부품이라면, 무언가 알 수 있을지도 몰라."

베유의 말에 고아들도, 모그도 동의했다. 가즈니가 간단하게 벽에 있는 배전반을 열어서 거기에 유리 막대를 연결시켜보려고 하는데, 베유가 끼어들어서 다른 방법을 제시했다.

"그걸로 무슨 실험을 한다고 해. 이왕 할 거면 제대로 해보자."

베유는 다른 사람들을 거대한 증기 보일러 앞으로 데려갔다. 그것은 횡으로 놓여 있는 거대한 원통이었다. 사람보다 삼십 배는 더 큰 애벌레를 상상해 보라. 두툼한 살집을 가진 그것은 뱃속에서 '쿠릉쿠릉' 하고 위장 돌아가는 소리를 내고, 그 다음에는 '콰르르' 하고 물이 쏟아지는 소리를 냈다. 애벌레 몸에 꽂혀 있는 다수의 관을 통해 물과 증기가 공급되면, 압력이 증가하고 밸브가 팽팽해지면서 철판에 물이 철썩이는 소리가 났다.

"이 안에는 2,000도가 넘는 물이 흐르고 있어. 단 하나의 밸브만 잘못되어도 순간적인 압력 차로 대폭발이 일어날 거야.

그런데 최근 보일러를 원활히 돌릴 만큼 충분한 전력을 공급받지 못한다고 들었어. 발전소에 전기가 부족하기 때문이겠지. 그래서 보일러공들이 항의하고 싸우고 아주 난리도 아니었다고 하더라고. 요즘 이런 일이 자주 있대. 부족한 전기를 돌려막느라 다들 불만이 많은 모양이야."

베유에 말에 맞장구를 치듯이 머리 위에서 전등이 깜박거렸다.

"그래도 여기서 실험하는 건 너무 위험하지 않아?"

소렌이 물었다.

"이 유리 막대가 그렇게 대단한 거라면 이쯤은 되어야지."

베유는 소렌을 보일러의 상태를 나타내는 기계 앞에 세워두고 압력 게이지의 바늘이 어디에 있는지 보게 했다. 지금은 바늘이 1,000 근처를 가리키고 있었다. 보라고 해서 보고 있긴 한데, 그게 높은 건지 낮은 건지 좋은 건지 나쁜 건지도 소렌은 몰랐다. 벨페유는 유리 막대를 건네받아서 보일러의 동력부에 유리 막대의 뾰족한 전극을 연결시켰다. 그리고 각종 스위치를 마구 누르기 시작했다.

"어… 그렇게 해도 괜찮은 거야?"

소렌이 물었지만, 벨페유는 아랑곳하지 않고 계속했다.

"그래봤자 무슨 일 있겠어? 정말로 터진다면 그것도 나쁘지 않지."

가즈니가 말했다. 모고도 옆에서 지켜보기만 했다.

그걸 말렸어야 했다. 유리 막대가 불꽃을 튀기더니 보일러에 과부하를 일으켰다. '철컥철컥' 소리가 나면서 차례대로 밸브가 잠기고, 점등된 초록색 표시등이 빨간색으로 바뀌었다. 1,000을 가리키던 바늘이 급격하게 오른쪽으로 머리를 틀었다.

1,500… 2,000… 2,500… 3,000…

보일러가 정말 폭발이라도 할 것처럼 동체를 심하게 떨었다. 거대한 기계가 덜컹거리며 몸을 떠는 모습은 섬뜩하리만큼 두려움을 불러일으켰다. 베유가 뒤늦게 유리 막대를 떼어냈지만, 이미 과도한 전류가 주입된 보일러는 폭주를 멈추지 않았다. 보일러의 배가 터질 것처럼 부풀어 올랐다. '빠직' 하고 무언가 끊어지는 소리가 났다.

세상에 암흑이 찾아왔다. 철컥거리는 소리도, 덜컹거리는 소리, '푸쉭' 하고 김빠지는 소리도 들리지 않았다. 갑자기 보이지 않고 들리지 않는 완전한 암흑에 빠져서 소렌은 기어코 보일러가 터져서 죽었다고 생각했다. 아니면 죽지는 않았지만 치명적인 부상을 입어서 눈도 멀고 귀도 먹고 아직 숨만 붙어 있을 뿐인 시체가 되었다고 생각했다. 아무것도 보이지 않아서 소렌은 손으로 바닥을 더듬으며 흐느꼈다.

"거… 거기 아무도 없니?"

그러나 들려오는 소리도, 대답도 없었다.

"아무도 없어? 있으면 대답 좀 해줘. 난 어떻게 된 거야…"

"아무것도 안 보여…"

가즈니의 목소리였다. 이 순간만큼은 가즈니가 반가우면서도 어떻게 된 일인지 두려웠다.

"나도 보이는 게 없어. 우리 죽은 거야?"

"모르겠어… 형, 형은 어딨지? 형!"

소렌은 가즈니가 누굴 찾는지 몰랐다. 형의 대답은 들려오지 않았다. 그래도 가즈니는 계속해서 형을 불렀다. 어둠 속에서 다른 목소리도 들렸다. 베유였다.

"벨페유… 내 말 들리니? 벨페유!"

"베유?"

"소렌! 벨페유 못 봤어?"

"아무것도 안 보여…"

"형, 나 여기 있어."

"벨페유, 거기 가만히 있어!"

베유는 벨페유의 목소리가 들리는 쪽으로 달려갔다. 벨페유 쪽에서 베유의 목소리가 함께 들리는 것을 보니 베유는 벌써 벨페유 곁에 도착한 모양이었다. 보이지는 않지만, 베유가 벨페유를 안고 등을 토닥이고 있었다.

"형… 어딨어… 형… 나 무서워 형…"

반면에 가즈니는 어린아이로 돌아간 것 같았다. 존재하지 않는 형을 찾으며 빨리 와달라고 흐느끼고 있었다. 소렌은 뭘 해야 할지 몰랐다. 혼란과 두려움에 도망치고 싶었지만, 눈이 보이지 않아 그럴 수도 없었다.

소렌은 모그가 있다는 사실이 떠올랐다. 모그라면 이런 상황에서도 자신들을 지켜줄 터였다.

"으으… 흐으… 윽…"

모그의 신음 소리가 들렸다.

"모그, 어딨어요? 괜찮아요?"

모그는 매우 고통스러운지 질문에 대답은 하지 못하고 신음만 흘렸다. 소렌은 신음이 들리는 쪽으로 기어갔다.

"흑… 흑…"

"모그, 어디 다쳤어요?"

소렌은 모그가 내는 소리가 고통을 참는 소리가 아니라 우는 소리 같다고 느꼈다. 그리고 그는 실제로 울고 있었다.

소렌은 몹시 당혹스럽고 어리둥절하여 더 다가갈 수가 없었다. 그는 거대벌레와도 싸워 이기는 퇴치꾼이 아니었던가?

온갖 모험과 위기를 헤쳐 나온 영웅이 아니었던가? 어떤 위험이 닥치더라도 고아들을 보호해 줄 우리들의 아버지가 아니었던가?

잠시 잊고 있던 어둠에 대한 공포가 스멀스멀 다시 기어올랐다. 숨을 쉬는 것도 힘들었다. 다른 사람들의 소리는 분명히 들리는데, 마치 무한히 확장된 어둠이 자신과 다른 사람들 사이에 놓여 있는 것 같았다.

"다들… 어딨어?"

베유가 다독이는 목소리도, 가즈니가 형을 찾는 소리도, 모그가 우는 소리도 점차 들리지 않게 되었다. 귀가 먹먹해졌다. 숨이 턱 밑까지 차올랐다. 산소가 부족해지고 심장은 더욱 빨리 뛰었다.

"거기 누구 없어? 나 좀… 죽을 것 같아. 다 어디 갔어! 나만 두고 다 어디 간 거야…"

소렌은 소리치고, 이내 흐느꼈다. 어떤 소리도 들리지 않았다. 그것이 가장 두려웠다. 지하 발전소는 그 자체가 인간을 생존시키기 위한 거대한 구조물로서 크고 작은 수많은 기계 돌아가는 소리가 끊이지 않는다. 가장 조용한 곳에 있어도 규칙적으로 울리는 작은 소리가 메아리처럼 멀리서 들려온다. 그런데 지금은 완전한 침묵, 완전한 고요였다. 새까만 어둠에 티끌 하나 없다. 의식이 까맣게 칠해진다. 청각이 무한대로 확장되어 찢어질 것 같았다.

"제발 나에게 무슨 소리 좀 들려줘…"

이대로 숨이 막혀서 죽을 것 같다고 생각한 순간이었다. 소리가 들렸다. 먼 곳에서 들려오는 소리였다. 여러 사람의 목소리였다. 그런데 그 소리는 사람 목소리되, 사람 목소리 같지 않았다. 비명과 신음, 고통스러워하는 소리, 울부짖는 소리, 원망하는 소리가 한데 섞여서 아주 먼 곳에 있는 지옥의 용광로에서 끓이고 녹여낸 사람의 영혼이 내는 소리 같았다. 그 소리는 점점 커졌다. 특정한 방향에서 다가오는 것이 아니라 소리 자체가 전방위에서 다가오고 있었다. 소렌은 까무러쳤다.

정신이 들자, 천장이 보였다. 옆에서는 베유 형제가 앉아서 이야기를 나누고 있었다. 이제 앞도 보이고, 기계 돌아가는 소리도 잘 들렸다. 그 평범한 모습에 소렌은 꿈을 꾼 줄 알았다. 하지만 그렇지 않았다. 소렌이 겪은 일은 전부 실제였다. 보일러에 연결된 유리 막대가 예상치도 못한 엄청난 전류를 발생시키면서 발전소 전체에 정전을 일으킨 것이었다. 소렌은 왜 세계가 갑자기 빛을 잃고 모든 기계 소리가 사라졌는지 이해했다. 이 세계에서 전기란 물이나 공기, 사람으로 치면 혈액,

즉 생명 그 자체였다. 전기를 잃어버리면 인간은 잠시도 생존할 수 없다.

다행히 발전소는 금방 전원을 복구했다. 하지만 소렌에게는 아주 긴 시간처럼 느껴졌다. 만약 한 번 더 그 어둠 속에 고독 단신으로 남겨져야 한다면, 소렌은 잠시도 견디지 못할 것이다.

불현듯 떠오르는 불길한 예감에 소렌은 몸을 더듬었다. 유리 막대는 어딨지? 그것은 모그의 손에 들려 있었다. 모그는 매혹된 눈으로, 사랑에 빠진 것처럼, 유리 막대를 바라보고 있었다. 소렌은 그 시선에 겁이 났다.

"이건 보통 물건이 아니야. 이 안에는 엄청난 힘이 담겨 있어. 발전소를 과부하 시킬 정도의 전력이라니… 그래, 그야말로 태양의 힘이야."

모그가 유리 막대를 보며 혼잣말했다. 그의 모든 의식이 유리 막대에만 집중된 것 같았다.

"엄청난… 우리가 상상도 할 수 없을 정도로 엄청난 물건이야! 이것만 있으면 불가능한 건 없어. 라라밴, 너는 정말 대단한 발견을 한 거야. 이건 운명이야! 틀림없어. 지하가 우리에게 준 선물이라고!"

그는 너무 흥분해서 몸까지 떨면서 소렌을 잡고 흔들었다.

그러고는 갑자기 세상을 비관했다.

"알겠니, 라라밴? 이 세상은 썩었어. 인간은 빛을 잃었으며, 발전소는 나날이 어두워져 가고 있어. 자원은 고갈되었고, 동력은 바닥났어. 사람들은 거주용 컨테이너가 없어서 기계 틈새에서 잠을 자고, 영양 반죽 한 덩이를 먹기 위해서 엄청난 노동 착취에 시달려야 해. 그들이 죄가 있어서? 아니야, 그런 세상에 태어난 거야. 아이들은 경시당하고, 노인은 무시당하며, 젊은 사람은 부품이 되었어. 모든 것이 부족한 세상에서 생명은 더 이상 고귀한 것이 아니야. 골치 아픈 것이 되어버렸지. 아, 무엇이 우리를 이렇게 무기력하게 만들었을까?"

그는 노래하듯이 탄식했다. 그리고 힘이 빠진 사람처럼 어깨를 축 늘어뜨리고 고개를 떨궜다. 모그는 무언가 결심한 사람처럼 소렌을 붙잡고 물었다.

"너는 고아들이 이대로 지내도 된다고 생각하냐? 어딜 가도 무시당하고, 비웃음당하고, 벌레만도 못한 취급을 받아. 그래서 내가 하수구에 고아들을 모은 거야. 고아라면 누구든지 환영받는 곳. 가족이 없다면, 우리 스스로 가족을 만들면 돼."

모그는 베유 형제와 가즈니를 보고도 말했다.

"하지만 이런 생활이 얼마나 지속이 될까? 숨어 살고, 물건을 훔치고, 언제 들킬지 몰라 두려워하고, 멸시와 핍박을 받으면서, 영원히 이렇게 살 거냐? 심지어 거주구에 들어가지도 못해. 들키면 몰매를 맞고 쫓겨나지. 고아들은 언제나 문제만 일으키고 물건을 훔친다고 말이야. 그건 사실이기도 하지만, 너희를 그렇게 만든 건 결국 어른들이야. 내 말이 틀리냐?"

"틀리지 않아요. 하지만 방법이 없잖아요. 우리는 이렇게 살 수밖에 없는데."

모그는 소렌을 밀어붙였다. 그리고 무시무시한 말을 속삭였다.

"발전소를 뒤엎는 거야. 다름 아닌 바로 너희들의 손으로."

소렌은 경악했다.

"고아라면 누구든 그런 생각 한 번쯤은 해봤을 거야. 이 불합리한 세상을 엎어버리고 싶다고."

그것은 사실이었다. 저항할 수 없는 불합리에 짓눌려서 슬픔과 분노를 품은 아이는 자신의 손으로는 어쩔 수 없는 이 세상을 한 번쯤 불태워버리고 싶다는 욕망을 품기 마련이다. 그러나 그것조차 쉬운 일이 아니라는 것을 깨닫게 되고 당장의 배고픔을 먼저 해결하다 보면 어느새 타협하여 규칙 앞에 점점 온순해진다. 그것이 세상이 가난한 자를 길들이는 방식이었다. 그러나 그러한 방식도 결코 영원할 수는 없다. 임계점에 도달하면 마침내 폭발하는 순간이 오고야 마는데, 소렌이 비로 그런 존재였다.

"하지만 모그, 생각해 봐요. 우리가 뭘 할 수 있겠어요. 우린 그냥 어린애예요. 어른들은 가만히 있지 않을 거예요. 발전소에는 경비대도 있다고요. 대체 어떻게 발전소를 뒤엎겠다는 거예요?"

베유가 말했다.

"바로 이거야."

모그가 유리 막대를 들었다.

"이것만 있으면 발전소장을 몰아낼 수 있어. 우리가 발전소의 주인이 되는 거야."

"발전소의 주인!"

가즈니가 따라 외쳤다.

"우리도 한번 사람답게 살아봐야 하지 않겠냐."

그 말이 소렌의 마음을 뒤흔들었다. 아이들은 모그와 유리 막대를 홀린 듯이 바라보았다. 소렌은 깜짝 놀랐다. 유리 막대가 붉게 빛나기 시작했다.

"이게 나의 미래가 될 거야."

붉은빛이 모그의 얼굴을 어둡게 비췄다.

12

고아는 자연 발생하는 게 틀림없었다. 왜냐하면 아무도 내가 낳았다거나, 내 자식이라고 주장하지 않는데, 예상치도 못한 순간 시끄러운 울음소리와 함께 갑자기 나타나기 때문이었다. 몇몇 어리석은 사람들이 자연발생설을 부정하기도 했지만, 철저한 검증을 거쳐 증명되었다. 남자의 땀과 기름이 찌든 옷을 여자 숙소에 던져놓으니, 다음 날 그 자리에 아기가 발생했다는 실험은 지금도 회자되는 유명한 실험이다. 아무튼 이런 사례가 너무나도 많이, 또 자주 일어나서 사람들은 대책을 논의했다.

첫째로, 고아를 데려다가 키우고 싶어 하는 사람은 없었다. 둘째로, 엄연히 사람이 될 가능성을 가지고 있는 이 작은 생명체를 죽이는 것도 너무나 잔인하고 극악무도한 일처럼 여겨졌다. 결국 자연발생설 신봉자들이 믿는 바대로, 자연적으로 발생했으니 자연스럽게 사라지도록 놔두자는 결론에 도달했다. 그래서 발전소에서 아직 두 발로 걷지도 못하는 어린 고아가 발생했을 때는, 무관심과 방치 속에 그냥 내버려 두는 게 일반적으로 합의된 대처법이었다. 그 가여운 생명이 부르짖는 울음소리를 며칠만 견디면, 작아서 눈에 띄지도 않고, 어느새인가 사라져버린다. 그것이 어느 날 갑자기 자연 발생한 이 생명체를 처리해버릴 수 있는 최선의 방법이었다.

이렇게 자연 발생 되었다고 여겨지는 고아들이 있는가 하면, 불행한 사고나 병으로 부모를 잃고 '뒤늦게' 고아가 되는 경우도 있었다. 고아가 된 어린아이가 누구의 도움도 받지 못하고 스스로의 생명을 직접 구원해야 될 때에는 불량배 조직에 들어가거나 남의 주머니에 손을 가져가는 게 매우 당연한 수순처럼 여겨졌다. 일을 할 수 있을 만큼은 성장했고, 양심과 죄책감을 느끼는 능력이 있어서 나쁜 짓에 손을 대지 않는 고아도 소수지만 존재하긴 했다. 소렌이나 유르가 같은 아이가 거기에 속하는 편이었다. 하지만 대다수의 고아가 스스로를 구원하기 위해 했던 행동 때문에 소수의 착한 고아들도 편견과 차별적인 인식에 시달리게 되고, 결국 불행한 삶은 계속되어 최종적으로는 여느 고아들과 다르지 않은 길을 걷게 된다.

타락하거나, 비참하게 죽음을 맞이하거나. 의탁할 곳 없는 고아들의 종착 지점이었다.

첫 정전은 유르가가 노를 젓고 있을 때 일어났다. 노잡이장의 구호가 자장가로 들릴 정도로 지쳐 있던 유르가는 그만 깜박 졸고 말았다. 공동 노동 시간에는 조는 것만으로도 매를 맞을 수 있기 때문에 유르가는 즉시 눈을 떴다. 하지만 아무리 눈을 뜨려고 해도, 눈이 떠지지 않았다. 결국 유르가는 손가락으로 직접 눈꺼풀을 들어 올리려고 했다. 그런데 눈은 이미 뜨고 있었다. 눈을 감은 게 아니라, 보이는 게 암흑밖에 없었다. 정전이었다.

노를 젓고 있던 노잡이들은 모두 유르가와 비슷한 현상을 겪었다. 그들은 처음엔 자신이 꿈을 꾸고 있다고 생각했다. 그래서 정전에 대한 반응이 조금 늦을 수밖에 없었다. 그중에 절반 정도는 정전이라고 생각하지 못하고, 자신이 시력을 잃었다고 생각했다. 겁에 질린 노잡이들은 자기 얼굴을 붙잡고 눈이 보이지 않는다며 소리쳤다. 그들은 옆 사람을 치고 다니며 살려 달라고 발광했고, 안 그래도 혼란에 빠진 다른 사람들을 더욱 혼란스럽게 만들었다. 왜냐하면 다른 사람들도 눈이 보이지 않아서 무엇이 자신을 때리고 지나갔는지도 몰랐기 때문이었다.

유르가는 벽을 짚고 바닥을 기어가다가 만난 사람이 눈을 파내려고 해서 기겁하고 그를 밀쳐냈다. 사실 그는 노잡이장이었는데, 유르가로서는 그걸 알 방법도 없었다. 유르가는 공포에 질린 와중에도 동생을 먼저 걱정했다. 마음은 동생에게 달려가고 싶어도, 앞이 보이지 않으니 걷는 것도 할 수 없었다. 어둠 속에서 비명과 폭력이 난무했고, 사방에서 공포에 질린 손이 뻗어왔다. 공포는 유르가의 정신도 천천히 잠식했다. 눈치챘을 때는 이미 숨도 제대로 쉬고 있지 않아서 물에 빠졌을 때처럼 호흡이 가빠졌다.

유르가는 멍하니 어둠 속을 응시했다. 무언가 다가오고 있었다. 이상한 일이었다. 빛이 없어서 아무것도 보이지 않는데, 그것만은 형체가 따로 존재하는 것처럼 어둠 속에서도 보였다. 유르가는 곧 그것의 정체를 알게 되었다. 물이었다. 갑자기 통로에 물이 쏟아지고 있었다. 유르가는 밀려오는 물살에 쓸려가지 않도록 노를 붙잡고 간신히 호흡했다. 하지만 거센 물살에 결국 노를 잡은 손도 미끄러지고 말았다. 유르가는 허우적거리면서 살려달라고 소리쳤다. 폭포가 나타났다. 유르가는 깊은 곳까지 추락했다. 숨을 쉴 수가 없었다. 그다음에는 오물 찌꺼기가 쏟아졌다. 유르가는 그것을 도저히 헤쳐 나갈 수 없었다. 결국 의식을 잃었다.

정신을 차린 유르가는 발전소에 정전이 일어났으며, 물에 휩쓸린 일도 그저 환각이었음을 알게 되었다. 동생은 무사했다. 배수로에 빠져서 허우적대다가 정신에 큰 충격을 받은 것만 빼면 무사했다. 발전소장은 이 정전이 일시적인 것이며, 금방 해결되었으니 걱정할 필요 없다고 빠르게 상황 수습에 나섰다. 그리고 불안을 고조시키는 행동이나 발언은 강력하게 처벌받을 것이라고 엄포를 놓는 것도 잊지 않았다.

하지만 노잡이들이 모여서 수상한 이야기를 나누는 모습이 자주 관찰되었고, 그러다가 경비대에 붙잡혀가기 딱 좋았지만, 해산했다가도 다른 곳에서 금세 다시 모였다. 지나가다 정비공들이 흘리는 이야기도 주워들었는데, 발전소가 심상치 않다는 내용이었다. 사람들은 자주 수군거렸고, 경비대의 순찰은 강화되었다. 이런 식으로 긴장되고 불온한 공기가 발전소 전체로 퍼져나가고 있었다.

일하는 중에 갑자기 불이 꺼지면서 사방이 캄캄해졌다. 유르가는 심장이 덜컥 내려앉았다. 곳곳에서 노잡이들의 아우성이 터져 나왔다. '또' 정전이냐고 욕하는 소리들이었다. 그 이후로 벌써 여덟 번째 정전이었다. 대부분은 금방 복구되었지만, 가끔은 숨이 막힐 정도로 오래 지속되었다.

이번에는 빠르게 복구가 되었다. 현기증이 나기 전에 불이

들어와서 다행이었다. 몇몇 노잡이들은 일 못하겠다며 자리를 떠버렸다. 하지만 그걸 붙잡을 노잡이장도 없었다. 왜냐하면 그들을 감독하는 노잡이장이 먼저 자리를 이탈해버렸기 때문이었다.

그때 복도 저편에서 사람들이 무리를 짓고 험악한 기세로 나아가는 것이 보였다. 그들 중 몇몇은 횃불까지 들고 있어서 간담을 서늘하게 했다. 유르가가 옆에 있는 노잡이에게 물었다.

"저 사람들은 뭐 하는 거죠?"

"발전소장에게 시위하러 가는군. 정전이 반복되니까 불안해서 못 살겠다 이거지."

"다 소용없는 일이야."

옆에서 다른 노잡이가 끼어들었다.

"정전이 나는 건 발전소가 너무 오래되었기 때문이야. 지금도 매일 크고 작은 고장이 일어나고 있는데, 불이 안 꺼지고 배기겠어?"

"그거 고치라고 정비공들이 있잖어."

"이 사람아, 기계라는 게 고치면 반짝반짝 새것처럼 변하는 줄 알아? 고치면 고칠수록 고물이 되어가는 거라고. 늙은 노인네가 몸 성한 곳 없듯이, 발전소도 딱 그 꼴인 거야. 골골대면서 죽을 날만 기다리는 거라고. 인간이 지하로 내려와 산 지도 수백 년이 흘렀어. 이제 끝날 때가 된 거야."

"거 말을 참 재수 없게 하시네."

옆에서 이야기를 듣고 있던 다른 노잡이가 화를 냈다.

"그럼 살 만큼 살았으니 그냥 뒤지라는 거야, 뭐야?"

"현실을 외면한다고 달라지는 건 없다는 거지. 발전소가 영원할 줄 알았나? 날이 갈수록 노잡이들의 숫자가 늘어나고, 노동 강도는 올라가는 이유가 뭐라고 생각하나? 점점 전기 생산량이 떨어지고 있기 때문이야. 발전소가 제대로 돌아가지 못하는 거지."

"그니까 그걸 어떻게든 하라는 거 아니야. 그렇지 않으면 발전소장이란 게 왜 있어?"

목소리가 높아지고 흥분하면서 말싸움이 시작되었다. 여기에 다른 노잡이들까지 끼어들면서 난장판이 되었다. 유르가는 기분이 좋지 않았다. 무슨 일이 일어날 것만 같은 불길한 예감이 벌레처럼 몸을 기어올랐다. 소렌은 그 이후 하수구 바깥으로 모습을 드러내지 않았다. 소렌의 연락이 없는 것이 지금이 상황과 모종의 관계가 있는 건 아닐까 하는 생각도 들었다.

한 노잡이가 조용히 다가와 유르가의 어깨를 건드렸다.

"너 고아지? 정전이 왜 일어나는지 궁금하지 않아? 궁금하면 날 따라와."

그는 주위에 들리지 않을 만큼 작은 목소리로 유르가에게 속삭이고 혼자 걸어가기 시작했다. 유르가도 약간 거리를 두고 그 뒤를 따라갔다. 두 사람이 어딜 가는지 다른 사람들은 전혀 눈치채지 못했다.

그 노잡이는 인적없는 길을 따라서 아래로 내려갔다. 사다리를 타고 내려간 길에서, 또 사다리를 타고 내려갔다. 유르가는 그가 누군지도 모르고, 뭘 하려는 건지도 모르는데, 너무 쉽게 따라나선 게 아닌가 하는 걱정이 들기 시작했다. 지금이라도 도망칠까 싶었지만, 발걸음은 오히려 그를 따라가고 있었다. 유르가는 그 이유를 어렴풋이 느끼고 있었다. 그 남자는 하수구를 향해 내려가고 있었기 때문이다.

내려가다가 한 일행을 마주쳤다. 그들은 서로를 보고 깜짝 놀랐다. 하지만 유르가를 제외한 다른 사람들은 그들이 같은 목적으로 같은 곳을 향해 가고 있을 뿐이라는 걸 깨달았다. 오직 유르가만 더욱 불안이 깊어졌다.

마지막으로 깜깜한 어둠으로 이어진 아주 긴 사다리를 내려갔다. 그 밑에는 커다란 공동이 있었다. 결국 하수구로 내려온 것이다. 유르가는 놀라지 않을 수 없었다. 그곳에는 이미 수많은 사람이 모여 있었다.

"여긴 뭐죠? 여기서 무슨 일이 벌어지는 거죠?"

"집중해. 곧 시작될 거야."

유르가를 데려온 노잡이는 앞쪽을 바라보았다. 곧 웅성거림이 잦아들었다. 모여 있는 사람들도 앞쪽을 바라보기 시작했다. 환하게 불이 켜졌다. 무대 위로 한 남자가 올라왔다. 유르가는 단 한 번 보았지만 절대 잊을 수 없었다. 그 커다란 몸과 흉측한 생김새, 모그였다!

그는 환영한다는 것처럼 두 팔을 벌렸다.

"지하발전소의 거주민 여러분! 최근 우리는 어둠 속에서 살고 있습니다. 이것은 비유가 아니라 실제 사실을 말하는 것입니다. 정전이 일어난 발전소는 여러분이 지금 계시는 이 하수구보다 더 깜깜해졌지요. 그것이 얼마나 두려운 일인지, 이제 모두 잘 아시리라 생각합니다. 정전은 우리의 정신력과 의지를 시험할 뿐만 아니라 생명과 삶에도 큰 위협입니다. 이것은 과장이 아닙니다. 우리는 말 그대로 생사의 기로에 놓여 있는 것입니다. 우리가 안에서 살고 있는 이 거대한 기계는 오로지 인간의 생존을 위해 존재합니다. 그러나 그 기계가 인간의 생존을 보장해 주지 않는다면 도대체 무슨 의미가 있겠습니까? 안 그렇습니까, 여러분!"

모그는 크게 소리쳐서 사람들의 호응을 유도했다. 곳곳에서 화난 목소리가 터져 나왔다. 유르가 옆에 서 있는 남자도 크게 소리 질렀다.

“발전소를 책임지는 인간이 누구입니까? 발전소장입니다! 그렇다면 발전소가 원활히 돌아가지 않는 책임은 누구에게 있습니까!”

“발전소장!”

사람들이 소리쳤다.

“정전 사태가 날이 갈수록 심해지고 있습니다. 이런 상황에서도 발전소장은 그저 괜찮다면서, 일시적인 현상이라면서 회피성 발언만 일삼고 있습니다. 여덟 번입니다! 여덟 번! 여덟 번이 일시적인 현상입니까!”

“아니오!”

모그는 잠시 숨을 골랐다. 사람들은 다음에 나올 말을 기다렸다.

“저는 정전이 왜 일어나는지 이유를 알고 있습니다. 그것은 발전소장이 사적으로 전기를 사용하고 있기 때문입니다. 지금부터 그 증거를 보여드리겠습니다.”

웅성거림이 커지고, 사람들이 흥분하는 것이 느껴졌다. 아이들이 깡통을 들고 나타나서 사람들에게 건전지를 나눠주기 시작했다. 사람들은 기쁨과 놀라움의 탄성을 뱉어냈다. 유르가도 건전지를 하나 받았다. 건전지를 나눠주는 그 아이는 하수구의 고아가 틀림없었다.

"잠깐! 얘는 오늘 내가 처음 데려온 거야."

유르가를 데려온 노잡이가 말했다. 그러자 그는 건전지를 하나 더 받았다. 그는 매우 기뻐했다. 모그가 다시 말했다.

"그 건전지는 진짜입니다. 그리고 절대 훔친 것도 아닙니다. 그건 제가 여러분께 드리는 선물입니다. 아시겠습니까, 여러분! 저 같은 사람도 이렇게 건전지를 많이 갖고 있습니다. 그렇다면 발전소장은 어떻겠습니까? 발전소에 전기가 부족하여 정전이 일어나는 게 아닙니다. 발전소장이 전기를 도둑질하고 있기 때문입니다. 이래도 발전소장에게 잘못이 없습니까!"

"아니오!"

"발전소장 잘못이다!"

"발전소장을 몰아내자!"

사람들의 함성 소리로 하수구가 쿵쿵 울렸다. 유르가는 너무 두렵고 겁이 나서 도망치고 싶었다. 만족한 모그가 사람들을 진정시켰다.

"여러분의 마음은 충분히 이해합니다. 하지만 아직 때가 아닙니다. 발전소장은 반동적 사상을 절대 용납지 않습니다. 경비병을 조심하십시오. 그리고 주위에 불만을 품은 사람이 있다면 데려오십시오. 그러면 다음에 뵙겠습니다. 돌아가시는 길은 아이들이 안내해드릴 겁니다.”

고아들이 발전소로 돌아가는 길을 안내했다. 사람들은 세 갈래로 나뉘어서 사다리 앞에 줄을 서서 연설 내용을 곱씹으며 발전소장을 욕했다. 아니면 그저 건전지를 받은 기쁨을 주체하지 못하는 사람도 많았다. 거기에 분노를 표출하는 것도 아니고, 기뻐하는 것도 아니고, 찝찝한 기분으로 서 있는 사람은 유르가가 유일했다.

유르가는 고아들 사이에 섞여 있는 소렌을 발견했다! 유르가는 줄에서 이탈하여 소렌 쪽으로 달려갔다. 소렌도 유르가를 발견했다.

“유르가, 너도 여기 왔구나!”

소렌은 처음엔 놀랐지만, 곧 반갑게 맞이하였다. 소렌의 얼굴은 집회를 성공적으로 마무리했다는 기쁨에 무척 밝았다.

“소렌, 이게 다 무슨… 여기서 무슨 일이 일어나는 거야?”

“알고 온 게 아니었어? 지금 발전소에서 일어나고 있는 정전에 대해 사람들에게 진실을 알려주는 거야.”

“거짓말하지 마. 모그는 그런 정의로운 사람이 아니잖아. 오히려 사람들을 선동하는 것처럼 보였어. 이런 짓을 해서 뭘 하려는 거야? 지금 네가 무슨 짓을 하고 있는지 알고 있는 거야?”

유르가의 지적에 소렌의 얼굴에서도 웃음기가 사라졌다.

"때가 되면 너를 부르려고 했어. 이렇게 네가 먼저 찾아왔으니 어쩔 수 없네. 자세히는 말할 수 없지만, 우리는 큰일을 계획 중이야. 정말 엄청난 일이 일어날 거야. 여기가 그 시작점이 되겠지."

"발전소에 불이라도 지를 셈이야? 이건… 이건… 혁명이잖아!"

유르가는 그 단어를 입에 올리는 것만으로도 두려워서 작은 목소리로 외쳤다. 그러나 소렌은 이제 둘러대는 척도 하지 않았다. 유르가는 내가 아는 그 소렌이 맞나 의심이 들 정도였다. 죄책감도 없고, 무슨 짓을 저지른다는 의식조차 없어 보였다. 오히려 흥분감과 고양된 감정이 엿보였다.

"이건 좀도둑이나 깡패의 수준을 훨씬 벗어난 거야. 소렌, 넌 여기서 나와야 해."

"이제 와서 어떻게 나오라는 거야. 말도 안 되는 소리 하지마. 그러지 말고 너도 이제 하수구로 들어오는 게 어때? 여기서 함께 지내자. 그게 너한테도 좋을 거야."

그러나 소렌을 보는 유르가의 눈은 이미 신뢰가 바닥나 있었다.

"너 사실은 하수구가 좋은 거지?"

유르가의 그 말은 핵심을 정확하게 찌르고 있었다. 본심을 들킨 소렌은 당황했고, 그 당황을 감추기 위해 인간이 본능적으로 대응하는 수단인 상호 비난, 즉 '너도 똑같은 놈이잖아' 전략을 시도했다.

"그치만 너도 건전지 받았잖아."

유르가의 눈에 진심으로 실망한 듯한 빛이 스쳤다.

"만약 패거리에 들어가면 우린 앞으로 함께하지 못할 거라고 했어. 그때가 온 거 같다."

유르가는 건전지를 소렌의 가슴팍에 던졌다. 그리고 사다리를 타고 올라가버렸다. 소렌은 떨어진 건전지를 주워 들었다.

"아직 어려서 세상 물정을 모르는 거야. 이제부터 벌어질 일을 알면 깜짝 놀랄걸. 그때 가서 후회하고 빌어도 소용없어."

소렌은 건전지를 주머니에 넣고 무대 쪽을 바라보았다. 무대 위에는 아직 모그가 환한 빛을 받으며 서 있었다. 그 당당한 모습을 보며, 소렌은 자신의 선택이 옳다고 확신했다.

13

모그가 고아들 앞에서 발전소를 뒤엎는 원대한 계획을 발표하자, 하수구에서는 그 어떤 노래나 춤이 끝났을 때보다 더 격한 환호성이 터져 나왔다. 그것은 고아들이 일평생 들어본 말 중에 가장 신나고 흥분되는 말이었다. 모그의 말에 의하면 고아가 발전소의 주인이 된 세계에서는 그 어떤 슬픔도, 차별도 사라질 거라고 했다. 하수구에 숨어지낼 필요도 없고, 도둑질을 하지 않아도 배부르게 먹을 수 있고, 마침내 모든 고아가 행복하게 살 거라고 했다. 고아들은 모그가 제시한 그 멋진 미래와 사랑에 빠졌다. 그리고 그 미래야말로 자신들이 진정으로 걸어가야 할 길이라고 생각했다. 사랑과 흥분, 존경심이 너무나 끓어올라서 고아들은 지금 당장 모그를 위해 목숨을 바치려고도 했다.

모그는 그동안 잠겨 있던 쇠사슬 구멍의 철창을 열었다. 그리고 그 안쪽으로 고아들을 데려갔다. 평평하게 뻗어 있는 넓은 장소가 나타났다. 모그는 여기에 사람을 모을 거라고 말했다. 아이들은 감탄하여 뛰어다녔다. 벌써 꿈이 이루어진 것처럼 뛰어다녔다. 쇠사슬 구멍처럼 이곳도 천장으로부터 긴 쇠사슬이 내려와 있었다. 그래서 걸어 다니려면 손으로 눈앞의 쇠사슬을 헤치며 걸어야 했다. 그래서 소렌은 이곳을 쇠사슬 광장이라고 부르기로 했다. 돌바닥은 단단하고 납작했으며, 차갑고 메말라서 맨발로 밟기 좋았다. 맞은편 벽 높은 곳에는 거대한 하수관이 자리하고 있었다. 소렌은 이상하게 이곳이 낯이 익다는 느낌이 들었다. 돌연 비명 소리가 났다. 소렌은 아이들 쪽으로 달려갔다. 고아 몇 명이 자빠져 있었다. 소렌은 기절할 뻔했다. 지하에서 보았던 그 거대벌레가 있었다! 자세히 보니 그것은 거대벌레를 본떠 만든 석상에 불과했다. 소렌은 가슴을 쓸어내렸다.

유리 막대를 이용한 계획이 진행됨에 따라 소렌의 지위도 자연스럽게 상승했다. 원래는 가즈니가 2인자에 나머지 고아들은 다 비슷했으나, 이제 소렌이 3인자 정도는 되었다. 모그의 지시를 받은 아이들이 전구와 조명 장치를 구해와서 쇠사슬 구멍 안쪽으로 실어 날랐고, 필요한 자재와 전기를 사용하는 여러 가지 장비도 실어 날랐다. 기계를 다룰 줄 아는 아이들은 쉴 틈 없이 불려 다니면서 일을 했다. 소렌은 아이들을 감독하는 역할을 했다.

철근을 엮고 그 위에 철판을 올려서 무대를 만들었다. 조명을 다는 것이 문제였는데, 힘이 센 소년들이 쇠사슬을 타고 올라가서 쇠사슬에 조명을 달았다. 밑에서 쇠사슬을 당기면 무대에서 움직이는 모그를 따라 조명도 움직일 수 있을 것 같았다. 아래쪽에서 진득한 작업이 펼쳐지는 동안 산책을 자주 하고 발이 넓은 녀석들은 발전소를 돌아다니며 은밀하게 소문을 퍼뜨렸다. 그 소문의 내용을 한 줄로 표현하면 이랬다. “정전이 일어나는 건 발전소장 때문이다.” 그리고 충분히 소문이 무르익은 뒤에는 ‘이런 게 있더라’라는 식으로 비밀 집회에 대해 넌지시 알렸다. 물론 소문을 퍼뜨리는 것만으로는 부족했다. 모그에게 가장 신뢰를 받는 고아 가즈니가 유리 막대를 받아서 정전을 일으키고 다녔다. 정전을 일으킴으로써 고아들이 퍼뜨리는 소문에 힘을 실어주고, 발전소에 불안한 분위기를 조성했다. 정전을 일으키는 장소는 매번 달랐다. 경비병에게 붙잡히지 않기 위해서였다.

집회는 성공적이었다. 사람들의 반응도 뜨겁고, 집회를 반복할 때마다 찾아오는 사람의 숫자도 늘어났다. 하수구도 달라졌다. 고아들이 사는 구멍에도 전구를 달기 시작한 것이다. 하수구는 이제 어두컴컴한 곳이 아니라 발전소처럼 빛이 존재하는 곳이 되었다. 더 이상 작은 불을 피우려고 유독한 연기를 마시며 위험하게 가스 모닥불을 피울 필요도 없었다. 공구를 들여놓고 직접 가구를 만들기도 했다. 따뜻한 전열 기구도 들여놓았다. 고아들은 그 앞에 웅크려 모여서 이야기를 나누거나 잠을 잤다. 먹을거리도 많아졌다. 그 결과 우중충하고 더러운 쥐구멍이었던 하수구는 지하에 숨겨진 작은 낙원이 되었다. 아이들의 얼굴에는 편안함과 즐거움, 여유와 졸린 기운이 가득했다. 그리고 그 위에 약간의 건방짐이 곁들여졌다. 이 모든 변화는 오로지 유리 막대 하나가 가져온 것이었다.

고아들은 전구 아래에 누워서 방금 잡은 벌레의 다리를 하나씩 잡아 뜯으며 놀면서 발전소의 주인이 되면 가장 먼저 하고 싶은 일들에 대해 말했다.

“나는 먼저 경비병을 혼내주고 싶어.”

“나도! 그놈들한테 당한 수모를 그대로 돌려줘야지.”

“아니야. 그것으론 모자라. 나랑 똑같이 손목을 잘라줘야 돼!”

손목이 하나뿐인 아이가 말했다.

“그러지 말고 이건 어때? 고아를 욕하는 사람은 전부 다 목을 매다는 거야.”

또 다른 아이가 일어나서 소리쳤다.

"그럼 난 경비병이 될 거야. 경비병이 되어서 고아를 욕하는 놈들을 직접 잡겠어."

"고작 경비병이 뭐냐. 그럼 난 경비대장이 돼야지."

"잠깐, 그건 치사하잖아!"

"먼저 하는 사람이 임자야."

"부대장 해. 부대장."

"그건 내가 쟤 부하 같잖아."

"난 기계공이 될래. 발전소에 있는 기계를 다 만져보고 싶어."

"그럼 난 발전소장!"

"발전소장은 당연히 모그의 자리지."

그러자 모두 고개를 끄덕였다.

아이들은 기분 좋은 흥분에 계속 젖어 있었다. 모든 일이 잘 풀리는 것 같았다. 특히 소렌이 가장 기세등등했다. 이 모든 게 자신 덕분이라고 생각했다. 지하에서 유리 막대를 가져오지 않았으면, 그들은 여전히 영양 반죽을 훔쳐먹으며 어둠 속에서 소리나 지르고 있었을 것이다. 그런데 지금은 자신감이 넘치고 뭐든지 할 수 있을 것 같은 기분이었다.

"소렌, 넌 뭘 하고 싶어?"

그들을 가만히 보고만 있던 소렌에게 질문이 날아왔다.

"나? 나는…"

소렌은 당황했다. 생각나는 게 없었기 때문이다. 갑자기 근원적인 의문이 떠올랐다. 이걸로 내가 얻으려는 게 뭐지? 그러나 그 근원을 깊게 파고들면 안 될 것 같은 느낌이 들었다.

"쓸데없는 소리 말고 준비해. 이제 곧 사람들이 몰려올 거야."

소렌은 말을 돌리고 자리를 피하는 것으로 대화를 끝냈다. 아이들도 일어나서 일을 시작했다.

집회 참여자가 늘어남에 따라 무대는 더 커졌다. 조명도 더 화려해졌는데, 조명이 달린 쇠사슬을 당기는 아이들을 매일 연습시킨 결과였다. 그리고 쇠사슬마다 스위치를 달아서 적절한 순간에 조명을 끄고 켬으로써 더 멋진 연출을 가능하게 했다. 모그의 커다란 덩치와 우렁찬 목소리는 무대 위에서 더욱 존재감을 드러냈다.

"모기는 단 한 방울의 피를 빨아갈 뿐이지만, 발전소장은 여러분이 먹고 숨 쉬는 데 필요한 전기를 빨아갑니다. 그렇다면 누가 진짜 해로운 벌레입니까!"

"발전소장!"

"퇴치되어야 할 해충이 누구입니까!"

"발전소장!"

"저들은 총과 칼로 여러분을 위협하고 있습니다. 하지만 우리에게는 불이 있습니다. 예로부터 독재자는 불을 무서워했습니다. 여러분이 횃불을 들면 그 앞에는 제가 있을 겁니다. 그리고 이 발전소는 달라질 겁니다. 전구의 빛이 아니라 여러분의 횃불이 이 발전소를 새롭게 빛나게 할 것입니다!"

모그가 사람을 휘어잡는 능력은 정말이지 대단했다. 함성 소리로 쇠사슬 광장이 쿵쿵 울렸는데, 그가 손을 뻗자 다시 아무도 없는 것처럼 조용해졌다. 그는 이제 미래의 계획에 대해 설명했다.

소렌은 모그의 말을 듣지 않고 사람들 사이에서 얼쩡대는 그림자를 발견했다. 그는 소렌이 아는 소년이었다.

"부리틀! 네가 여긴 무슨 일이야?"

부리틀도 고아였다. 다만 그는 하수구 소속은 아니었고, 건전지를 받고 물건을 파는데, 못 구하는 물건이 없었다. 전구는 물론이고, 기계 같은 것도 부리틀을 통해 구한 것이었다. 같은 고아인데도 건전지만 주면 못 구하는 물건이 없어서 모두 그의 정체를 궁금해했다.

"너도 연설에 관심이 있어?"

"저는 연설에 관심이 있는 사람들에게 관심이 있어요. 이렇게 사람이 많으면 제 물건을 구입해 줄 사람도 어딘가에 있다는 뜻이니까요."

부리틀은 박수를 치고 기뻐했다.

“그래요, 소렌. 당신이 살래요? 지금 아주 귀한 물건이 있거든요. 자, 보세요.”

부리틀은 주위 사람이 보지 못하도록 옷으로 감춰서 살짝만 물건을 드러냈다. 그것은 수류탄이었다!

“이게… 돈을 주고 구할 수 있는 거였어?”

“흔한 기회가 아니지만요. 어때요? 갖고 싶어요?”

“이걸 사려는 사람이 있어?”

“간혹 있어요.”

“누구?”

“무차별적인 폭력이나 파괴를 저지르고 싶은 사람이라든가, 아니면 그저 호기심이나 만일의 경우를 위해서 사는 사람들도 있죠.”

“그런 사람들한테 이런 걸 판단 말이야?”

“하지만 아무 일도 없었어요.”

“지금까지 몇 명이나 이걸 샀어?”

“지금까지는 두 명이요.”

소렌은 현기증이 날 것 같았다.

“다, 다시 봐봐.”

부리틀의 옷 사이로 수류탄이 한 번 더 모습을 드러냈고, 소렌은 자신도 모르게 그쪽으로 손을 뻗을 뻔했다.

소렌이 숨을 고르고 빠르게 말했다.

"나는 사지 않을 거야. 그리고 우리 하수구의 그 누구도 사지 않을 거야. 그러니까 다신 그 물건을 가져오지 마. 또 보이면 그땐 모그한테 네가 헌 전구를 팔았다고 이를 거야."

부리틀은 벌벌 떨면서 빌었다.

"알고 계셨어요? 죄송해요. 요즘은 전구도 새것 구하기가 너무 힘들어서…"

"그러면 여기 다시 오지 마. 우리가 시키는 것만 팔란 말이야, 알겠어?"

"네, 네."

부리틀은 얼굴이 하얘져서 도망쳤다. 소렌은 부리틀을 쫓아내고도 마음이 편치 않았다. 소렌은 수류탄이 용기 있는 자만이 갖고 있는 아주 특별한 무기인 줄 알았다. 그런데 그게 아니었다. 돈만 있으면 구할 수 있는 물건이었다. 모그의 수류탄이 그저 보여주기 위해 돈 주고 산 물건에 불과하다면, 그래서 처음부터 모그가 거짓말을 한 거라면, 모그는 정말 퇴치꾼이 맞긴 한 걸까? 모그가 그렇게 말했고, 소렌이 그렇게 믿을 뿐이지, 확실한 증거를 본 것은 아니었다. 지금까지는 수류탄이 그 증거라고 생각했지만, 그 증거는 효력을 상실했다. 거대한 혼란과 의문이 소렌을 집어삼켰다.

시간이 지나도 이 의문은 점점 커지기만 해서 소렌은 산책을 핑계로 가즈니를 불러냈다.

“너는 모그를 어떻게 생각해?”

그 질문은 상당히 조심스럽고, 또 예민한 질문이었다. 왜냐하면 가즈니는 모그의 첫 번째 심복이자, 오른팔이기 때문이었다. 모든 고아 중에서 모그와 함께 있는 시간이 가장 길었으며, 상의할 일이 있거나 중요한 일이 있을 때 모그는 가즈니를 가장 먼저 불렀다. 가즈니는 영악하고, 재주도 좋고, 눈치도 빨라서 모그가 원하는 바를 알아채고, 항상 만족할 만한 결과를 가져왔다. 모그에 대한 충성심도 높고, 스스로도 자신의 위치를 마음에 들어 하는 듯했다. 그래서 모그를 의심하는 듯한 이런 질문이 가즈니를 불쾌하게 만들 수도 있었다. 하지만 반대로 모그를 가장 잘 아는 것도 가즈니라고 생각했다.

“일이 점점 커지니까 이제 무서워진 거야?”

가즈니가 차갑게 웃었다. 가즈니는 화를 낼 때보다 저렇게 얼굴을 일그러트리며 웃을 때 더 무섭게 보였다.

“가즈니, 우리가 따로 각별한 우정을 쌓은 건 아니지만, 고아 대 고아로서 묻는 거야. 모그는 정말 퇴치꾼이야?”

“고아 대 고아라…”

가즈니는 곰곰이 생각하는 표정으로 중얼거렸다. 그리고 담담하게 대답했다.

"중요한 건 모그가 누구인지가 아니라 모그가 우리에게 무엇을 줄 수 있는지야."

"가족 말이야?"

"다른 아이들은 그렇게 생각하겠지. 하지만 나에게는 복수야."

"복수?"

"발전소에 대한 복수."

"모그가 복수를 해주겠다고 했어?"

"말은 그랬지."

"모그를 믿지 않아?"

"나는 그 어떤 어른도 믿지 않아."

소렌은 가즈니의 떨리는 목소리에 담겨 있는 깊은 사연과 분노를 읽어낼 수 있었다.

"하지만 혼자 복수를 꿈꾸면서 바닥을 기며 사느니 모그 아래에 있는 게 조금이라도 가능성이 크다고 생각한 것뿐이야. 모그가 내 목적을 이루는 데 도움이 된다면 난 얼마든지 모그에게 복종할 수 있어. 모그가 날 이용하듯이, 나도 모그를 이용하는 거야. 너도 그런 식으로 생각하는 게 좋아. 네가 원하는 걸 얻기 위해 모그를 이용해. 네가 원하는 건 뭐야?"

"내가 원하는 거…"

소렌은 기억을 떠올리려고 애쓰는 표정으로 말했다.

"난 그저 사람답게 살고 싶을 뿐이야."

"그러면 이 혁명이 성공하면 되겠네. 발전소장을 죽이고, 우리가 그 자리를 차지하는 거야. 모그는 그걸 이뤄줄 거고, 그럼 됐잖아. 그런데 모그의 정체가 중요해?"

소렌은 반박할 말이 없었다.

하수구로 돌아오자마자 모그가 소렌을 붉은빛이 흘러나오는 구멍 속으로 불러들였다. 새로운 명령이었다. 그 명령은 소렌을 나락으로 떨어뜨렸다.

"우리를 쫓는 경비병이 있다. 더 많은 걸 알아내기 전에 죽여라."

14

"그런 건 전부 부질없는 잡념이야. 그렇게 어렵다면 내가 사용하는 방법을 알려줄게. 나 자신을 한 마리의 벌레로 만드는 거야. 벌레 같은 사람이야말로 세상에서 가장 훌륭한 실천가야. 벌레는 배고프면 먹이를 찾고, 휴식이 필요하면 잠을 자고, 번식이 필요하면 교미를 해. 자신의 행동에 의문을 갖는 벌레를 본 적 있어? 실의에 빠진 벌레를 본 적 있어? 그들은 지금 눈앞에 있는 일에만 집중하지. 그게 함정이든 뭐든 신경 쓰지 않아. 심지어 선이니 악이니… 말도 안 되는 이야기지. 그래서 벌레에겐 영혼이 없는 거야. 선한 사람을 조롱하고 비웃기 위해서.

선한 사람들은 벌레 같은 사람을 보고 병 걸린 사람이라고 하지. 하지만 선한 사람이야말로 진짜 병 걸린 사람들이야. 영혼이 있을 거라는 믿음이야말로 진짜 병이지. 자신이 영혼을 갖고 있을 거라는 그 오만함이야말로 병이 아니면 뭐겠어? 존재하지 않는 걸 존재한다고 믿는 게 정신병자가 아니고 뭐겠냐고. 악을 믿는 사람이 악을 저지르는 건 끔찍한 일이 아니야. 그건 당연한 현상이지. 그러나 스스로 선하다고 믿는 사람이 악을 저지를 때 인간은 가장 추악해져. 그래서 벌레인간이야말로 세상에서 가장 솔직한 사람인 거야. 아무 의심 없이 할 일을 하거든. 죄책감… 그건 정말 하찮은 거야. 그건 선함 그 자체도 아니고, 선이 드리우고 있는 그림자에 불과하거든. 선이 남기고 간 발자국, 흔적, 얼룩 같은 거지.

소렌, 우리는 벌레가 되어야 해. 의심을 버리고, 의식을 버려. 의견을 갖지 말고, 의문을 갖지 마. 오로지 실천가가 되자. 그 모든 경계를 뛰어넘을 때, 너는 다시 태어날 거야."

가즈니는 소렌에게 작은 칼을 건네주었다. 그것은 모그의 칼이었다. 소렌은 떨리는 손으로 그 칼을 받아들였다. 가즈니는 앞에 서 있는 경비병을 가리켰다.

"어려운 거 없어. 조용히 다가가서 이 칼로 찌르기만 하면 돼. 정말 단순하지? 복잡한 계산이나 계획이 필요한 일이 아니야."

그러나 소렌은 칼을 쥔 채로 벌벌 떨기만 했다.

"처음에는 도움이 필요하지."

가즈니가 소렌의 입에 뭔가를 쑤셔 넣었다. 순간적인 혀의 감각으로 봤을 때, 그것은 썩은 곰팡이 덩어리거나 벽 틈새에 끼어 있는 먼지를 뭉쳐 만든 것 같았다. 소렌은 당장 뱉어내려고 했으나, 가즈니가 손으로 입을 꽉 틀어막는 바람에 그것을 씹고 말았다. 소렌은 입 안에 있는 것을 뱉어냈다. 그러나 이미 거기서 나온 일부가 침과 섞여 목구멍으로 넘어간 뒤였다.

구역질이 나왔다. 산소가 부족하고, 머리가 핑핑 돌았다. 오른손이 3개로 보이고, 칼이 5개로 보였다. 모든 경계가 흐릿하게 무너지고 있었다. 심장이 고장 난 것 같았다. 피가 너무 빠르게 달려서 머릿속 혈관을 관통하는 게 느껴졌다. 흥분과 공포로 호흡하는 법을 잊어버렸다.

"자, 소렌. 이제 가. 칼을 찔러넣는 거야."

소렌은 가즈니가 시키는 대로 움직였다. 아무 생각도 들지 않았다. 그러자 경비병은 사라지고 경비병이 서 있던 자리에 벌레가 두 발로 서 있었다. 그것은 커다란 바퀴벌레였다. 시커먼 껍질과 긴 더듬이, 역삼각형의 머리가 좌우로 흔들리고 있었다. 두꺼운 다리에 붙어 있는 혐오스러운 털과 가시가 진동했다.

소렌이 칼을 휘둘렀다. 바퀴벌레가 상처를 입고 체액을 흘렸다. 하지만 숨통을 끊기에는 부족했다. 그래서 이번에는 바퀴벌레의 가슴을 칼로 찔렀다. 바퀴가 고통으로 몸부림쳤다. 하지만 여전히 숨통은 끊어지지 않았다. 소렌은 먼저 바퀴의 다리를 잘라냈다. 거추장스러운 다리가 사라지자 칼질하기 한결 편해졌다. 소렌은 난도질을 시작했다. 바퀴가 머리를 흔들면서 비명을 질렀다. 체액과 파편이 사방으로 튀었다. 하지만 소렌은 여전히 아무 생각도 없었다.

제정신이 아니었던 덕분에 소렌은 경비병을 죽이는 순간을 하나도 기억하지 못했다. 정신을 차려보니 피투성이가 된 가즈니가 피가 뚝뚝 떨어지는 칼을 건네주며 "잘했어."라고 말했을 뿐이었다.

하수구로 돌아온 소렌은 영웅이 되었다. 모그는 구멍 바깥까지 나와서 줄 서 있는 아이들과 함께 소렌을 환영했다. 모그는 소렌의 용기와 결단력을 칭찬하며, 모든 고아가 마땅히 본받아야 한다고 말했다. 그리고 혁명에도 아주 큰 도움이 될 거라고 말했다. 아이들은 부러워했고, 또 인정했다. 그들은 소렌이 하수구에 처음 온 날처럼 둘러싸고 경비병을 어떻게 죽였는지 들려달라고 했다. 그러나 소렌은 죽을 것처럼 피곤하고, 머리가 깨질 듯이 아파서, 그 모든 축하와 환영도 기쁘지 않고 그저 잠을 자고 싶었다.

거대한 바퀴를 난도질하는 꿈을 꿨다. 난도질하는 동안 가즈니가 옆에서 속삭였다. 소렌은 팔을 멈추고 싶었지만, 멈춰지지 않았다. 가즈니가 속삭이는 말이 팔을 강제로 움직이게 만드는 주문인 것 같았다. 소렌은 너무 고통스러워서 눈물을 흘렸다. 가즈니가 속삭였다. "벌레는 눈물을 흘리지 않아." 그러자 눈물이 뚝 그쳐버렸다. 난도질을 하던 손이 까맣고 얇게 변했다. 얼굴이 세모꼴로 변하고, 이마에서는 더듬이가 돋아났다. 소렌도 벌레가 된 것이다. 소렌은 비명을 지르며 일어났다. 악몽을 꾸고 일어난 소렌의 얼굴은 경련이 일어난 것처럼 일그러져 있었고, 피부는 벌레 껍질처럼 단단하고 메말라 있었다. 오물이 묻은 손은 더럽고 불결해 보였고, 바퀴의 체액이 묻은 흔적 같았다. 구정물에 손을 씻었지만, 아무리 씻어도 손은 깨끗해지지 않았다. 심장이 몹시 고동치는데, 호흡은 부족했다. 입에서는 폐수 같은 구토가 쏟아졌다. 매 순간 숨통을 조여오는 불안과 극도로 예민해진 신경은 소렌이 스스로 만들어낸 죄의식이었다. 소렌은 죽어가는 자신의 모습을 상상했다. 이대로 심장이 정지한다면 얼마나 좋을까. 그러면 편하게 쉴 수 있을 텐데. 아니면 그 자리에 우연히 숨어 있던 목격자에 의해 적발되어 교수형에 처하더라도 순순히 받아들일 수 있을 것 같았다. 소렌은 심문을 받는 범인이었고, 심문자는 자신의 영혼 그 자체였다.

고아들이 동경하는 마음으로 자주 찾아왔지만, 소렌이 기억하는 것은 오직 거대한 바퀴를 난도질한 그 순간뿐이었고, 그 타락의 증거를 무용담처럼 떠벌리기도 싫었다. 소렌은 깜깜한 구멍 속에 혼자 있고 싶었다. 그때 한 고아가 불을 켰고, 소렌은 전구의 밝은 빛 아래에 있는 그대로 드러난 더럽고 초라한 하수구의 본모습을 보게 되었다. 벽에서는 역겹기 그지없는 녹색 물이 흐르고 있었다. 바닥엔 썩은 진흙이 덕지덕지 발라져 있었다. 하수구 구멍은 비좁고 낮아서 허리도 제대로 펼 수 없었다. 천장에는 거미도 오래전에 집을 버리고 떠난 거미줄이 방치되어 있고, 머리 위에서는 파리가 날아다녔다. 소렌은 갑자기 하수구가 너무 역겹게 느껴졌다. 어떻게 이런 공간에서 사람이 살 수 있는지 이해가 안 갔다.

소렌은 다시 즐거운 마음을 가질 수 없었다. 영혼은 산산조각이 났다. 그것은 죄의식에 결박된 채 검은 물결 아래로 잠겼다. 고아들의 춤과 노래도 유쾌하지 않았다. 그것은 초라하고 비참한, 우울증을 유발하는 저질스러운 행위일 뿐이었다. 영양 반죽도 먹지 않았다. 굶주림과 피로, 두통이 밀려왔다. 빠져나올 수 없는 곤경 속에서 이미 생을 포기한 사람처럼 누워 있었다. 그리고 마침내 눈을 감고 있지 않을 때도 악몽이 튀어나오기 시작했다. 끔찍한 광경이었다. 셀 수 없이 많은 거대벌레가 나타나 발전소를 공격했다. 발전소가 불타오르고, 사람들이 죽었다. 소렌은 드디어 자신이 미쳤다고 생각했다. 그러나 이 고통도 당연한 것이었다. 선을 넘으면 돌이킬 수 없다고 유르가는 말했다. 그 경고는 이제 현실이 되었다. 왜 나는 규칙을 어기자고 생각했을까? 왜 나는 유르가의 충고를 하찮게 여겼을까? 왜 나는 위험한 짓을 반복하면서 그게 내 힘인 양 우쭐댔던 걸까? 유르가와 보냈던 작은 시간들이 그리웠다. 그때로 돌아가고 싶었다.

소렌은 하수구와 모든 패거리 활동에 흥미를 잃게 되었다. 그리고 원래 자신이 존재했던 곳, 노 젓는 자리로 돌아왔다. 소렌은 먼발치에 숨어서 다른 노잡이들이 노를 젓는 모습을 지켜보았다. 할당량을 채울 때까지 앉아서 노만 저어야 하는 그들의 처지가, 지금은 무척 부러웠다. 그런데 소렌이 노를 저었던 자리가 비어 있었다. 이상한 일이었다. 전기 생산량에 목숨을 거는 노잡이장들은 빈자리를 절대 그냥 놔두지 않는다. 하다못해 거동이 힘든 노인이라도 데려와서 강제로 일을 시키는 게 그들인데, 자리가 비어 있다는 것은 소렌 보고 언제든 다시 돌아오라는 뜻처럼 보였다. 말이 안 되는 일이었지만, 그렇게 생각할 수밖에 없었다. 아니, 그렇게 생각하고 싶었다.

소렌은 자리에 앉아보기로 했다. 그것은 매우 위험한 시도였다. 자리가 비어 있는 이유가 단순히 다른 이유 때문이라면, 디노비크의 화가 아직 풀리지 않았다면, 소렌은 죽을 수도 있었다. 하지만 소렌의 영혼은 지금 이미 죽어 있는 상태라서, 그 미친 시도가 그렇게까지 위험하다고 느껴지지 않았다. 소렌은 주위에서 쳐다보거나 말거나, 수군거리거나 말거나, 그동안 아무 일도 없었다는 듯이 자신의 자리에 앉아서 노를 젓기 시작했다. 이마에서는 금세 땀이 흘렀다. 노를 잡은 게 오랜만이라 일이 한층 힘들게 느껴지는 것도 있겠지만, 그걸 감안하더라도 노는 예전보다 확실히 무거워져 있었다. 오래 돌아가지 않아 태엽이 굳은 게 분명했다.

디노비크가 다가오고 있었다. 소렌은 시선을 그쪽으로 향하지 않았다. 앞만 보고 묵묵히 노를 저었다. 그가 다가올수록 소렌은 초조해졌다. 심장이 터질 것만 같았다. 마침내 그가 곁에 임박했을 때, 소렌은 보지 않아도 그가 곁에 서서 자신을 가만히 내려다보고 있다는 것을 느낄 수 있었다. 소렌은 계속 노를 저었다. 용서와 자비를 구하는 심정으로, 후회와 반성을 담아서 죄인처럼 노를 저었다. 잠시 후, 그가 멀어졌다. 디노비크가 그냥 지나간 것이다. 소렌의 마음에 빛이 들었다.

한 노잡이가 들고일어났다. 노잡이는 하루라도 일을 빠지면

호된 벌을 받는데, 오랜만에 나타난 소렌이 아무런 처벌과 경고도 없이 그냥 넘어가는 것을 보자 이를 참을 수 없게 된 것이다. 그는 소렌에게도 다른 노잡이들과 공평하게 그에 상응하는 처벌을 내릴 것을 요구했다. 빠진 날만큼 채찍으로 때리라는 것이었다. 디노비크는 닥치고 앉으라고 명령했다. 그러나 그도 쉽게 물러나지 않았다. 오히려 지금까지 디노비크에게 심하게 당했던 다른 노잡이들도 들고일어났다. 그들은 소렌을 채찍으로 후려친 다음 내쫓아야 한다고 소리쳤다. 노잡이들이 단체로 나서자 디노비크도 움찔했다. 고래고래 소리를 지르긴 했으나, 평소와 달리 전혀 먹히지 않았다. 노잡이들이 다가왔다. 그들의 그림자가 소렌을 덮었다.

그때 모든 것이 깜깜해졌다. 소렌은 무슨 일이 일어났는지 금방 이해했다. 또 정전이 일어난 것이다. 노잡이들은 소리치고 분노를 터뜨렸다. 누가 어깨를 확 끌어당겼다. 디노비크였다.

"이 틈에 도망가. 어서!"

디노비크가 마구잡이로 채찍을 휘두르는 동안 소렌은 어둠 속을 기어갔다. 노잡이들이 엉켜서 싸우는 소리에 쇠가 휘어지는 환청까지 섞여 들렸다. 영혼이 찢어질 것 같은 끔찍한 괴음도 들려왔다. 거대벌레가 울부짖기라도 하듯, 소름 끼치는 소리였다.

15

하수구로 돌아가지도 못하고, 노를 젓지도 못하고, 소렌은 완전히 길을 잃었다. 악몽이 점점 심해졌고, 거대벌레가 발전소를 덮치는 환각은 나날이 선명해졌다. 그것은 이제 정말 현실처럼 느껴졌다. 소렌은 자신에게 더 이상 아무 가망도 없다는 것을 느끼고 버려진 기계 틈새로 들어갔다.

바깥에서 경비병들이 수시로 뛰어다녔지만, 신경 쓰지 않았다. 정전이 일어나도 신경 쓰지 않았다. 소렌은 깨어 있는지, 잠이 든 건지, 스스로도 분간하기 어려운 상태로 몇 시간이든 계속 앉아 있었다. 가끔 찾아오는 날카로운 두통만이 소렌의 부유하는 영혼을 현실로 잡아당겼다. 그리고 여전히 살아 있는 자신을 발견하곤 씁쓸한 미소를 지을 뿐이었다. 움직임을 그만두고, 생각도 그만두고, 소렌은 망가진 기계의 일부가 되었다.

소렌은 이대로 사라지고 싶었으나, 정신이 들 때마다 그의 몸은 치졸하게도 음식을 구걸했다. 죄의식이나 참회하는 마음보다 배고픔이 강하다는 것은 부끄러운 일이었다. 모든 욕구를 거부한 채 죄의 굴레에서 벗어나 숭고하게 죽고 싶어 하는 영혼이, 육체의 한낱 허기에 굴복한다는 것은 정말 슬픈 일이었다. 하지만 두통은 계속되고, 고통이 심해질수록 살고 싶다는 욕구는 더 강해졌다.

소렌은 집회에 참여하여 건전지만 받아오자고 생각했다. 건전지만 있으면 먹을 것을 구할 수 있으니, 얼굴만 잘 가리면 인파에 섞여서 하수구의 고아들에게도 들키지 않을 터였다. 소렌은 쓰레기를 뒤져서 얼굴을 가릴 만한 물건을 찾고, 원래 고아들이 이용하는 하수구 통로가 아니라 집회에 참여하는 사람들이 이용하는 반대쪽 통로로 들어갔다. 거기서 인파와 섞여 쇠사슬 광장으로 내려갔다. 전보다 사람이 더 늘어난 것 같았다. 고아들은 이제 확성기까지 들고 사람들을 통제하고 있었다. 분위기가 심상치 않았다. 사람들은 평소처럼 서서 돌아다니며 웅성거리는 게 아니라 조용히 앉아 있었다. 그리고 손에는 무기를 하나씩 들고 있었는데, 당장 무슨 일이라도 저지를 것처럼 눈빛이 번들거렸다.

“소렌, 모그가 찾아.”

가즈니가 다가와서 여느 때처럼 자연스럽게 말했다. 소렌은 한숨을 쉬고 하찮은 변장을 벗어버리고 가즈니를 따라갔다. 모그는 소렌을 보자마자 활짝 미소 지었다.

"라라밴, 네가 올 줄 알았다. 역시 넌 필요할 때 반드시 나타나는 녀석이야. 드디어 때가 왔다. 사람들의 불만은 폭발 직전이고, 무슨 일이든 할 준비가 되어 있어."

"무슨 일이 일어나는 거죠?"

"시위대와 경비대 간에 큰 싸움이 날 거다. 이건 이제 멈출 수 없는 흐름이야. 오늘 우리는 발전소의 주인이 될 거다."

모그가 소렌에게 칼을 건네주었다. 소렌이 경비병을 죽일 때 사용한 그 칼이었다.

"시위대와 경비대가 충돌하는 동안, 가즈니가 다른 곳에서 정전을 일으킬 거다. 분노에 사로잡힌 두 집단이 어둠 속에서 어떤 혼돈을 일으킬지 짐작할 수 있겠니? 바로 그 틈에 네가 발전소장을 죽이는 거야. 발전소장이 죽으면 경비대는 의지를 잃어버리겠지. 그때 내가 등장해서 상황을 정리하고, 시위대의 지지를 받아 새로운 발전소장이 되는 거야. 준비는 다 끝났다. 네가 발전소장을 죽여야 해. 라라밴, 이건 너밖에 할 수 없는 일이야. 오로지 너만 할 수 있는 일이야! 그런데 저런, 얼굴이 아주 핼쑥해졌구나. 큰일을 하는데 굶어선 안 되지. 당장

먹을 걸 가져와!"

고아들이 음식을 가지러 달려갔다. 영양 반죽이 소렌 앞에 놓였다. 배가 터질 때까지 먹어도 다 못 먹을 양이었다. 소렌은 시험에 든 것처럼 서 있었다. 세상에서 가장 외롭고 초라한 고아의 모습으로, 강력한 힘 앞에 무기력하게 무너지는 나약한 자의 모습으로 서 있었다. 영양 반죽은 검게 빛나고 있었다. 소렌은 영양 반죽에 손을 가져갔다. 배가 불러오면서, 소렌은 자신 안에 죄악감이 차오르고 있음을 느꼈다.

시위 군중이 나아갔다. 그들은 쇠몽둥이와 쇠파이프를 들고 진격했으며, 몇 명은 횃불을 들고 위협적으로 휘두르기까지 했다. 시위대를 처음 발견한 경비대 몇 명이 자기들끼리 해결할 일이 아님을 느끼고 심각성을 알리러 달려갔다. 사람들은 멀리서 시위대를 쳐다보며 두려워하기도 하고, 일부는 도망치고, 또 일부는 합류하기도 했다.

그들은 발전소장의 사무실 앞까지 나아가 굳게 닫힌 문을 두들기고, 때리고, 소리쳤다. 혼잡과 혼란, 암흑과 폭력, 번쩍거리는 횃불과 소란스러운 것들이 뒤섞인 광경이었다. 경비병들이 달려와서 시위대를 둘러싸고 떨어지라고 소리쳤다. 그러나 시위대는 전혀 겁먹지 않고 거꾸로 화를 내면서 경비병을 위협했다. 일촉즉발의 상황이었다.

홍분한 군중들 사이에서 미소 짓고 있는 얼굴이 있었다. 가즈니였다. 소렌은 다가가지 못하고 멀리서 지켜보기만 했는데, 그는 진심으로 이 상황을 즐기기라도 하듯 여유를 가지고 음흉한 미소로 혼란스러운 무리를 바라보고 있었다. 그의 품 안에서는 붉은빛이 새어 나오고 있었다. 그것이 유리 막대의 빛이라는 것을 소렌은 바로 알아보았다.

가즈니가 소렌을 눈치채고 말을 걸어왔다.

"소렌, 이 사람들 좀 봐. 화가 잔뜩 났어. 정말 재밌지 않아?"

"나는 너무 무서워. 그런데 여기 있어도 돼? 정전을 일으키러 간 게 아니었어?"

"정전이 없어도 어차피 싸움은 일어날 거야. 그보다는 발전소장이 죽는 순간을 놓칠 수야 없지. 그 인간이 죽는 모습을 꼭 옆에서 봐야겠단 말이야. 그리고 죽어가는 녀석 귀에 속삭여줄 거야. 기분이 어떠냐고."

소렌은 가즈니가 어른들에게 원한이 많다는 사실을 떠올렸고, 그럴 바엔 직접 발전소장을 죽이는 게 어떻겠냐고 물었다.

"직접 죽이는 건 내가 아니어도 괜찮아. 난 그놈이 죽는 것만 볼 수 있으면 돼. 그리고 나는 네가 우리의 대장이 될 수 있는 사람인지도 보고 싶어."

“나는… 나는 그런 사람이 아니야… 그리고 사실 난 이러고 싶지도 않아. 이건 내가 바란 게 아니야.”

소렌이 울먹이며 고백했다. 하지만 가즈니에게 그런 건 중요하지 않았다.

“하수구에 전구를 달아놓는다고 해서 고아들의 삶이 달라지는 건 아니야. 숨어 사는 건 변하지 않아. 그런데 저들을 봐. 정전 몇 번 일어났다고 두려워서 소리치는 꼴들을 보라고. 저게 어른들의 실체야. 심지어 우린 단 한 번도 빛 아래에서 살아본 적이 없는데! 하지만 오늘부터 달라질 거야. 발전소장을 죽이고, 우리가 발전소의 주인이 되는 거야. 네가 그렇게 만드는 거야.”

경비대와 시위대의 싸움이 시작되었다. 경비대가 발전소장실의 문에 손을 댄 시위대의 머리를 몽둥이로 내려쳤고, 시위대도 쇠 파이프를 휘둘렀다. 피가 튀고, 사람들이 쓰러졌다. 머리가 깨져서 피를 철철 흘리거나, 부러진 팔을 붙잡고 고통에 뒹굴거렸다. 고통에 신음하는 소리, 악에 받친 비명, 욕설이 난무했다. 발전소장이 모습을 드러냈고, 시위대는 더욱 격렬해졌다. 가즈니가 등을 떠밀기 시작했다. 그러나 이 모든 것은 다가올 진정한 혼돈에 비하면 작은 소음에 지나지 않았다.

폭발음이 들렸다. 발밑이 흔들리고, 머리 위에서 불꽃이 튀었다. 발전소 전체가 뒤흔들리는 것 같은 진동이었다. 사이렌이 울리기 시작했다. 소렌은 반사적으로 머리를 감쌌다. 끔찍한 두통이 일어났다. 사이렌은 발전소가 심각한 위기 상황에 처했을 때만 울리는 것으로 소렌은 한 번도 들어보지 못한 소리였다. 그것은 심장을 뛰게 만들고 알 수 없는 불안감을 증폭시켰다. 폭도로 변한 시위대와 인내심이 바닥난 경비대, 그리고 두 고아 소년은 일시 정지했다. 그곳에 있는 모든 사람이 자신의 눈을 의심했다.

거대벌레가 나타났다.

16

바닥을 뚫고 튀어나온 그것은 횃불을 들고 있는 사람을 덮쳐서 쓰러뜨리고 목을 물어뜯었다. 사람들은 충격과 공포에 빠져, 들고 있던 것을 집어던지고 도망쳤다. 인간끼리의 싸움은 아주 하찮고 우선순위가 낮은 것이었다. 방금까지 격렬하게 싸우던 경비대와 시위대는 이리저리 흩어져서 허둥대고 아우성쳤다. 멀리서 여자의 찢어지는 비명이 들렸다. 거기서도 벌레에 쫓겨 도망치는 인파가 달려오고 있었다. 반대 방향도 마찬가지였다. 거대벌레가 사방에서 나타났다. 경비대장이 발전소장을 데리고 도망치는 모습이 보였다. 머리 위로 떨어지는 거대한 발을 피해 흩어지는 벌레들처럼 사람들은 도망쳤다.

소렌은 또 꿈을 꾸는 줄 알았다. 거대벌레가 나타나고 사람들이 도망치는 모습이, 소렌이 꿈속에서 보았던 환각과 똑같았던 것이다. 하지만 그것은 틀림없는 현실이었다. 소렌은 모그부터 찾았다. 모그는 퇴치꾼이었다. 거대벌레가 나타나도 모그가 구해줄 터였다. 그러나 소렌이 발견한 것은 사람들 사이에서 가장 먼저 도망치고 있는 모그의 한심한 뒷모습뿐이었다.

"애들이 위험해."

가즈니가 창백하게 굳은 얼굴로 중얼거리고, 도망치는 사람들과 반대 방향으로 달리기 시작했다. 소렌도 가즈니를 쫓아서 뛰었다. 그러나 그때 누가 소렌의 손목을 턱 낚아챘다. 눈두덩은 움푹 파이고 시커멓게 변했으며, 그 안에서 흰 자가 희번덕거렸다. 거칠고 더러운 피부는 한층 더 푸석해졌고, 길게 자란 턱수염이 지저분했다. 디노비크였다! 그는 며칠 사이에 바짝 말라 있었다.

"너 지금 어딜 가는 거냐! 죽고 싶어!"

디노비크는 우악스러운 힘으로 소렌의 팔을 붙잡고 놔주지 않았다. 가즈니는 소렌이 디노비크에게 붙잡힌 걸 보고는 진의를 알 수 없는 씁쓸한 미소를 지으며 혼자 달려 나갔다. 그리고 도망치는 사람들 사이로 사라져서 곧 보이지 않게 되었다.

디노비크는 소렌을 광장으로 데려갔다. 광장은 유사시에 대피소 역할도 했다. 광장에는 벌레를 피해 도망친 사람들로 가득했다. 경비병이 어지럽게 뛰어다니고, 광장에 도착한 사람들을 안으로 들어오게 했다. 밖에서는 총소리, 고함 소리, 사이렌 소리가 울려 퍼졌다. 경비병이 광장으로 들어오는 문을 닫았다. 소렌은 아직도 밖에 남아 있을 사람들이 광장으로 들어오지 못할 것을 상상하고 두려움에 떨었다. 가족을 잃어버린 사람들이 울고 불며 소리쳤지만, 다시 문을 여는 것은 불가능했다.

옆에서 피투성이 남자가 허공을 보면서 중얼거렸다.

"동쪽 폐쇄 터널에서 벌레들이 나타난 거야. 이럴 줄 알았어. 이런 날이 올 줄 알았다고. 우리는 지옥의 굴을 후벼판 거야… 다 끝장이야. 처음부터 건드려선 안 됐는데…"

곳곳에서 울부짖는 소리가 터져 나왔다. 마침내 참지 못하고 사람들이 들고일어났다.

"이런 상황인데 발전소장은 어디 있는 거야!"

"발전소장 나와라!"

"대책을 내놔!"

광장이 쿵쿵 울릴 정도로 사람들의 반발이 심하자, 무대 뒤에 숨어 있던 발전소장이 모습을 드러냈다. 발전소장은 이곳은 안전하다면서 안심하라고 광장의 문이 얼마나 두껍고 튼튼한지 설명했지만, 오히려 화만 돋울 뿐이었다.

"내 가족이 아직 밖에 있다고!"

"경비대는 어딨어!"

그 순간 정전이 찾아왔다. 시끄러웠던 광장이 갑자기 고요해졌다. 암흑이 모든 것을 덮어버렸다. 그 고요함을 벌충하기라도 하듯이, 폭풍 같은 아우성이 몰아닥쳤다.

사람들은 극한의 혼란에 빠지고, 울고, 흐느끼고, 소리치는 소리로 광장은 난장판이 되었다. 발전소장과 경비대가 사람들을 진정시키려고 노력했지만, 소용없었다. 그들의 목소리는 닿지도 않았다. 광장은 완전히 통제 불능 상태에 빠졌다.

경비대가 손전등을 켜자 빛줄기 몇 개가 천장으로 올라갔다. 등줄기가 빳빳하게 굳었다. 천장에 거대벌레가 매달려 있었다. 그것은 천장의 구멍으로부터 툭… 툭… 떨어졌다.

지옥이 있다면 여기일 것이다. 사람들이 울부짖는 소리가 광장을 가득 메웠다. 살려달라고 외치고, 가족을 찾는 비명이 낭자했다. 어둠 속에서 빛줄기가 어지럽게 흔들렸다. 그것은 대혼란의 현장을 일부만 보여주었다.

소렌은 보이지 않는 곳에서 부딪혀오는 사람들 때문에 제대로 서 있을 수도 없었다. 디노비크가 소렌의 팔을 꽉 붙들지 않았다면, 우왕좌왕 도망치는 사람들 발에 밟혀 죽었을지도 모른다. 사람들은 광장에서 나가려고 발버둥 쳤다. 하지만 광장의 문은 단단히 잠겨 있었고, 막다른 장소에 몰린 사람들 뒤로 거대벌레가 다가왔다. 끔찍한 살해 현장이었다. 결국 문이 터져 나왔으나, 광장 바깥도 칠흑 같은 어둠이 펼쳐져 있을 뿐이었다. 사람들은 보이지 않는 통로 속을 달리다가 자빠졌고, 뒤따라 나오는 인파에 깔려 죽었다. 그렇게 또 수많은 사람이 죽었다. 운 좋게 발이 걸리지 않아 넘어지지 않더라도 그들은 뒤늦게 깨달아야만 했다. 광장 바깥에는, 더 많은 거대벌레가 배회하고 있음을.

겁에 질린 사람들이 무턱대고 바깥으로 뛰쳐나가는 와중에, 디노비크는 소렌을 데리고 무대 쪽으로 뛰었다. 거기서는 발전소장과 경비대장이 몇 명의 경비병을 데리고 무대 뒤쪽의 비밀통로로 빠져나가려고 하고 있었다. 그 외에도 눈치 빠른 사람들 몇 명이 뒤에 따라붙었다. 비밀 통로는 광장 바깥으로 이어졌다. 그러나 그곳도 이미 혼란의 소용돌이였다.

어둠 속에서 길을 잃고 벌레에게 쫓기며 살려달라고 울부짖던 사람들은 손전등을 구원의 빛처럼 여기고 모여들었다. 발전소장을 비롯한 이들은 순식간에 피난민을 이끌고 가는 구조대처럼 변했다. 하지만 그것은 벌레도 모인다는 뜻이었다.

습격을 받은 경비병 하나가 쓰러졌다. 경비병이 떨어뜨린 손전등이 굴러서 정면을 비추었다. 소렌은 처음으로 그 거대벌레를 제대로 목격했다. 그것은 귀뚜라미였다. 매우 큰 귀뚜라미였다. 경비대장이 총을 갈기자 귀뚜라미가 더러운 물을 튀기며 쓰러졌다. 하지만 모든 벌레를 쏘아 떨어뜨릴 수는 없었다. 그것들은 끝도 없이 몰려왔다. 앞으로 나아갈 수도, 뒤로 물러날 수도 없었다. 귀뚜라미가 소렌 앞에 나타났다. 소렌은 죽음을 직감했다.

그때, 진짜 퇴치꾼이 나타났다. 그는 어둠 속에서 나타나 날카로운 창으로 벌레의 머리를 꿰뚫었다. 벌레는 머리가 꿰뚫리고도 즉사하지 않고 옆으로 쓰러져서 혐오스럽게 경련을 일으켰다. 지금까지 자신들만 포식자인 줄 알았던 벌레들은 또 다른 포식자의 등장에 놀라고 두려워하며 날개를 부르르 떨었다. 그것은 경계이자, 경고였다. 그러나 그는 전혀 개의치 않고 크게 창을 휘둘렀다. 그러자 일시적으로 벌레들이 흩어졌다.

경비대장은 이 기회를 놓치지 않았다.

"지금이다! 뛰어!"

퇴치꾼은 도망치는 사람들과 함께 뛰며 뒤에 따라붙는 벌레들에게 창을 휘둘렀다. 벌레들은 창에 맞지 않게끔 경계하며 끈질기게 쫓아왔다. 그중에 공격성 강한 몇 놈이 달려들었다. 그는 뛰는 것을 멈추고 달려드는 귀뚜라미를 향해 진심으로 창을 휘둘렀다. 그 속도는 소렌의 눈에 거의 보이지도 않았다. 그러나 검은 귀뚜라미는 놀라운 반사 신경으로 창끝을 피했다. 퇴치꾼은 그럴 줄 알았다는 듯이 당황도 하지 않고 익숙하게 창을 거둬서 벌레가 더 다가오지 못하게 하는 정도로 만족했다.

마침내 숨을 곳을 발견한 경비대장이 작은 창고 같은 방의 문을 열었다. 그곳으로 사람들이 쏟아졌다. 사람들이 좁은 문을 통과하여 들어가는 동안 퇴치꾼은 벌레들을 상대하며 멀리서 혼자 창을 휘두르고 있었다.

이윽고 문이 닫혔다. 사람들은 공포에 떨었다. 바깥에서 살려달라는 소리가 끊임없이 들려오지만, 아무도 문을 열자고 말하지 않았다. 뛰는 소리, 비명 소리도 점차 잦아들어 가고, 벌레 기어가는 소리만 들리다가 마침내 모든 소리가 사라진다. 그것은 모든 상황이 종료되었다는 것을 의미했다. 하얗게 겁에 질린 채로, 부모의 손을 잡고 도망친 아이는 울지도 못하고 혼절하듯 쓰러져 잠들었다.

17

사람들은 울다 지쳐 잠이 들었다. 깊은 숨소리만 오르락내리락한다. 발전소장과 경비대장이 조용히 무전기로 상황을 파악해 보려 하지만, 들려오는 것은 지지직거리는 전파 소리뿐이었다. 발전소장은 깊은 고뇌와 절망에 빠졌다. 그의 모피는 죄다 털이 빠져 안쓰러울 지경이었고, 구두는 한쪽이 벗겨져서 사라졌다. 등은 굽고, 10년은 더 나이를 먹은 것처럼 늙었다. 경비대장은 응답 없는 무전기를 끊임없이 호출했다. 희망에 매달리는 것조차도 지친 발전소장이 이제 그만하라고 말했다.

소렌은 퇴치꾼의 사정이 신경 쓰였다. 방에 들어오지 못한 걸까? 다른 곳으로 피한 걸까? 아니면 벌레와 싸우다 죽었을까? 경비대장이 손전등을 들고 있었지만, 밖으로 빛이 새어 나가지 않게 구석에서 비추고 있었기 때문에 방은 까만 머리통의

윤곽밖에 보이지 않았다.

그때 시끄러운 소리가 사람들의 잠을 깨웠다. 귀뚜라미의 울음소리였다! 사람을 먹고 포식한 귀뚜라미가 짝짓기를 하려고 암컷을 찾는 소리였다! 사람들은 공포에 질려 흐느꼈다. 깊은 잠에 빠졌다가 뒤늦게 일어난 사람들이 화들짝 놀라서 날뛰었다. 경비대장이 조용히 하라고 낮게 외쳤지만, 혼란을 잠재우기엔 역부족이었다. 사람들은 극심한 불안 증세를 보였다. 귀뚜라미 날갯소리의 주파수에 사람의 정신을 파괴하는 능력까지 있는 것 같았다.

경비대장이 마침내 참지 못하고 낮게 소리쳤다.

"무기고로 가야 합니다. 총만 있으면 저놈들을 전부 쓸어버릴 수 있습니다!"

"그건 좋은 생각이 아니군."

소렌은 옆에서 난 낮은 음성에 깜짝 놀랐다. 퇴치꾼은 처음부터 거기 있었다. 바위 같은 모습으로, 하지만 어둠 속에 숨어 있어서 빛으로 비춰보기 전에는 거기에 존재했는지조차 알 수 없는 바위처럼, 작은 방 안에 몸을 비튼 채로 잠들어 있는 백여 명의 사람들 사이에 줄곧 우뚝 서 있었던 것이다.

그는 시커먼 망토로 전신을 감싸고 있어서 어둠 그 자체처럼 보였다. 피도 눈물도 없는 냉혈한이라는 것을 보자마자 깨달았다. 사람들도 그의 존재를 깨닫고 수군거리기 시작했다.

발전소장이 물었다.

"당신은 누구요."

"나는 퇴치꾼이오. 이 발전소를 지나가던 중이었소."

그가 스스로를 퇴치꾼이라고 밝히자, 사람들이 수군거림이 웅성거림으로 커졌다.

"당신이 그 퇴치꾼이군! 내가 이 발전소의 발전소장이오. 당신에 대한 보고는 들었소. 마주칠 일이 없길 바랐는데, 이렇게 보게 되어 유감이오."

"매우 유감이오."

"우린 퇴치꾼을 맞이하는 게 처음이오. 최소한 난 처음이오. 그래서 미안하지만 매우 실례되는 질문을 먼저 할 수밖에 없소. 당신은 저 벌레와 무슨 연관이오?"

"아무 연관도 없소."

"거짓말."

구석에서 속삭이는 소리가 났다.

"퇴치꾼이 있는 곳에는 항상 거대벌레가 나타난다고 그랬어."

"맞아. 나도 들었어. 퇴치꾼이 거대벌레를 불러들인다고."

"그러면 저 벌레들도 혹시?"

"그럴지도 몰라."

"살인자!"

퇴치꾼이 창으로 바닥을 찍어 사람들을 다물게 했다. 그러자 밖에서 벌레들이 사각사각 움직이는 소리가 들렸다. 한 여자가 나지막하게 중얼거렸다.

"벌레를 조종하고 있어…"

소렌은 퇴치꾼이 사람들을 해칠까 두려웠다. 그는 충분히 그럴 능력이 있는 사람처럼 보였다. 소렌이 일어나서 말했다.

"다들 어떻게 그럴 수 있죠? 이 사람이 우리 목숨을 구해줬잖아요!"

디노비크가 소렌을 당겨서 자리에 앉혔다. 눈에 띄는 짓 하지 말라는 뜻이었다.

"아무래도 이 발전소는 나의 도움이 필요하지 않은 모양이군."

그리고 그는 문을 열고 밖으로 나가려고 했다. 사람들은 깜짝 놀랐다. 그의 안전은 둘째치고 그가 없다면 누가 자신들을 지켜줄 것인지 뒤늦게 깨달은 것이다. 문을 열기 전에 발전소장이 그를 붙잡았다.

"빛도 없고, 밖은 벌레로 가득 차 있소. 이런 상황에서 어딜 간단 말이오. 성급하게 굴지 말고 대화를 해봅시다. 무기고로 가는 게 좋은 생각이 아니라고 했는데, 그 이유가 궁금하오."

"귀뚜라미들에게 철문을 뜯어내는 능력은 없으니, 소리를 죽이고 거주용 컨테이너나 닫힌 공간에 잘 숨어 있으면 목숨은 부지할 수 있을 거요."

"귀뚜라미가 발전소에서 물러날 때까지 그저 기다리라는 말이오? 저들이 번식을 준비 중인데 발전소가 귀뚜라미 둥지가 되는 것을 그냥 지켜보란 말이오?"

"귀뚜라미는 흙 속에 알을 낳소. 알을 낳을 때는 땅속으로 돌아갈 거요. 그러면 숫자가 몇 배로 불어나겠지만, 일단 살고 봐야 할 일이지."

겁에 질린 사람들이 이상한 신음을 흘렸다. 그 말을 듣고 한 남자가 송구스럽게 말했다.

"저는 발전소 정비공입니다. 아시다시피 정전이면 발전소의 모든 기계와 장비가 작동을 정지합니다. 거기에는 산소 발생 장치도 포함되고요. 그 말은 즉 저희는 지금 있는 공기만으로 호흡을 해야 합니다. 그런데 요즘은 정전까지 자주 일어나서 공기 생산에 더욱 차질이 있던 터라…"

정비공이 말끝을 흐렸다. 발전소장이 깊은 한숨을 내쉬며 물었다.

"그래서 얼마나 남았나?"

"아마 8시간을 못 버틸 겁니다."

사람들이 탄식했다. 경비대장이 발전소장에게 말했다.

"역시 무기고로 가는 수밖에 없습니다. 가만히 앉아서 기다리다간 질식사할 뿐입니다!"

"여기에는 경비병 다섯밖에 없는데 다섯 명으로 뭘 할 수 있소?"

발전소장이 물었다.

"사람들에게 총을 들게 하면 됩니다. 그리고 여차하면 화염방사기로 다 구워버립시다."

사람들은 자신들도 싸워야 한다는 말에 두려움에 떨었다.

퇴치꾼이 말했다.

"경비병도 상대가 안 되는 마당에 훈련도 안 받은 사람들이 정확히 벌레를 향해 사격할 수 있다고 생각하시오? 그것도 벽과 천장을 재빠르게 기어 다니는 벌레들을? 그리고 화염방사기는 분명 벌레들에게 효과적이지만 산소 소모가 극심하여 최후의, 최후의 수단이오. 정전이 되어 산소 공급이 끊긴 지금 화염방사기를 쓰면 자살행위나 다름없소."

경비대장은 퇴치꾼 쪽으로 다가갔다. 퇴치꾼은 키가 컸지만, 경비대장도 만만치 않았다. 그는 잔뜩 화가 난 것 같았다.

"난 당신 족속을 믿지 않아. 노동을 하지 않고, 떠돌아다니는 인간들. 한 발전소에 소속되어 있지 않으니 책임감도 없지. 퇴치꾼 중에는 일부러 발전소에 벌레를 불러내서 의뢰비를 뜯어내는 놈들도 있다고 들었다. 네가 그런 녀석이 아니라고 어떻게 믿지?"

"당신의 믿음 따위는 나에게 어떤 가치도 없소."

팽팽한 긴장이 흘렀다. 발전소장이 끼어들어 중재했다.

"무기고로 가는 게 좋지 않다는 말은 알겠소. 하지만 이대로 벌레가 물러날 때까지 기다릴 수도 없게 되었소. 우리에겐 시간이 없소. 대체 어떡해야 좋겠소? 당신 생각이 궁금하오."

"모든 발전소는 거대벌레가 침입했을 때를 대비한 대응책을 가지고 있소. 그게 무엇인지는 당신이 떠올려야 하오. 당신이 정말 발전소장의 자격이 있는 사람이라면 알고 있을 거요."

그 말을 듣고 발전소장은 깊은 생각에 빠졌다. 그리고 무엇을 깨달은 것처럼 무릎을 탁 쳤다.

"이 발전소는 아주 오래전에 지어질 때부터 이런 상황을 염두에 두고 설계되었소. 발전소 통로를 따라 설치된 고압선이 그것이오. 평소에는 전류가 흐르지 않지만, 비상시에는 고압 전류를 흘려보냄으로써 발전소를 점거하고 있는 거대벌레를 일소할 수 있소."

사람들은 희망을 느꼈다. 하지만 동시에 모두 같은 생각을 떠올렸다. 지금 발전소는 정전 상태였다.

발전소장이 결정을 내렸다.

"빚부터 되찾읍시다. 뭘 하더라도 일단 이 정전부터 해결해야 하오. 퇴치꾼은 거대벌레를 퇴치하는 전문가들이라고 들었는데, 그게 사실이오?"

"그럴 거요."

"그렇다면 당신이 누군지 상관없소. 당신이 정말 이 벌레들을 불렀는지 아닌지도 상관하지 않겠소. 발전소가 첫 번째요. 발전소가 그 무엇보다 우선하오. 발전소장으로서 정식으로 의뢰하겠소. 발전소를 살려주시오."

"난 공짜로 일하지 않소."

"뭘 원하시오."

"전기."

발전소장이 고개를 끄덕였다.

"전기를 얻으려면 불을 켜고 발전소를 돌려야 하오. 동의하시오?"

"동의하오."

"당신이 벌레를 몰아내는 것을 도와준다면 원하는 만큼의 전기를 얻을 거요. 당장 엔진실로 갑시다."

발전소장이 일어섰다.

"한 가지 위안이 되는 말을 해주겠소."

마지막으로 퇴치꾼이 말했다.

"갑충이 아닌 걸 다행으로 아시오. 그 녀석들은 총알도 튕겨내니까."

그 말은 전혀 위안이 되지 않았다.

18

사람들은 나갈 준비를 했다. 그들의 얼굴에는 공포와 두려움이 가득했다. 그들은 나가고 싶지 않았고, 계속 창고에 숨어 있고 싶었다. 그러나 그럴 수 없었다. 발전소장이 다 함께 가야 한다고 강력하게 주장했기 때문이다. 한 아이가 엄마에게 나가고 싶지 않다고 보채다가 울음을 터뜨렸다. 소렌은 퇴치꾼이 사람들을 데려가는 것은 위험하다고 발전소장에게 말해주길 바랐다. 소렌의 기대대로, 퇴치꾼은 발전소장에게 큰 피해가 날 거라고 경고했다. 하지만 발전소장이 반드시 함께 가야 한다고 고집을 부리자 마침내 그 뜻을 이해한 것처럼 수긍했다.

퇴치꾼이 계획을 수립했다.

"손전등은 전부 몇 개가 있소?"

발전소장이 손전등을 모아 와서 말했다.

"전부 3개가 있소."

"내가 3개를 더 갖고 있으니 당신이 하나를 들고 남은 건 경비병들에게 나눠주시오. 총은?"

"두 정밖에 없소."

"권총도 없소?"

"내가 하나 갖고 있지만 총알이 없소."

"총은 경비대장과 그나마 가장 용감한 경비병에게 들려주시오. 하지만 꼭 필요한 순간에만 쏴야 하오. 총알은 언제나 당신이 생각하는 것보다 부족하오. 엔진실 위치는 알고 있소?"

"알고 있소."

경비대장이 대답했다.

"그럼 당신이 앞장서시오. 내가 보호하겠소. 다른 사람도 옆에서 바짝 따라오시오. 손전등을 잃어버리지 않게 주의하시오. 절대 벌레의 얼굴에 직접 비추지 마시오."

퇴치꾼은 사람들을 보고 말했다.

"옷을 찢어서 아이들에게 재갈을 물리시오. 아이들은 울음과 비명을 참지 못할 거요. 본인도 그러할 것 같으면 고민하지 말고 입을 막으시오."

그리고 퇴치꾼은 창고를 뒤져서 사람들에게 철판과 그 철판을 시끄럽게 때릴 수 있는 쇠막대 같은 것을 들게 했다. 그 밖에도 큰 소리를 낼 수 있는 물건이라면 뭐든지 손에 들게 했다.

발전소장이 물었다.

“소리를 내지 말라고 재갈까지 물리면서 큰 소리를 내는 물건은 왜 들라고 하는 거요?”

“어중간한 무기보다 이게 더 효과적이오.”

“설명을 해주시오.”

“벌레들은 깜깜한 땅속에 살기 때문에 소리에 매우 예민하오. 그래서 너무 큰 소리는 오히려 그들을 혼란에 빠뜨릴 수 있소. 멀리 어둠 속에서 빛나는 불빛과 당신 눈앞에 들이미는 손전등 불빛의 차이라고 생각하면 될 거요. 빛이 과하면 오히려 아무것도 볼 수 없는 것처럼, 과한 소리는 그들의 방향 감각을 잃게 만들 거요.”

발전소장은 깨달음을 얻고 고개를 끄덕였다. 사람들은 창고를 뒤져서 이것저것 손에 들었다. 소렌도 쇠막대를 들었다. 그러나 디노비크가 쇠막대를 빼앗으며 속삭였다.

“혹시라도 싸울 생각은 하지 마라. 넌 그냥 철판이나 들어.”

그리고 그 쇠막대를 자신이 들고, 소렌에게는 작은 종과 망치를 주었다.

나갈 시간이었다. 퇴치꾼이 말했다.

“배부른 벌레들은 먼저 공격하지 않고 상황을 볼 것이오. 우리가 운이 좋다면, 아무 일 없이 엔진실까지 도달할 수 있을 거요. 그러나 그러지 못할 거요. 내가 신호를 하면 큰 소리를 내며 뛰시오. 소리를 지르고, 철판을 두들기며 앞만 보고 뛰시오. 옆이나 뒤에서 무슨 일이 벌어져도 절대 돌아보지 마시오."

문을 열었다. 퇴치꾼이 먼저 나와서 안전을 확인하고, 경비대장과 발전소장, 경비병, 그리고 사람들이 차례로 따라 나왔다. 경비병이 손전등을 한 바퀴 돌리자, 폐허가 된 발전소 통로와 끔찍하게 죽은 사람들의 시체가 보였다. 소렌은 억지로 시선을 돌렸다. 발전소 사람들에게 한 번도 애정이나 동정심을 가져본 적은 없지만, 어둠 속에서 발버둥 치다가 살해당했을 사람들을 생각하니 안타까운 감정이 들었다. 그리고 어쩌면, 그들의 죽음이 자신과 무관하지 않을지 모른다는 두려운 생각이 스쳐 지나갔다.

소렌이 딴생각에 빠져 있음을 눈치챈 디노비크가 속삭였다.

"정신 똑바로 차려! 아니면 너도 저렇게 될 거다."

발전소장이 방향을 지시하고, 퇴치꾼이 앞장서서 나아갔다. 일단 거대벌레가 보이지 않자, 사람들은 안심했다. 하지만 소렌은 더 불안했다. 벌레가 꼭 눈앞에서만 나타나리란 법은 없었다. 천장에서 떨어질 수도 있고, 바닥에서 올라올 수도 있고, 오른쪽도, 왼쪽도 위험했다. 환풍구 안에 숨어 있거나, 벽에 뚫린 구멍 속에서 튀어나올 수도 있었다. 그것은 벌레가 뚫고 지나간 흔적이었다.

소렌은 정신이 몽롱해졌다. 조용했다. 너무 조용해서 벌레들이 이미 발전소를 떠난 게 아닐까 하는 생각까지 들었다. 갑자기 행렬이 멈췄다. 앞사람으로부터 전언이 전해졌다. 앞에 벌레가 있으니 놀라지 말고 조용히 침착하게 지나가라는 말이었다.

소렌은 그 벌레를 보고 싶지 않았지만, 동시에 보고 싶다는 모순적인 감정에 휘말렸다. 옆을 지나가던 경비병도 같은 심정이었는지 퇴치꾼의 경고를 잊어버리고 결국 손전등으로 벌레를 비췄다. 그것은 두 앞발로 사람을 붙잡고 머리를 뜯어 먹는 중이었다.

뒤통수가 뻣뻣해졌다. 강한 전기 신호에 관통당한 것처럼 온몸이 경직되었다. 벌레의 눈은 사람과 달리 동공이 없어서 지금 어딜 보고 있는지 알 수 없었다. 자신이 뜯어 먹고 있는 사람에 시선이 팔려있는지, 아니면 사람을 뜯어 먹으면서 우리 쪽을 보고 있는지 알 수 없었다. 그래서 초점 없는 그 눈은 바라보는 자의 공포심을 더욱 키웠다.

퇴치꾼이 달려와서 경비병의 손전등을 빼앗았다. 이상하게 불안하기도 하고, 두려움이 스멀스멀 밀려들었다. 귀뚜라미가 행렬 꽁무니를 슬금슬금 뒤쫓아오고 있었다. 사람들이 동요했다.

발전소장이 물었다.

“이제 어떡하오?”

“희생을 감수할 수밖에 없겠군. 걷는 속도를 좀 빠르게 합시다.”

이제 자잘한 소리가 나는 건 신경 쓰지 않았다. 다들 급한 발걸음으로 뛰었다. 그리고 귀뚜라미들이 그 뒤를 바짝 쫓았다. 아직 공격성을 내보이지는 않았으나, 쫓아오는 숫자는 점점 불어났다. 어디서 “으악!” 하고 비명이 들렸다.

“뛰어!”

퇴치꾼이 큰 소리로 외쳤다. 백여 명에 가까운 사람이 고함을 지르면서, 철판을 치면서, 발을 구르면서 전력 질주했다. 그 소리는 좁은 통로 속에서 반사되어 다시 엄청나게 큰 소리로 증폭되어 돌아왔다. 그 소리가 얼마나 컸던지 소렌조차 일시적으로 기절할 뻔했다. 귀뚜라미는 눈에 띌 정도로 놀라서 움츠러들었고, 벽에 붙어 있던 녀석들은 바닥으로 떨어지기까지 했다. 벌레들은 거의 마비된 수준으로 꼼짝도 못 했다.

탕! 탕!

길을 막고 서 있는 귀뚜라미를 경비대장이 쐈다. 사람들은 그 사이를 돌파해서 달렸다. 어중간하게 무기를 드는 것보다는 시끄러운 소리를 내는 편이 효과적이라는 퇴치꾼의 말은 정확했다. 한 명의 희생자도 나오지 않았다. 벌레들은 공격할 엄두도 내지 못했다. 그러나 위기는 금방 다시 찾아왔다.

사람들이 지친 것이다. 큰 소리를 내면서 뛰는 것은 엄청난 체력을 요구하는 일이었다. 그들은 헉헉대느라 함성도 거의 못 지르고, 열정적으로 철판을 때리는 빈도도 줄어들었다. 결국 귀뚜라미가 다시 나타나기 시작했다. 그것들은 잔뜩 화가 난 것 같았다. 순식간에 한 사람이 납치되었다. 겁에 질린 사람들이 다시 소리 지르고 필사적으로 철판을 두들겼지만, 효과는 미미했다. 산발적으로 내는 소리는 별 의미가 없었다. 모든 사람이 일심동체가 되어 하나의 거대한 소리 덩어리가 되어야 했다. 옆 사람이 벌레의 공격을 받아 잔인하게 살해당할 때마다, 사람들의 의지는 푹푹 꺾였다. 결국 들고 있던 거추장스러운 물건도 다 포기하고, 살려달라는 비명만 안타깝게 울려 퍼졌다.

발전소장이 외쳤다.

"저 계단! 저기로 올라가야 하오!"

"계단이라… 터널 넘어 또 터널이로군."

"도와주세요!"

소렌이 소리쳤다. 퇴치꾼은 뒤쪽으로 달려와서 달려드는 벌레 떼를 떼어냈다. 난폭한 귀뚜라미들도 퇴치꾼에게는 쉽게 달려들지 못했다. 소렌은 그가 창을 휘두르는 모습을 보고 정지했다. 말하자면 사랑에 빠졌다. 더 정확히는 그 창에 매혹되어서 뛰는 것도 잠시 잊을 정도였다. 그 창은 강력했으며, 신속하고, 동시에 절도 있었다. 날카로운 곡선과 부드러운 직선이 만들어내는 푸른 광선이 어둠을 갈랐다. 그때 깨달았다. 퇴치꾼의 창은 조금 특이한 형태를 하고 있었다. 그것은 날이 3개가 달린 삼지창이었다.

발전소장은 왜 퇴치꾼이 계단을 질색했는지 깨달았다. 머리 위에서 벌레들이 쏟아졌다. 경비대장이 머리 위로 총을 쏴봤지만, 귀뚜라미들이 벽과 계단 난간으로 어지럽게 뛰어다녀 맞출 수 없었다. 또 한 번의 대형 참사가 여기서 일어났다. 어떻게든 귀뚜라미를 뿌리치고 계단을 올라가도, 귀뚜라미는 낫 형태로 꺾여 있는 그 굵은 뒷다리로 뛰어올라 한 번에 계단 위까지 날아올랐다. 절망적인 상황이었다. 이런 와중에 어떻게든 계단을 올라갈 수 있던 건 전적으로 퇴치꾼의 기적적인 활약 덕분이었다. 퇴치꾼은 놀라운 도약력으로 계단 난간을 넘나들면서 벌레들을 떨어뜨리고, 날이 3개인 창으로 꿰뚫어 죽였다. 귀뚜라미가 뛰어오르면 그도 같이 뛰어오르고, 귀뚜라미가 떨어지면 그도 같이 떨어졌다. 한 손으로 난간을 붙잡고, 다른 한 손으로 창을 휘두르며, 공중에서 한 바퀴 빙글 돌아 커다란 망토를 날개처럼 펼쳤다.

'어떻게 저런 움직임이 가능한 걸까?'

소렌은 그 위풍당당한 모습을 보면서 생각했다. 또 한편으로는, 누가 벌레인지 모를 지경이었다. 이렇게 눈에 끄는 짓을 하니 벌레들도 그쪽으로 신경이 쏠려 감히 사람들을 공격하지 못했다.

계단을 오르는 데 성공한 사람들은 거대벌레가 들어올 수 없는 좁은 기계 틈새 사이로 몸을 집어넣었다. 귀뚜라미는 기계 바깥에서 사각거리다가 사라졌다. 사람들은 쓰러졌다. 출발할 때 백여 명에 이르렀던 인원은 이제 절반밖에 남지 않았다. 그러나 매정한 퇴치꾼은 잠시도 쉴 틈을 주지 않고 사람들을 다시 일으켰다.

"이럴 시간 없소. 벌레들은 다시 나타날 거요. 엔진실까지 앞으로 얼마나 남았소?"

퇴치꾼이 발전소장을 보며 물었다. 발전소장은 완전히 혼이 빠져 있었다. 이 중에서 정신이 멀쩡한 건 퇴치꾼 뿐이었다. 퇴치꾼이 발전소장을 붙잡고 거칠게 흔들었다. 발전소장이 비틀거리며 말했다.

"이… 이제 얼마 안 남았소. 이 길을 따라가면 격납고가 나오는데, 엔진실은 그 안에 있소. 여긴 평상시에 폐쇄되어 있는 공간이니 벌레들이 들어오지 못할 거요."

"그러면 좋겠지만, 기대는 하지 않는 편이 좋을 거요."

이번에도 퇴치꾼의 말이 맞았다. 격납고 문 앞에 벌레들이 진을 치고 있었다. 귀뚜라미 사이에 귀뚜라미와 비슷하게 생겼지만 다른 벌레도 있었다.

"꼽등이도 있군."

귀뚜라미는 머리가 동그랗지만, 꼽등이는 갸름하고, 배는 구부정한데, 뒷다리는 높게 솟아 있어서 귀뚜라미보다 더 혐오스러웠다. 그 벌레들은 격납고 앞을 배회하면서 떠나지 않았다.

"이제 어떡하죠?"

경비병 하나가 의문을 던졌다. 아무도 그 의문에 답을 주지 못했다. 퇴치꾼이 말했다.

"내가 벌레들을 유인하겠소. 그 사이 문을 여시오."

그는 희생하는 역할을 자청하고 두려움을 못 느끼는 사람처럼 정면으로 당당하게 벌레들 앞으로 걸어 나갔다. 그 태연한 뒷모습에 소렌은 경외감마저 들었다.

퇴치꾼이 벌레에게 둘러싸여 창을 휘두르고 있는 동안 사람들은 격납고 문 앞으로 이동했다. 격납고는 발전소의 주전력과는 상관없는 별도의 보조 전원으로 돌아가는 모양이었다. 문을 여는 장치는 아직 작동하고 있었고, 전구가 위에서 그들을 비추고 있었기 때문이다. 발전소장이 문을 여는 동안 소렌은 퇴치꾼 쪽을 바라보았다. 그는 도망치는 척하면서 벌레들을 보이지 않는 곳까지 유인했다.

문이 열리기 시작했다. 그런데 그게 나쁜 결과를 불러왔다. 크고 두꺼운 격납고 문은 느릿하게, 요란한 소리를 내면서 열렸고, 그 소리를 벌레들이 포착한 것이다. 퇴치꾼에게 쏠려 있던 벌레들이 이쪽으로도 달려오기 시작했다. 문이 열리려면 아직 한참 시간이 필요했다. 사람들은 비명을 지르며 사방으로 흩어졌다.

아비규환이었다. 귀뚜라미가 도망치는 사람 등 뒤에 올라타거나, 머리로 들이받아 쓰러뜨리고 물어뜯는 모습이 보였다. 어떤 사람은 높이 뛰어오른 귀뚜라미에 의해 목이 부러져 즉사했다. 또 어떤 사람은 귀뚜라미에게 다리를 물려 어두운 구석으로 질질 끌려갔다. 경비대장은 경비병들을 데리고 저항하다가 발전소장과 함께 어딘가로 사라졌다. 사방에서 살려달라는 외침이 울려 퍼졌다.

꼽등이가 펄쩍 뛰어서 소렌 앞에 떨어졌다. 툭 튀어나온 검은 눈알과 긴 더듬이, 통통한 갈색 몸통은 소렌이 지금까지 보았던 그 어떤 것보다 혐오스러웠다. 긴 더듬이가 얼굴과 가슴을 톡톡 건드렸고 온몸의 털이 곤두섰다. 모그의 칼을 꺼내서 마구 휘둘렀지만, 그 칼은 거대벌레를 상대하기에 너무 작고 보잘것없었다. 벌레가 앞발로 튕겨내자, 칼은 멀리 날아가 버렸다. 디노비크가 소렌을 뒤로 밀쳐내고 돌진하는 꼽등이의 머리를 쇠막대로 후려쳤다. 꼽등이는 턱이 반으로 쪼개져서 한쪽 턱이 달랑거리는 채로 도망쳤다. 소렌은 어안이 벙벙했다.

“괜찮냐?”

디노비크가 물었다.

“난… 난 괜찮아요.”

소렌이 더듬거리며 말했다. 디노비크는 고함을 지르며 다른 벌레들에게도 달려들었다. 항상 술에 취해 있고 타인에게 화풀이밖에 못 하던 그 디노비크가 맞는지 소렌은 두 눈으로 보면서도 믿을 수 없었다. 그는 마치 영웅이었다. 사람들을 구해내고 벌레들과 싸웠다. 그러나 위협을 느낀 벌레들이 거리를 둔 채로 다가오지 않자 디노비크도 할 수 있는 게 없었다. 주위를 둘러싸고 서서히 압박해 오는 벌레들을 상대로 허공에 쇠막대만 휘두르다 금방 지쳐버리고 말았다.

벌레들이 천천히 다가왔다. 소렌은 디노비크 뒤에 숨은 채로 두려움에 떨었다. 그때 벌레들 뒤편으로 이상한 광경이 지나갔다. 벌레들이 이쪽에 몰려 있는 틈을 타서 사라졌던 발전소장과 경비대장, 경비병들이 재빨리 격납고 문 안으로 들어가는 것이었다. 그리고 문이 닫히기 시작했다! 소렌은 빨리 문쪽으로 달려가고 싶었지만, 벌레들이 벽처럼 막고 서 있어서 불가능했다. 사람들이 아우성치는 동안에도 문은 닫히고 있었다.

위기의 순간에 구세주가 등장했다. 벌레를 끌고 갔던 퇴치꾼이 달려오고 있었다! 사람들은 그가 순식간에 벌레들을 흩어버리고 자신들을 데리고 가줄 거라는 기대감에 가슴이 벅차올랐다. 그러나 퇴치꾼은 이쪽을 흘끗 보기만 하더니 그대로 격납고 문 안으로 들어가버리는 것이 아닌가! 모든 희망이 사라졌다. 약한 자는 이용당하고 버림받을 뿐이다. 그게 세상의 진리라는 것을 가장 위급한 순간에 뼈저리게 깨달았다.

그때 놀라운 일이 벌어졌다. 소렌의 몸이 붕 떠올라서 날아올랐다. 디노비크가 소렌을 잡아 엄청난 힘으로 집어 던진 것이었다. 소렌은 벌레들을 넘어 격납고 문 앞에 떨어졌다. 땅바닥에 처박힌 소렌은 정신이 아득해졌다. 문이 닫히기 직전이었다. 소렌은 기어서 문 안으로 들어가려다가 디노비크가 생각나서 엉거주춤 뒤를 돌아보았다.

디노비크가 화난 목소리로 외쳤다.

"빨리 들어가, 멍청아!"

소렌은 쫓아오는 귀뚜라미를 피해서 간신히 격납고 안으로 들어갔다. 문이 닫혔다. 그것은 두껍고 튼튼해서 절대 벌레가 뚫고 올 수 없었다. 문이 닫히기 직전, 벌레들에게 둘러싸여 있는 디노비크의 모습이 눈에 선했다.

19

엔진실은 그 자체로 커다란 방공호였다. 무슨 일이 있어도 엔진만은 보호할 수 있도록 두꺼운 벽으로 안과 바깥이 차단되어 있고, 이곳에서 발전소의 모든 것을 통제할 수 있었다. 위급 시에는 비상 전력이 돌아갔다. 그 말은 즉 격납고 안에는 불빛이 존재했다. 엔진은 나무줄기처럼 서 있었다. 그 거대하고 웅장한 모습은 시선을 끌었지만, 지금 소렌의 관심은 다른 곳에 있었다. 소렌은 아직도 혼란과 의문에서 벗어나지 못한 상태였다. '왜?'라는 질문에 빠져서 허우적거리고 있었다. 디노비크가 나를 구하다니, 세상에서 이것보다 불가사의한 일이 있을 수 있을까? 세상에서 나를 제일 미워하는 줄 알았던 인간이 나를 구했을 때의 그 당혹감을 어떻게 표현할 수 있을까? 게다가 이번이 첫 번째도 아니었다. 대체 왜? 그러나 아무리 고민한다

한들 그 답은 이제 영원히 알 수 없게 되어버렸다.

발전소장은 정비공들을 데리고 발전소를 재가동하기 위해 높은 곳에 올라가서 엔진을 수리 중이었다. 가끔 바닥으로 불꽃이 떨어지고 욕지거리가 들려오는 걸로 봐서 상황이 녹록지는 않은 것 같았다.

엔진실 안에는 벌레를 피해 도망친 난민이 가득했다. 그들은 벌레가 나타났을 때 정비공들과 함께 가장 먼저 엔진실로 도망친 사람들이었다. 그들은 퀭한 눈으로 엔진실 벽이나 구석에 기대고 있거나 추위를 녹이려는 사람처럼 작게 모여 있었다. 소렌은 쓰러진 사람들 사이에 끼어서 무릎을 세우고 앉아 있었다. 그리고 꾸벅꾸벅 졸기 시작했다. 너무 지치고 피곤해서 졸음이 쏟아졌다.

"너 노잡이 맞지?"

얼굴이 핼쑥해진 남자가 다가왔다.

"내 아들도 노잡이인데 혹시 어떻게 됐는지 알고 있니? 1단에서 노를 젓고 키는 너랑 비슷할 거야. 다리에 긴 흉터가 있고, 머리는 갈색인데…"

"죄송해요. 잘 모르겠어요."

옆에 앉아 있던 노인네가 불쑥 끼어들었다.

"아들을 잃어버렸는가? 죄책감 갖지 말게. 곧 다시 만날 수 있을 걸세. 어차피 우리 모두 죽게 될 거니까. 누가 먼저 가나 순서만 달라질 뿐이야. 밖에서 우글거리는 벌레들을 우리가 어찌하겠는가? 난 보았네. 그 검고 흉측한 귀뚜라미들이 지하에서 올라오는 모습을. 그건 인간의 오만함을 벌하기 위해 심연에서 기어 올라온 죽음의 사자였어."

소렌은 머리를 한 대 얻어맞은 듯했다. 잠이 확 달아났다. 자식을 잃어버린 남자가 화를 냈다. 소렌이 물었다.

"벌레가 지하에서 올라왔다고요? 동쪽 터널에서 나온 게 아니라요?"

"지하에서 올라왔네. 그것들은 지옥의 문이라도 열린 것처럼 쏟아져 나왔어."

"지하… 지옥의 문…"

소렌은 홀린 것처럼 더듬었다.

"이봐, 노인네. 헛소리하지 말어. 그놈들은 동쪽에서 나왔다고. 나랑 내 동료가 똑똑히 봤단 말이야."

경비병이 끼어들었다.

"그 동료는 어딨나?"

"죽었어."

"그럼 자네가 헛 걸 봤겠지."

"내가 미쳐서 헛소리를 한다는 거야? 노인네가 귀가 먹어서 동쪽 폐쇄 터널에 거대벌레가 있다는 얘기도 못 들어 봤어?”

노인과 경비병의 말다툼은 이미 소렌의 귀에 들려오지 않았다. 커다란 관 속에서 울리는 바람 소리만 머릿속에 웅웅거렸다. 현기증이 났다. 속이 메스꺼워서 구역질이 나왔다. 식은땀이 나면서 어디론가 도망치고 싶었다. 사람들의 시선이 느껴지고, 두려움 때문에 여기 있는 모든 사람이 자신을 째려보는 것 같았다. 숨이 턱까지 올라왔다. 어지러웠다. 제대로 서 있을 수가 없었다.

귀뚜라미가 어디서 나타났는가. 이것은 매우 중요한 문제였다. 경비병의 말대로 동쪽에서 나타났다면 문제 될 것이 없었다. 소문이 무성하던 그 폐쇄 터널에서 결국 벌레가 튀어나왔을 뿐이다. 그런데 만약 노인의 말이 옳다면? 소렌은 귀뚜라미들에게 발전소로 들어오는 길을 열어준 꼴이 된다. 소렌은 어쩌면 이런 일이 일어날지도 모른다는 것을 가슴 한구석에서 어렴풋이 느끼고 있었다. 발전소 지하 깊은 곳에서 거대한 철문이 열리고, 거기서 거대벌레가 나왔다는 사실을 왜 아무에게도 알리지 않았을까? 소렌은 유리 막대에 정신이 팔려 지하에서 있던 일들을 까맣게 잊어버렸다. 아니, 잊어버린 척하기로 스스로를 속였던 것이다.

“소렌.”

"비꼬 아저씨, 코임브라 아저씨."

복잡한 감정이 소렌 안에서 휘몰아쳤다. 그들은 어린 소렌을 돌봐주고 글자를 가르쳐 준 사람들이었다.

"용케 살아 계셨네요."

소렌이 냉담하게 말했다.

"이 자식, 오랜만에 보자마자 말하는 싸가지 봐라. 꼭 내가 죽길 바란 말투인데? 난 마지막까지 살아남을 거다. 발전소가 망해도 살아남을 거다."

코임브라 아저씨가 물었다.

"넌 어떻게 살았냐?"

"디노비크가 나를 구했어요."

"디노비크가? 너를 구했다고? 그 노잡이장 디노비크가?"

그들은 놀라서 몇 번이나 되물었다. 그리고 서로의 얼굴을 마주 보았다.

소렌은 아저씨들을 만난 게 신기했다. 하지만 기쁜 건지는 잘 몰랐다. 그들은 어느 날 말도 없이 갑자기 소렌을 놔두고 사라졌다. 그것은 어린 소렌에게 잊을 수 없는 원망과 상처만 남겼다. 만약 다시 만난다면 꼭 한번 물어보고 싶었다. 왜 날 버렸냐고.

발전소장이 갑자기 크게 소리쳤다. 정비공을 붙잡고 어떻게

든 해결하라며 윽박지르고 있었다. 결국 발전소를 재가동하는 데에는 실패한 모양이었다.

"끝났군. 역시 수리는 불가능했어."

비끄 아저씨가 말했다.

"노인네 숨통같이 언제 끊길지 모르는 가느다란 생명줄이었지. 지금까지 버틴 것만 해도 용한 거야. 요즘 정전 일어나는 꼴을 봐. 죽기 직전인 노인네가 꼴깍꼴깍 숨넘어가는 꼴이지, 그게."

코임브라 아저씨가 거들었다.

"거기다 그 검은 벌레들이 발전소를 난장판으로 만들어놨으니."

아저씨들의 말 한마디 한마디가 소렌에게 아픈 가시처럼 박혔다. 소렌이 변명을 하듯이 중얼거렸다.

"발전소장이 엔진실에 도착만 하면 벌레들을 몰아낼 수 있다고 했어요."

"발전소장에게 무슨 수가 있었나 보군. 하지만 그것도 전기가 있어야 가능하지. 전기가 없으면 아무것도 못 해."

"엔진을 돌리지 않고 전기를 얻을 방법은 없나요?"

"무슨 바보 같은 소릴 하고 있어. 그런 게 있으면 우리가 이러고 있겠냐?"

그런데 그 바보 같은 말이 소렌에게 깨달음을 주었다. 머릿속이 환해지면서 막혀 있던 곳이 모두 뚫리는 느낌이 들었다.

있었다! 엔진을 돌리지 않고 전기를 얻을 방법이! 그것도 발전소를 움직일 수 있을 만큼 막대한 전기를!

소렌이 벌떡 일어나서 소리쳤다.

"내가 전기를 얻을 수 있는 방법을 알아요! 엔진을 고치지 않아도 돼요! 이제 벌레를 몰아낼 수 있어요!"

하지만 사람들의 반응은 싸늘했다. 아무도 소렌의 말을 진지하게 듣지 않았다. 현실을 받아들이지 못하고 미쳐버린 불쌍한 아이 하나가 있다고 생각할 뿐이었다.

소렌은 발전소장에게 달려갔다.

"제 얘기를 들어주세요! 전기만 있으면 되죠? 그렇죠? 제가 발전소를 원상태로 돌릴 수 있어요!"

"어떻게?"

발전소장이 물었다.

"엄청난 전기가 들어 있는 유리 막대가 있어요. 그것만 있으면 엔진을 고치지 않아도 돼요!"

"그래? 그 유리 막대는 어딨지?"

"그건… 지금 아마 하수구의 고아들이 갖고 있을 텐데."

소렌을 보는 발전소장의 눈이 점점 더 의심스럽게 바뀌었다.

"네 말은 발전소를 돌릴 만큼 어마어마한 전기가 유리 막대 안에 있다는 거지? 그리고 그 유리 막대는 하수구의 고아들이 갖고 있고?"

"네, 맞아요!"

발전소장은 소렌의 얼굴을 찬찬히 뜯어보았다. 당연히 신뢰 따위는 조금도 찾아볼 수 없었다.

"널 본 적 있는 거 같은데… 이름이 뭐더라. 소… 아닌데, 죠… 죠렌! 고아 노잡이 죠렌 맞지?"

발전소장이 사납게 소리쳤다.

"지금 나보고 그 말을 믿으라는 거냐? 이 거짓말쟁이 녀석! 알았다, 격납고 문을 열어서 벌레들을 들어오게 하려는 게 네 속셈인 거지? 그렇지?"

발전소장은 머리를 쥐어뜯고 제자리에서 방방 뛰었다. 소렌은 깜짝 놀랐다.

"오냐, 네가 바라는 대로 해주마. 여러분! 이제 발전소는 끝장났습니다! 우리는 여기서 벗어날 수 없어요! 이왕 이렇게 된 거 고통스럽게 질식사할 바엔 벌레에게 모두 함께 죽읍시다!"

그리고 당장 격납고 문을 열고 뛰쳐나가려고 했다. 경비대장과 다른 사람들이 달라붙어서 간신히 뜯어말렸다.

발전소장은 울부짖다가 정신을 잃었다. 정비공들도 기계 만지는 것을 포기했다. 퇴치꾼도 눈을 감고 가만히 서 있기만 했다. 더 이상 뭘 시도하는 사람 자체가 없었다. 발전소의 마지막 희망이었던 엔진실도 그렇게 어둠 속으로 스며드는 듯싶었다.

하지만 소렌은 포기하지 않았다. 하수구까지 갈 수만 있으면 발전소를 살릴 수 있다. 엔진을 못 돌려도 상관없다. 유리 막대만 있으면 모든 문제를 해결할 수 있다. 그런데 하수구까지 갈 방법이 없었다. 격납고 문밖에는 벌레가 우글거렸다. 여기까지 오는 것도 간신히 가능했는데, 그 벌레들 사이를 헤치고 하수구까지 갔다가 돌아오는 것은 누구라도 불가능한 일이었다.

"소렌, 이리 와."

비꼬 아저씨가 소렌을 작은 목소리로 불렀다. 그는 소렌을 사람이 없는 작은 방으로 데려갔다. 코임브라 아저씨는 보이지 않았다. 그는 뜬금없이 이상한 소리를 했다.

"너 저 퇴치꾼하고 아는 사이냐?"

"아는 사이냐고요? 태어나서 처음 본 사람이에요. 대화도 나눠본 적 없어요."

"아쉽군. 같이 가자고 할 셈이었는데."

"그게 무슨 말이에요?"

"우린 여기서 탈출할 거다."

소렌은 그가 무슨 말을 하는지 이해가 가지 않았다.

"발전소는 정전이고, 밖에는 벌레가 우글거리는데, 어딜 간다는 거예요?"

"이 발전소는 이미 끝났어. 여기 있어도 일찍 죽나 늦게 죽나 그 차이야. 유일하게 살 수 있는 방법은 발전소를 탈출해서 다른 곳으로 가는 것뿐이야."

그는 좁은 기계 사이로 들어갔다. 끝까지 들어가서 벽을 밀자, 기계로 복잡한 안쪽 공간이 나타났다. 코임브라 아저씨는 거기서 기다리는 중이었다. 더 나아가자, 위아래로 뻥 뚫린 거대한 공간이 나타났다. 위를 보아도 아래를 보아도 끝이 보이지 않았다. 여기를 통해서라면 하수구도 갈 수 있을 것 같았다!

소렌이 깜짝 놀란 얼굴로 물었다.

"이런 곳은 어떻게 알고 있는 거예요?"

코임브라 아저씨가 대답했다.

"쯧쯧, 엔진실같이 중요한 곳에 탈출 통로 하나 없겠냐? 우린 원래 정비공이었어. 이 자식이 기계 부품을 빼돌려서 파는 짓만 안 했어도 아직 정비공으로 일하고 있었을 텐데."

그러자 그 말을 들은 비꼬 아저씨가 불같이 화를 냈다.

"귀뚜라미한테 정수리를 물렸나. 또 대가리 찌그러진 소릴

하고 있네. 난 기계 구동에는 절대 문제가 없을 만큼만 정확히 계산해서 빼돌렸다고 몇 번을 말하냐. 들킨 건 너 때문이었다니까.”

그러나 코임브라 아저씨도 그냥 넘어가지 않았다.

“내가 발전기는 건들지 말라고 했냐 안 했냐. 제일 점검이 잦은 걸 건드리니까 걸린 거라니까.”

그들에게는 평생 시비를 가리지 못한 문제였지만, 소렌이 보기에는 어처구니없을 따름이었다.

“아저씨들 그러고도 목이 안 매달린 게 신기하네요.”

비꼬 아저씨가 지긋지긋하다는 투로 “내가 말을 말아야지.”라고 중얼거리고 소렌의 팔을 잡아끌었다.

“빨리 가자. 운 좋은 녀석, 우리 덕분에 산 줄 알아. 넌 감사해야 해. 내가 항상 말했지. 넌 쥐뿔도 타고난 게 없는 주제에 분에 넘치는 행운을 누리는 녀석이야.”

소렌은 팔을 당겨서 비꼬 아저씨의 손을 떼버렸다.

“난 안 갈 거예요. 난 하수구로 갈 거예요.”

“미친 녀석, 그럼 이제 마음대로 해라.”

그들은 정말 관심이 없는 건지, 그대로 소렌을 두고 떠나려고 했다.

멍청하고, 비겁하고, 비열한데다, 천박하고 상스러운 남자들이었다. 소렌은 한 번도 아저씨들이 좋은 사람이라고 생각해 본 적 없었다. 소렌은 매일 맞았고, 하루라도 욕을 듣지 않은 적이 없었다. 글자를 배우다가 외우지 못하면 그날은 굶어야 했다. 소렌은 아저씨들을 미워했지만, 한편으로는 가슴 한 구석에 남아 있는 애착을 완전히 버리지 못했다. 그들은 이 비인간적인 세상에서 어린 자신을 데려다 키워준 사람들이었다. 조금 더 시간이 지나서, 어린 자신을 괴롭혔던 과거를 반성하고, 자신을 동등한 사람으로 봐준다면, 그때는 좋은 가족이 될 수 있을 거라는 희망을 버리지 못했다. 그런데 이번에도 일말의 미련도 없이 떠나려는 모습을 보자 소렌은 가슴이 아팠다. 결국 가슴에 묻어두었던 감정이 튀어나왔다.

"왜 날 버리고 떠났어요? 내가 질려서요? 내가 전날에 대들어서요? 왜 어린 날 두고 말도 없이 사라졌어요?"

아저씨들은 소렌을 쳐다보았다.

"말해 봐요!"

감정이 격해지면서 소렌은 눈물이 나올 것 같았다. 하지만 꾹 참았다. 그건 너무 어린애 같았기 때문이다.

"그래, 지겨웠다. 말도 안 듣고, 고집도 세고, 너 같은 놈을 우리가 왜 키워야 했는지."

비꼬 아저씨의 말은 소렌의 마음을 무너뜨렸다. 하지만 다음 말은 소렌을 커다란 혼란에 빠뜨렸다.

"왜 사라졌는지 궁금하냐? 디노비크가 그렇게 시켰으니까."

디노비크라고? 여기서 디노비크의 이름이 왜 나오는 건지 소렌은 이해할 수가 없었다.

"잠깐, 그 얘기는 절대 비밀이라고 했잖아."

"놔둬. 어차피 디노비크도 죽었다는데 무슨 상관이야."

"디노비크라니, 도대체 그게 무슨 소리예요? 디노비크가 여기서 왜 나와요?"

비꼬 아저씨의 다음 이야기는 소렌을 충격에 빠뜨렸다.

"그놈은 우리가 기계 부품을 빼돌린 걸 알고 있는 사람이었어. 들킨 것보다 훨씬 더 많이 빼돌렸다는 걸 알고 있었지. 빌어먹을 놈, 그걸 이용해서 우리를 마음대로 부려 먹었어. 그런데 어느 날, 어디서 갓난아기를 주워오더니 우리한테 맡겨놓고는 키우라고 명령하는 게 아니냐. 그게 바로 너였어. 그래, 유리 조각을 박은 것처럼 초롱초롱했던 눈은 아직도 기억이 난다. 아무튼 구석에서 굶어 죽는 애들이 얼마나 많은데 술에 취한 건지, 약에 취한 건지, 무슨 싸구려 동정심이 발동돼서 갑자기 우리보고 애를 키우라는데, 우리라고 널 키우고 싶었겠냐? 그래도 그놈도 양심은 있는지 너 키우라고 돈과 먹을 걸 갖다주는데, 그게 아니었으면 진작에 널 갖다 버렸을 거다. 그리고 네가 잘 크고 있는지 가끔 와서 감시하고, 글자도 가르치라고 시켰는데, 왜 그렇게까지 한 건지는 지금도 모르겠다."

상상의 영역도 아니고, 세상에서 가장 믿기 힘든 이야기가 섬광처럼 쏘아졌다. 그 이야기는 지금까지 소렌을 구축하고 있던 세계를 무너뜨리고 완전히 다른 진실의 세계로 소렌을 내던졌다.

"그럼 왜 사라지라고…"

"모른다고, 이 새끼야. 지금까지 키우라고 할 땐 언제고 이젠 네 눈에 띄지도 말라고 해서 우리는 살던 곳도 버리고 다른 곳에 숨어 살아야 했단 말이야."

마지막으로 비꼬 아저씨가 말했다.

"발전소장하고 함께 들어오는 모습을 보고 깜짝 놀랐다. 발전소장 옆에 꼭 붙어있던 건 아주 현명한 판단이었어. 그 인간은 무슨 수를 써서라도 살아남으려고 할 테니까, 그 옆에 붙어 있는 게 가장 살 확률이 높지."

아저씨들은 떠났다. 소렌은 혼자 남겨졌다. 또 혼자였다. 다리가 후들거려서 자리에 주저앉았다. '왜?'라는 질문이 소렌 머릿속을 지배했다. 그러나 그 질문에 대답해 줄 사람은 이제 세상에 없었다.

20

축축한 공기가 얼굴에 닿았다. 소렌은 지금 사다리를 타고 내려와 하수구의 차가운 어둠과 마주한 상태였다. 하수구엔 여러 번 내려와 봤지만, 지금처럼 하수구가 서늘하게 느껴진 적이 없었다. 고여 있는 물에서 나는 썩은 내가 평소보다 더 강하고, 공기에서는 텁텁한 맛이 났다. 복잡하게 뻗어 있는 하수구의 구멍들은 그 안에 어둠뿐만 아니라 귀뚜라미를 한 마리씩 데리고 있을 것 같았다. 그래서 통로 하나를 지나칠 때도 옆에 숨어 있는 귀뚜라미의 습격을 받지 않을까 두려움에 떨면서 나아가야 했다.

물을 밟자 '철퍽'하고 물 튀는 소리가 유령처럼 저 멀리 달아났다. 소름 끼치는 불길한 예감이 메아리처럼 돌아왔다.

소렌은 발을 멈추고 조용히 귀에 신경을 집중했다. 그러자 아무것도 보이지 않는 어두운 통로 저편에서 껍질이 사각거리는 소리가 가까워지고 있음을 깨달았다. 소렌은 달렸다. 이제 발소리가 어떻고를 신경 쓸 때가 아니었다. 소렌이 뛰자 벌레들도 뛰기 시작했다. 무작정 달리면서 하수구 통로를 몇 개를 지나쳤다. 지나고 나서 든 생각인데, 방금 그 구멍으로 들어갔어야 했다는 느낌이 들었다. 그러나 되돌아가는 것은 불가능했다. 결국 막다른 길에 몰리고 말았다.

사각거리는 소리가 코앞까지 밀려왔다. 쇠창살 건너편에서 소렌을 부르는 목소리가 들렸다. 안젤로였다.

"물속으로 뛰어들어! 어서!"

쇠창살 아래에는 물이 흐르고 있었다. 소렌은 안젤로의 뜻을 바로 이해했다. 소렌은 물로 뛰어들어서 잠수했다. 수면 아래에는 철창이 내려와 있지 않아서 소렌은 쉽게 물을 건너올 수 있었다. 간발의 차이로 먹잇감을 놓친 귀뚜라미들은 딱딱거리는 소리를 내면서 철창 앞을 빙빙 돌고 사라졌다.

"저 녀석들은 수영을 못해. 운이 좋았다. 너 큰일 날 뻔했어."

안젤로가 말했다.

"도와줘서 고마워. 정말 끝인 줄 알았어."

소렌이 말했다.

"이런 상황에서 하수구로 내려오다니 무슨 생각이야? 목숨이 아깝지 않은 거야?"

"더 중요한 일이 있어. 다른 애들은 무사해?"

안젤로는 말을 잇지 못했다. 평소에 다니던 통로는 벌레들 때문에 쓸 수 없기 때문에 안젤로는 다른 길로 소렌을 데려갔다. 소렌은 커다란 웅덩이 앞에서 한 번 더 잠수를 하고 두꺼운 벽을 건너서 고아들의 비밀기지에 도착했다. 벌레들이 들어오는 걸 막으려고 가구 등으로 구멍을 막은 흔적이 보였다. 끔찍했다. 죽은 아이들의 시체가 여기저기 널려 있었다. 라이터가 떨어져 있었다. 그 옆에 누워 있는 것은 피카르디의 시체였다. 벨페유는 자신의 형인 베유의 시체 옆에 쪼그리고 앉아 있었다. 니스가 다가와서 피카르디와 베유 둘 다 벌레와 싸우다가 죽었다고 말했다. 공포로 미쳐서 구석에서 덜덜 떠는 아이도 있었다. 그 밖에도 많은 아이가 죽고 다쳤으며, 모습이 아예 보이지 않는 아이도 있었다.

"가즈니는?"

소렌이 조심스럽게 물었다.

"모그를 찾아오겠다고 말하고 나갔어."

안젤로가 말했다.

"소용없어. 모그는…"

소렌은 말을 멈췄다. 모그가 가짜 퇴치꾼이었다는 것을 알리는 건 지금 상황에 아무 도움이 되지 않기 때문이었다. 그건 아이들이 가진 마지막 희망마저 빼앗는 짓이었다.

"유리 막대는?"

안젤로가 붉은빛을 내는 유리 막대를 가져왔다. 유리 막대는 무사했다. 소렌은 안도의 숨을 내쉬었다. 불행 중 바랄 수 있는 최대의 다행이었다. 소렌이 말했다.

"모두들, 들어줘. 지금 발전소는 벌레들 때문에 정전 상태야. 발전소장이 전력을 복구하려고 시도하고 있지만, 기계가 고장 나서 엔진을 돌리기 위한 동력이 부족해. 하지만 유리 막대의 힘이 있으면 틀림없이 엔진을 돌릴 수 있을 거야. 전기만 있으면 벌레들을 몰아낼 수 있어."

"그럼 뭐야, 그 유리 막대를 어른들에게 갖다 바치겠다고?"

한 아이가 말했다.

"그런 뜻이 아니야. 유리 막대가 있어야 발전소를 돌릴 수 있어."

"그걸 빌려주면 돌려받을 수는 있는 거야?"

다른 아이가 외쳤다.

"그럴 리가 없어! 빌려주면 절대 되돌려받지 못할 거야!"

"맞아, 또 우리 걸 빼앗아 갈 거야. 절대 빌려주면 안 돼!"

그리고 아이들은 혹시라도 소렌이 유리 막대를 가지고 도망치지 못하도록 주위를 둘러쌌다. 소렌은 침착하려고 노력했다.

"얘들아, 잘 들어. 발전소를 돌리지 못하면 모두가 죽어. 어른들뿐만 아니라 우리도 다 죽는단 말이야. 벌레를 몰아낼 수도 없어!"

"우리는 항상 죽은 듯이 살아왔어. 이제 와서 달라질 게 뭐야? 어른들이 언제 우리 목숨은 신경 썼나?"

"그래, 이렇게 된 거 다 같이 죽는 거야! 그래서 우리를 괴롭혔던 걸 후회하게 해주자!"

벨페유가 나타나서 소리쳤다. 아이들이 맞장구쳤다. 다들 제정신이 아니었다. 또 다른 아이가 비교적 차분한 목소리로 말했다.

"유리 막대가 있어서 우리는 그나마 사람답게 사는 법을 알았어. 그런데 유리 막대가 없던 때로 다시 돌아가라고? 차라리 죽는 게 나아."

"소렌, 너야말로 우리 편이 맞는 거야? 노잡이장을 죽이고, 경비병도 죽였으면서, 이제는 어른들을 살리자고? 너 혹시 어른들한테 잘 보여서 너만 살아남으려는 거 아니야?"

벨페유가 따졌다. 소렌은 답답하고 화가 났다. 어떻게 이렇게 이해를 못 하는 걸까? 멍청하고 이기적인 고아들! 속 좁고 눈앞에 있는 것밖에 못 보지! 소렌은 이렇게 된 거 고아들을 저

버리는 한이 있더라도 유리 막대를 빼앗아 도망쳐야겠다고 생각했다. 그래서 고아들 눈치를 살피는데, 지금까지 한 번도 그들의 눈을 제대로 살펴보지 않았다는 사실을 깨달았다. 화를 내고 있지만, 눈에는 눈물이 고여 있었다. 소렌은 그 눈빛을 알고 있었다. 두려움, 공포, 의지할 데가 없는 외로움, 사랑하는 사람을 잃은 슬픔, 그리고 그 상황을 그저 바라볼 수밖에 없는 자신에 대한 분노와 죄책감이 뒤섞인 눈빛이었다.

소렌은 차분해졌다. 마음이 가라앉았다. 뭘 해야 할지 알 것 같았다. 소렌은 하수구에 살아남은 모든 아이를 불러 모았다. 그리고 다 함께 어깨동무를 하고 동그랗게 모여서 이마를 맞댔다.

소렌이 말했다.

"내가 유리 막대를 가져가려는 이유는 어른들을 살리기 위해서가 아니야. 너희들을 살리기 위해서야. 사는 것보다 더 중요한 건 없어. 아무리 힘들고, 아무리 슬프고, 아무리 억울하더라도, 살아야만 하는 거야. 어른들이 우릴 하찮게 여긴다고, 우리까지 우리를 하찮게 여겨서는 안 돼. 벌레처럼 질긴 생명력으로, 그럴수록 이를 악물고 바득바득 오래 살아남아야 하는 거야. 그게 피카르디와 베유, 그리고 죽은 모든 아이들이 바라는 거야. 우리는 고아야. 우리는 가족이 없어. 그래서 서로가 서로에게 가족이 되어줘야 해. 여기서는 모두가 가족이야. 그리고 나는 절대 가족을 저버리지 않을 거야.”

고아들이 울음을 터뜨렸다. 충격적인 경험으로 인해 억눌려 있던 울음이었다. 그들은 아기처럼 울었다. 소렌은 우는 아이들을 다독여주었다. 이제 아무도 소렌이 유리 막대를 가져가는 것을 반대하지 않았다. 울다 지친 아이들은 웅크리고 잠이 들었다.

안젤로가 소렌을 배웅했다. 안젤로가 유리 막대를 건네주며 조용히 물었다.

“소렌, 모그는…”

안젤로도 이미 눈치를 챈 모양이었다. 소렌은 고개를 저었다.

“모그의 도움을 바랄 순 없어.”

“역시 그랬구나… 다른 아이들도 대부분 알고 있을 거야. 다만 충격이 너무 커서 스스로도 어쩔 수가 없는 거야.”

“괜찮아, 다 이해해.”

그때 사각거리는 소리가 들려왔다.

“벌레가 다시 나타나기 전에 어서 올라가. 물가로 가면 안전할 거야. 발전소를… 우리들을 꼭 구해줘.”

소렌은 반드시 그러겠다고 대답했다. 유리 막대가 붉게 빛나고 있었다.

21

소렌이 유리 막대를 가져오자, 엔진실은 난리가 났다. 삶에 대한 희망을 모두 잃고 시체처럼 쓰러져 있던 발전소장은 유리 막대를 보자마자 머리털이 곤두섰다. 눈알이 튀어나올 정도로 휘둥그레져서 소렌에게 받은 유리 막대를 현실이 맞는지 확인하는 것처럼 쓰다듬고 매만졌다. 그리고 말하는 법을 잊은 사람처럼 어버버했다. 발전소장은 목구멍에서 딱 한 마디를 뱉어냈다.

"태양 전지."

발전소장은 정비공들을 큰 소리로 불러 모았다. 그리고 엔진을 분해하라고 지시했다. 정비공들은 영문을 모르면서도 명령에 따랐다. 정비공들은 아무도 유리 막대를 알아보지 못했다. 발전소장은 유리 막대를 두 손으로 소중히 껴안고 초조하게 작업 상황을 지켜보았다. 뚝딱거리며 다시 바쁘게 상황이 돌아가자 무기력하게 있던 사람들도 관심을 드러냈다. 그들도 어떤 일이 벌어지는지는 알 수 없었지만, 살아남기 위한 최후의 몸부림이 시작되었다는 것은 느끼고 있었다. 곧 엔진 앞에 모든 사람이 모여들었다. 그들은 위를 올려다보면서 작업이 끝나기를 기다렸다. 마침내 정비공이 작업을 마치고 발전소장에게 보고하자, 발전소장이 엔진 위로 올라갔다. 그리고 정비공들이 살점을 파낸 엔진의 심장부에 유리 막대를 집어넣었다.

소렌은 놀랐다. 사람들은 경악했다. 새빨간 피 같은 섬광이 엔진 속에서 뿜어져 나왔다. 그것은 엔진이 피를 토하는 것처럼 보이기도 했다. 그런데 시간이 지나자 새빨간 빛은 점점 따뜻한 색깔로 바뀌었다. 노랗고, 다정한 빛이었다. 소렌은 그 빛을 보는 것만으로도 마음이 따뜻해지는 것 같았다. 어느새 홀린 듯이 그 빛을 보고 있었다. 평생 그 빛만 보아도 괜찮을 것 같았다.

발전소장이 경배했다.

"태양이시여."

발전소가 돌아가기 시작했다. 발전소 기계의 구동음이 들렸다. 우렁찬 엔진음이 울렸다. 어슴푸레한 엔진실의 빛은 더 환하게 밝아졌다. 사람들이 환호성을 질렀다. 서로를 얼싸안고 기뻐했다. 소렌은 가슴이 벅차올랐다. 발전소장과 정비공들은 바쁘게 돌아다니며 발전소 상황을 점검했다. 발전소는 성한 곳이 없었지만, 모든 것이 제대로 돌아갔다. 무엇보다 산소 발생 장치가 무사히 가동했다. 그게 가장 중요했다. 퇴치꾼이 발전소장에게 다가가 말했다. 발전소장은 고개를 끄덕이고 사람들을 보고 말했다.

"이제부터 발전소 통로에 고압 전류를 흘려보낼 겁니다. 저 망할 귀뚜라미들을 통구이로 만들어줍시다."

사람들이 소리쳐서 호응했다. 발전소장이 레버를 당겼다. 엔진이 웅웅거리며 미친 듯이 돌아갔다. 전류가 터짐과 동시에 정전이 되면서 엔진실에도 어둠이 찾아왔다. 오로지 엔진에서 뿜어져 나오는 태양 빛만 보였다.

잠시 후 빛이 돌아오고 발전소가 다시 움직였다. 사람들은 안도의 한숨을 내쉬었다.

"제대로 된 걸까요?"

경비대장이 발전소장에게 물었다.

"이제부터 확인해 봐야지."

퇴치꾼이 겁납고 문 앞에 섰다. 문이 열리기 시작했다. 사람들은 그 뒤에 서서 두려운 마음으로 지켜보았다. 혹시 방어 장치가 제대로 작동하지 않았다면? 또는 전기가 흘렀어도 벌레를 죽이기에는 부족했다면? 그래서 아직도 문밖에 거대벌레가 득시글거린다면? 문을 여는 순간 죽음을 불러들일 것이다. 몇 겹이나 되는 격납고 문이 사람을 초조하게 만들었다.

코를 찌르는 지독한 타는 냄새가 느껴졌다. 문틈 사이로 귀뚜라미 사체가 보였다. 그들 몸에서는 하얀 연기가 피어오르고 있었다. 사람들이 기쁨의 환호성을 질렀다. 소렌은 이제 살았다고 생각했다. 퇴치꾼은 기뻐하지 않고 냉정하게 상황을 정리했다.

"모든 귀뚜라미가 퇴치되었다는 보장은 없소. 전기가 닿지 않는 구석에 숨어 있던 녀석도 있을 것이고, 운 좋게 살아남은 녀석도 있을 것이오. 이제부터 시작이오. 나는 경비대장과 함께 발전소를 돌면서 남은 벌레들을 처리하겠소. 만일을 대비하여 격납고 문은 닫고 사람들은 바깥으로 나오지 못하게 하시오."

그리하여 퇴치꾼의 수색 작전이 개시되었다. 퇴치꾼은 발전소를 돌면서 피신해 있던 사람들을 구출하고, 숨어 있던 경비병을 찾아서 합류시켰다. 무기고로 가서 경비병을 총으로 무장시키고, 아직 귀뚜라미가 잠복해 있을 만한 곳을 찾아 지시를 내렸다. 전기가 닿지 않는 곳에서 생존한 귀뚜라미들이 간혹 튀어나오긴 했지만, 소수의 귀뚜라미는 총을 든 다수의 인간 앞에 맥없이 쓰러졌다. 그렇게 반복하면서 벌레의 구역을 사람의 구역으로 바꿔나갔다. 퇴치꾼은 자주 엔진실로 돌아와서 발전소장과 대화를 나눴다.

구출한 사람들은 엔진실에 모아놓았다. 엔진실은 금방 사람들로 바글바글해졌다. 사람들은 이제 살았다고 안심하며 벌레를 완전히 몰아냈다는 확답이 뜨기만 기다렸다. 빨리 자신의 안전을 보장받고 싶은 것이다. 그러나 소렌은 여전히 불안했다. 사람들을 구출했다는 좋은 소식이 연이어 들려오는 가운데, 하수구의 고아들을 구출했다는 소식은 없었기 때문이다.

그 대신 불길한 소식이 퇴치꾼 입에서 전해졌다.

"발전소를 어느 정도 둘러보았는데, 귀뚜라미 사체가 생각보다 훨씬 부족하오. 아직 살아있는 귀뚜라미 숫자가 어림잡아 수백은 될 거요."

발전소장은 놀라고 겁에 질려서 떨리는 목소리로 물었다.

"그렇게 많은 수의 벌레가 어디 숨어 있다는 거요?"

"하수구요. 그곳은 전기가 흐르지 않고, 깊고 어두우니 본능적인 행동이라고 할 수 있지. 아마 전기 충격에서 살아남은 벌레들도 모두 거기로 도망쳤을 거요."

사람들은 탄식했다. 소렌은 나쁜 비밀이라도 들킨 아이처럼 불안했다. 하지만 퇴치꾼이 고아들도 구해줄 거라고 믿었다.

"그러나 안심하시오. 이것은 기회요. 흩어져 있는 것보다 한 곳에 뭉쳐 있으면 일거에 소탕할 수 있소. '그것'은 준비되었소?"

퇴치꾼이 발전소장을 보고 물었다. 소렌은 갑자기 두려워졌다. '그것'이 뭘까?

"막 준비가 끝난 참이었소. 당신은 정말 모르는 게 없구려."

발전소장은 높은 곳으로 올라가서 사람들을 보고 그가 좋아하는 연설을 시작했다.

"친애하는 발전소 시민 여러분, 함께 위기를 겪은 동지 여러분, 거대벌레의 습격이라는 전대미문의 사태에 수많은 사람이 죽었습니다. 오늘 겪은 이 끔찍하고 비참한 일을 절대 잊지 못할 겁니다. 오랫동안 입에 오르내리며 우리 기억 속에 잔인한 악몽을 남길 것입니다. 그러나 교훈 또한 남길 것입니다. 단결된 의지와 하나 된 마음으로 결국 우리는 이겨냈다는 것을 말입니다.

여러분, 위기 극복이 코앞에 있습니다. 수백 마리의 거대벌레가 하수구에 숨어 있습니다. 수백 마리는 여전히 발전소를 망하게 만들기에 충분한, 위협적인 숫자입니다. 그러나 안심하십시오. 이것은 기회이기도 합니다. 이것은 전부 계획된 일입니다. 흩어져 있는 벌레를 잡는 것은 어렵지만, 한곳에 뭉쳐 있는 벌레는 잡기 쉽습니다. 발전소는 거대벌레의 습격에 대비한 방어 능력을 갖추고 있습니다. 이제부터 '그것'을 하수구 아래로 뿌릴 겁니다."

"그것이 뭐죠?"

사람들이 물었다.

"살충제입니다. 그러나 평범한 살충제가 아닙니다. 거대벌레를 위해 특별히 만든 살충제입니다."

소렌이 다급하게 소리쳐 물었다.

"그 살충제는 사람이 먹어도 괜찮나요?"

발전소장은 주저했다. 그건 발전소장도 잘 몰랐다. 퇴치꾼이 대신 대답했다.

"사람보다도 큰 벌레를 잡기 위해 만들어진 살충제다. 사람은 한 모금만 맡아도 죽음에 이를 수 있다. 말하자면 치명적인 독가스다."

소렌은 말을 잃었다. 그런 것이 하수구에 뿌려지면 고아들은 다 죽게 될 것이다. 사람들은 흥분해서 얼른 하수구에 살충제를 뿌리라고 소리쳤다. 소렌은 가만히 있을 수 없었다.

"잠깐만요! 그건 안 돼요!"

소렌이 발전소장과 사람들을 보고 소리쳤다.

"하수구로 살충제를 뿌리는 건 안 돼요! 거기엔 아직 고아들이 있단 말이에요!"

사람들은 아무 말도 하지 않았다. 소렌은 절망했다. 그들은 침묵으로 '그래서 그게 어쨌다고?'라고 말하고 있었다.

발전소장이 소렌을 위로했다.

"쇼렌, 방금 들었잖니? 하수구에는 수백 마리나 되는 벌레들이 있단다. 그 고아들도 이미 죽었을 거야."

소렌은 답답했다.

"아니에요! 아직 살아 있어요! 벌레가 들어오지 못하는 곳에 벽을 치고 도움을 기다리면서 숨어 있단 말이에요! 살충제를 뿌리면 그 애들을 다 죽이는 거예요! 정말이라고요!"

그러나 소렌의 말에는 어떤 설득력도 없었다. 소렌이 발전소장을 보고 간절히 말했다.

"저 유리 막대를 내가 어디서 가져온 줄 알아요? 하수구에서 가져온 거예요. 고아들 덕분에 우리가 살게 된 거라고요. 그들이 우리 생명의 은인이나 마찬가지예요. 그런데도 살충제를 뿌릴 생각이에요?"

발전소장이 눈살을 찌푸렸다. 참다못한 사람들이 소렌에게 꺼지라고 소리를 질렀다. 그들은 유리 막대가 뭔지도 모르고 관심도 없었다. 그들은 한시라도 빨리 거대벌레라는 악몽에서 벗어나고 싶을 뿐이었다. 빨리 안전하다는 말을 듣고 싶어서 몸이 달아 있었다. 그런 그들에게 고아 몇 명의 생명 따위는 알 바 아니었다.

소렌은 퇴치꾼을 붙잡고 사정했다. 그러면 틀림없이 고아들을 구해줄 거라고 믿었다. 그러나 들려오는 대답은 충격적이었다. 퇴치꾼은 그럴 수 없다고 말했다.

“기회가 있을 때 소탕해야 한다. 좁고 어두운 하수구에서 고아들을 구출하는 것도 어려운 일일뿐더러 그 사이에 귀뚜라미가 하수구에서 빠져나간다면 그땐 더 큰 피해가 발생할 수 있다.”

“당신은 고아들을 구할 능력이 있잖아요! 그런데 포기하겠다고요?”

“나라고 해서 모든 사람을 구할 수는 없다. 그건 누구에게도 불가능한 일이다. 그렇다면 수십 명의 고아와 수천 명의 사람 사이에 선택할 쪽은 명백하다. 간단하고, 합리적인 계산이다.”

믿을 수 없었다. 퇴치꾼마저 고아들을 버리고 살충제를 뿌리는 것에 찬성하고 있었다.

“나는 사람을 구하는 영웅이 아니다. 나는 벌레를 퇴치하는 사람이다.”

그 소름 돋도록 차갑고 냉정한 말이 소렌의 가슴을 후벼팠다.

사람들은 빨리 소렌을 끌어내고 살충제를 뿌리라고 소리쳤다. 그 아우성들이 소렌의 귓가에서 윙윙 맴돌았다. 혐오스러웠다. 분노가 치밀었다. 자신들의 안전을 1초라도 빨리 보장받고 싶어서 기꺼이 고아들을 희생시키려는 그들의 작태에 눈물이 나왔다. 이럴 줄 알았으면 살려주지 않는 건데. 차라리 다 죽어버리는 편이 나았는데.

“쉿, 쉬잇. 괜찮다. 넌 아무것도 하지 않아도 돼. 그냥 어른들에게 맡겨놓으렴.”

발전소장이 계속 말했다.

“네가 죄책감을 느낄 필요는 없단다. 넌 아무 잘못도 없어. 그것보다는 네 행운에 감사해라. 너는 살았잖니.”

발전소장의 말이 소렌의 마음을 찔렀다. 어쩌면 그 말이 옳을지도 모른다. 소렌은 최선을 다했다. 고아들이 죽는 게 소렌의 잘못은 아니다. 그저 잠깐, 그 현장으로부터 눈만 돌리고 있으면 된다. 그러면 모든 게 끝날 것이다. 거대벌레의 습격은 지나가고, 발전소는 원상태로 돌아올 것이다. 죽은 사람들은 기억 속에 묻고, 살아 있는 사람들은 계속 살아갈 것이다.

…하지만 정말 그래도 될까?

고아들은 소렌에게 유리 막대를 맡겼다. 소렌을 믿었다. 그리고 소렌은 그들과 약속을 했다. 소렌은 깊은 생각에 잠겼다. 엔진실이 조용해졌다. 아무도 말을 하지 않았다. 소렌이 말했다.

“나에게 생각이 있어요. 나를 하수구로 내려보내 주세요. 내가 실패하면, 그때 살충제를 푸세요.”

22

소렌은 아까 내려왔던 길이 아니라 반대쪽, 그러니까 쇠사슬 광장 쪽으로 내려왔다. 소렌의 예상대로 이곳엔 아직 벌레가 없었다. 소렌은 고아들이 기다리고 있는 하수구 쪽으로 달려갔다. 그런데 쇠사슬 구멍의 철창문이 잠겨 있었다. 소렌이 작은 목소리로 외쳤다.

"얘들아! 안젤로! 누구 없어?"

그 소리를 듣고 아이들이 나타났다.

"소렌이다! 소렌이 왔어!"

"지금 빨리 도망가야 돼. 이거 열 수 없어?"

"철창문 열쇠는 모그가 갖고 있어…"

"모그는 어딨지?"

아이들의 얼굴이 새하얗게 질렸다. 소렌의 뒤로 커다란 모그의 그림자가 나타난 것이다. 소렌은 목을 잡혀서 쇠사슬 광장까지 끌려갔다. 모그의 눈은 분노로 이글거리고 있었다.

"라라밴! 내 유리 막대 어딨어!"

모그가 소리 질렀다.

"이젠 없어요. 당신은 절대 그걸 갖지 못할 거예요."

"내놔! 내놓지 않으면 죽일 테다!"

"날 죽여도 절대 얻지 못할걸."

소렌보다 덩치도 훨씬 큰 모그였다. 힘으로는 당해낼 수가 없었다. 모그는 소렌을 바닥에 내동댕이치고 일어나려는 소렌을 발로 걷어찼다. 소렌은 배를 붙잡고 뒹굴었다.

"지금이라도 내놓으면 최소한 편하게 죽여주마."

"겁쟁이 사기꾼 자식… 너한테 줄 건 없어."

모그는 분노가 머리끝까지 치솟았다. 얼굴을 뭉개주려고 소렌을 들어 올렸다. 몽둥이가 모그를 후려쳤다. 가즈니였다!

"가즈니… 이 빌어먹을 자식. 날 배신해?"

"난 처음부터 어른은 아무도 믿지 않았어. 그건 당신도 예외가 아니야."

모그의 분노는 이제 가즈니 쪽으로 향했다. 가즈니가 몽둥이를 휘두르며 저항했지만, 모그는 우습게 제압했다. 소렌이 가즈니를 도우려고 덤볐다. 그러나 소렌도 곧 자빠졌다. 모그에게 매달려서 발버둥치던 가즈니가 도망치기 시작했다. 모그가 그 모습을 보고 비웃었다.

“나에게 덤빌 땐 언제고, 이젠 널 버리고 도망가는 꼴을 봐라! 고아 놈들이 그렇지!”

소렌은 무대 쪽으로 기어갔다. 소렌의 품에서 무전기가 떨어졌다. 모그가 말했다.

“어른들에게 도움이라도 요청할 생각이냐? 관둬라, 라라밴. 지금이라도 유리 막대를 내놔. 넌 잠재력이 있는 녀석이야. 지금이라도 마음을 고쳐먹으면 없던 일로 해줄 수 있다. 널 도우러 올 사람도 없어. 혼자서 뭘 할 수 있다는 거냐?”

소렌은 무대 위에 섰다. 아직 전기가 남아 있는 전구 하나가 무대를 비추고 있었다.

“당신은 역시 우리에 대해 아무것도 몰라.”

그때 함성 소리와 함께 고아들이 달려 나왔다. 모그는 당황해서 몸을 더듬었다. 철창 열쇠가 사라져 있었다.

“이… 이 쥐새끼들이!”

모그가 무대 위에 있는 소렌을 향해 달려왔다. 그리고 고아들은 소렌을 지키러 달려왔다. 무대 위에서 싸움이 벌어졌다. 큰 벌레 한 마리와 작은 벌레 여러 마리의 싸움이었다. 작은 벌레들이 큰 벌레 위에 올라타서 긁고, 물어뜯고, 할퀴었다. 큰 벌레가 거추장스럽다는 듯이 작은 벌레들을 떼어내면 또 다음 작은 벌레가 올라탔다. 그러나 큰 벌레의 껍질을 뚫어내기엔 역부족이었다. 모그의 주먹질 한 방에 고아 한 명이 나가떨어졌다. 무대에 남은 고아 숫자는 점점 줄어들었다. 결국 소렌만 남았다.

"더럽고 냄새나는 쥐새끼들. 도구가 아니면 살 가치조차 없는 놈들. 지금까지 먹여주고 살려줬더니 은혜도 모르고, 이제 다 필요 없다. 여기서 다 죽여주마."

모그가 소렌의 목을 졸랐다. 정신이 아득해졌다. 손아귀 힘이 너무 강해서 당장이라도 목이 부러질 것 같았다. 소렌은 떨리는 손으로 라이터를 꺼내 모그의 갈라진 코를 지졌다. 모그는 비명을 지르며 코를 감싸 쥐었다. 안 그래도 흉한 코가 더 흉하게 변해버리자 모그는 이제는 정말 소렌의 사지를 찢어놓아야만 속이 시원할 것 같았다.

"라라배앤!"

소렌은 엎드려서 기침을 뱉어내고 있었다. 모그는 숨이 멎을 만큼 놀랐다. 소렌의 눈에서 광채가 번뜩였다. 고통에 괴로워하고 있었지만, 그 눈빛은 어느 때보다 강렬하게 빛나며 모그를 노려보고 있었다.

"벌레눈…"

모그는 봐선 안 될 것을 본 아이처럼 뒤도 돌아보지 않고 도망쳤다. 소렌은 어리둥절했다. 소렌에게는 그 순간 모그가 어떤 두려운 환상에 사로잡힌 것처럼 보였다. 뒤늦게 일어난 아이들은 소렌이 모그를 이긴 줄로만 알았다.

"소렌이 모그를 물리쳤다!"

아이들이 방방 뛰며 소리치고 기뻐했다. 그러나 소렌은 기뻐할 수 없었다. 진정한 문제가 다가오고 있었다. 소리를 듣고 벌레들이 몰려오고 있었다. 귀뚜라미의 울음소리와 그들이 지르는 괴성, 달려오는 소리가 사방에서 울려 퍼졌다. 아이들은 공포에 질려 몸을 덜덜 떨었다.

"빨리 하수구로 돌아가자!"

"안 돼!"

소렌이 도망치는 고아들을 붙잡았다.

"더 이상 숨는 건 아무 의미가 없어."

"벌레들이 몰려오고 있잖아. 여기 있으면 다 죽을 거야!"

아이들이 발을 동동 굴렀다.

"다들 쇠사슬로 몸을 묶어!"

아이들은 소렌이 모그와 싸우다가 정신이 이상해졌다고 생각했다. 지금 당장 도망쳐도 살까 말까 말까인데 광장 한복판에서 자기 몸을 묶으라니? 그런데 소렌은 정말로 천장에서 내려온 쇠사슬로 자신의 몸을 묶고 있었다.

"너 미쳤어? 뭐 하자는 거야?"

가즈니가 소리쳤다.

"우리가 살길은 이것밖에 없어. 나를 믿어줘."

대부분의 아이는 미친 짓이라며 거부했다. 하지만 가즈니는 소렌의 눈빛에서 무언가를 읽어냈고, 쇠사슬에 자신의 몸을 묶기 시작했다. 그러자 눈치를 보던 몇몇 아이들도 소렌의 말에 따랐다. 마지막까지 싫어하던 아이도 결국 마지못해 쇠사슬에 몸을 묶었다.

쇠사슬 광장에 벌레들이 모습을 드러냈다. 그것들은 어두운 광장에서도 더 까맣게 몰려오고 있었다. 아이들이 동요했다. 소렌을 붙잡고 어떻게 하냐고 물었다.

"우리는 죽어도 다 같이 죽고, 살아도 다 같이 살 거야."

소렌은 벌레들이 다가오는 모습을 지켜보기만 했다.

"아직 아니야. 좀 더… 좀 더… 좀 더 모여야 돼."

희망을 잃은 아이들이 울음을 터뜨렸다. 마침내 소렌이 무전기에 대고 소리쳤다.

"지금이에요!"

덜덜거리며 진동이 일었다. 그 진동은 점점 커져서 콰르르 하는 소리로 바뀌었다. 이상을 눈치챈 귀뚜라미들이 더듬이를 높이 들었다. 하수관에서 물이 폭발적으로 쏟아져 나왔다. 그것은 고아들에게 다가오는 벌레들을 한 번에 쓸어버렸다. 눈치가 빠른 귀뚜라미들은 서둘러 광장에서 빠져나가려고 했다. 하지만 물살이 더 빨랐다. 벽에 부딪힌 물살은 더 난폭한 격류가 되어서 방을 휘감고, 단 한 마리의 귀뚜라미도 놓치지 않겠다는 것처럼 커다란 홍수를 일으켰다.

“꽉 잡아!”

격류는 고아들도 집어삼켰다. 소렌은 숨을 꾹 참고, 쇠사슬을 꽉 붙잡았다. 물과 함께 영혼까지 쓸려갈 것 같았다. 하지만 쇠사슬은 팽팽하게 고아들을 잡고 놔주지 않았다.

“살려줘…”

몸을 헐겁게 묶었던 아이가 쇠사슬에서 빠지려고 하고 있었다. 소렌이 손가락으로 가리키며 다급하게 소리쳤다.

“잡아줘! 잡아줘! 잡아줘!”

옆에 있던 고아들이 그를 붙잡았다. 이번에는 니스가 쇠사슬에서 빠지려고 했다. 소렌이 그를 붙잡았다. 그러나 물살이 너무 강해서 언제 손을 놓칠지 모르는 상황이었다.

“소렌!”

몇 마리의 강인한 벌레들이 물살을 버티고 이쪽으로 다가오고 있었다. 쿠르릉 하고 무너지는 소리가 들렸다.

"무대가 쓸려온다!"

"조심해!"

박살 난 무대의 잔해는 고아들은 하나도 건드리지 않고 물살을 헤치고 다가오는 벌레들만 쳐서 쓰러뜨렸다.

쇠사슬이 붙잡아주고 있었으나, 물살에 견디는 것만으로도 탈진할 지경이었다. 고아들이 쇠사슬에서 빠진 아이를 붙잡는 것도 한계였다. 소렌이 소리쳤다.

"서로 엉켜! 몸을 묶어! 한 덩이가 되는 거야!"

고아들은 몸을 교차하여 서로가 서로를 묶는 것처럼 하나로 엮였다. 혼자인 것보다 한 덩이가 되자 물살에 버티는 힘이 더 강해졌다. 쇠사슬 광장에 물이 가득 차오르자 한쪽 벽이 열리기 시작했다. 그리고 모든 물이 빠져나가기 시작했다. 고아들은 어깨동무를 하고 끝까지 저항했다. 쇠사슬이 팽팽하게 당겨졌다. 귀뚜라미들은 허우적거리다가 자기들끼리 뒤엉켜서 물속에서 빙글빙글 돌았다. 먼지 쓸듯이 귀뚜라미를 쓸어버린 물살은 귀뚜라미를 삼킨 채로 바닥이 보이지 않는 깊은 지하로 떨어졌다.

마침내 물살이 그치고 바닥이 드러났다. 하수구는 다시 고요해졌다. 그곳에는 한 마리의 귀뚜라미도 남아 있지 않았다.

소렌이 말했다.

"벌레들은 모두 물에 쓸려갔어요. 다시는 돌아오지 못할 거예요. 경비병을 보내서 확인해 보세요."

무전기 건너편으로 기쁨에 찬 환호성이 들렸다. 소렌은 무전기를 껐다. 갑자기 너무 피곤했다. 너무 지치고 힘들어서 당장이라도 쓰러질 것 같았다.

"소렌 만세!"

"소렌이 우릴 구했어!"

"소렌, 넌 영웅이야!"

고아들이 뛰어오르며 기뻐했다. 서로를 껴안고, 살아남았다는 사실에 감격했다. 니스와 안젤로, 벨페유는 소렌을 부둥켜안고 울음을 터뜨렸다.

가즈니가 다가와서 말했다.

"소렌, 이제부터 네가 우리를 이끄는 거야."

소렌은 고개를 저었다.

"난 그런 사람이 아니야."

소렌은 질척해진 쇠사슬 광장의 중앙으로 걸어갔다. 거기에는 거대벌레 석상이 서 있었다. 그것은 쏟아지는 물살에도 여전히 견고하게 서 있었다.

모그는 동굴 속을 달리는 중이었다. 고통에 찬 신음소리가 입에서 흘러나왔다. 피가 흐르는 왼팔은 뼈가 부러져 축 늘어져 있었고, 반으로 찢어진 코에서 흐르는 피가 얼굴과 목을 적시고 상의까지 붉게 물들였다. 공포에 질려서 크게 열린 두 눈은 어둠으로 향한 시선을 거두지도 못한 채 그저 다가오는 무언가를 느낄 뿐이었다. 저 아래서부터 소용돌이치는 물소리가 들려왔다. 때때로 바위를 후려치는 물보라가 모그에게까지 튀었고, 독 안개 같은 증기에서는 썩은 냄새가 올라왔다. 모그는 혼미한 정신으로 비틀거리며 계속 뛰려고 안간힘을 썼다.

머리 위로 시커멓고 위압적인 그림자가 쫓아왔다. 그리고 이제는 온갖 시끄럽고 혼란스러운 소음이 몰려들었다. 여전히 현장에 있는 것 같았다. 쇠가 부딪히는 소리, 함성소리, 비명소리가 경사진 계곡과 깊게 갈라진 바위틈에서 쏟아져나왔다. 또한 작살 쏘는 소리, 고함소리가 분노에 가득 찬 총성처럼 터졌다. 거대벌레의 울음소리가 대기를 찢으며 다가와 허공에 울려 퍼졌다. 눈앞에서 불빛이 번쩍였다. 모그는 손으로 귀를 막고 벌벌 떨다가 주저앉았다.

진동이 터널을 타고 전해졌다. 수백 개의 거대한 다리가 하수구 벽을 따라 달리고 있었다. 빠르게 행진하며 끝없이 다가오는 검은 형체들. 검푸른 등껍질이 옆에서 나타났다가 사라졌다. 마침내 그것이 웅크린 몸을 펴기 시작했다. 몸을 일으키고도 긴 척추가 다 드러나지 않아 구멍 안에서 기괴한 회전 운동을 벌이고 있었다. 벌레의 눈이 나타났다. 그것은 보기만 해도 사람을 마비시키고, 의지를 꺼뜨리고, 흉포하고 끔찍한 악의로 빛나고 있었다. 모그는 꼼짝도 할 수 없었다. 도망치면서 헤치고 왔던 거미줄이 그의 몸을 두껍게 옭아맨 것이다. 그 거미줄은 잡아당길 때마다 철컹철컹하는 소리를 내고 절대 끊어지지 않았다. 비명이 울려 퍼졌다.

23

"벌레들은 모두 물에 쓸려갔어요. 다시는 돌아오지 못할 거예요. 경비병을 보내서 확인해 보세요."라는 말이 전해지자, 엔진실은 환호성으로 가득 찼다. 전설이 탄생한 순간이었다. 벌레들을 몰아내고, 발전소에 빛을 가져왔으며, 고아들까지 구출해 낸 것이다. 사람들은 손을 흔들면서 "죠렌! 죠렌!" 하고 잘못된 이름을 연호했고, 방금까지 소렌을 욕하고 비난했던 사람들도 죠렌이라는 이름을 크게 외쳤다.

경비병이 하수구의 고아들을 무사히 구출해 데려왔을 때 환호성이 터졌고, 거주구 주민들이 거주용 컨테이너 안에 숨어서 한 명의 사상자도 나오지 않았다고 보고가 들어왔을 때 또 크게 환호성이 터졌다. 그 외에도 여러 곳에서 사람들을 구출했다는 보고가 속속히 들려왔다. 이제 소렌만 돌아오면 작은 영웅의 귀환이 완성된다. 그런데 아무리 기다려도 소렌이 돌아오지 않았다. 사람들은 그가 벌레와 싸우다가 크게 다친 것은 아닌지, 무슨 일이 생긴 건 아닌지 걱정했다. 발전소장이 나서서 곧 돌아올 거라며 믿고 기다리자고 사람들을 안심시켰다. 그러나 소렌은 돌아오지 않았다.

거대벌레의 습격은 지나갔고, 이제 모든 위험이 끝난 것처럼 보였다. 하지만 소렌은 아직 할 일이 남아 있었다. 이 모든 일의 원인, 그 심연의 문이 아직 열려 있기 때문이었다. 문을 닫지 않으면 언제든 다시 벌레가 쏟아져 들어올 수 있고, 그러면 같은 일이 또 일어날 수 있었다.

소렌은 노 젓는 자리로 돌아왔다. 당연히 사람은 없었다. 배를 위로 향하고 뒤집어진 귀뚜라미 사체가 몇 구 있을 뿐이었다. 소렌은 자신의 자리에서 노 젓는 기계를 분해했다. 나사를 풀고, 뚜껑을 열고, 하나로 연결되어 있는 구조를 낱개로 분리했다. 작업은 천천히 이루어졌다. 그리고 마침내 노 젓는 기계로부터 긴 봉, 즉 노를 뽑아냈다. 그것은 길고, 균형감 있고, 휘두르기 좋았다. 무엇보다 소렌이 항상 잡던 물건이라서 익숙한 무게감을 갖고 있었다. 봉 끝은 뾰족하고 퇴치꾼의 창처럼 삼지(三枝)로 이루어져 있었다. 그러나 모양만 비슷할 뿐, 퇴치꾼의 창과 비교하면 소렌이 들고 있는 것은 장난감 같았다.

주변에 귀뚜라미가 뜯어놓은 철판이 몸에 걸치기 딱 좋아 보였다. 소렌은 그것을 어깨에 걸쳤다. 소렌은 총도 간절히 원했다. 하지만 총을 얻으려면 무기고로 가야 하는데, 그러면 경비병과 마주칠 것 같았다. 어쩔 수 없이 총은 포기했다.

소렌은 발전소 깊숙한 곳으로 들어갔다. 유르가와 함께 타고 빠져나왔던 그 승강기는 사람의 발길이 닿을 일 없는 으슥한 곳에 있었다. 그리고 다른 낡은 기계들 사이에 숨어 있어서 문이 닫히면 평범한 벽처럼 보였다. 소렌은 승강기 앞에 섰다. 승강기가 박살 나 있었다. 문이 떨어져서 보기만 해도 간담이 서늘한 위험한 낭떠러지 같은 안쪽이 훤히 보였고, 승강기 몸체는 어디 갔는지 보이지도 않았다. 버튼을 눌러봐도 먹통이었다.

소렌은 혹시 다른 승강기가 있을까 싶어서 주변을 찾아보다가 문을 발견했다. 얼핏 벽처럼 보이는 그것은 안쪽에 계단을 숨기고 있었다. 소렌은 그게 지하까지 내려가는 계단이라고 확신했다. 왜냐하면 겉으로 보이는 문은 낡고 녹슬었지만, 계단은 사용되지 않아 깨끗하고 손상된 부분이 없으며, 계단 밑이 보이지 않을 정도로 깊었기 때문이다. 소렌은 계단을 내려가기 시작했다.

이 발전소는 도대체 얼마나 깊은 건지 가늠이 되지 않았다. 정말 발전소 밑에 발전소가 또 하나 있는 것 같았다. 그 정체를 아는 사람이 있을까? 정체는커녕 다들 존재조차 모르는 것 같았다. 이 발전소에 도대체 얼마나 많은 비밀이 숨겨져 있는 걸까? 어둠 속으로 뻗어 있는 수많은 갈림길과 섬뜩한 미로들, 정체가 불분명한 방들, 동굴 같은 통로… 그리고 소렌은 이제 가장 어둡고 위험한 곳으로 내려가고 있었다.

한참을 내려왔지만, 바닥이 보일 기미는 없었다. 계단은 정적에 휩싸여 있었고, 공기의 흐름도 느껴지지 않았다. 같은 곳을 빙빙 돌면서 내려가자니 머리가 어지러웠다. 소렌은 잠시 쉬기로 했다.

위에서 계단을 내려오는 소리가 들렸다. 소렌은 벌떡 일어났다. 눈이 휘둥그레졌다. 나타난 것은 디노비크였다!

"죽은 게 아니었어요?"

"죽을 뻔했지. 안 죽어서 아쉽냐?"

그 말투는 틀림없이 디노비크였다.

"그게 아니라… 어떻게 산 거예요? 벌레들에게 둘러싸이고…"

"밖에 남겨진 사람은 거의 다 죽었다. 벌레에 쫓기고, 뿔뿔이 흩어져서, 나는 빈방으로 겨우 몸을 피했다. 거기서 죽음을 기다리는데 문밖에서 빛이 번쩍이더니 고약한 냄새가 풍겼다. 나와보니 벌레들이 타죽었더군."

"그랬군요… 다행이네요, 살아서."

"그래."

"……"

소렌은 디노비크가 살아서 기뻤다. 하지만 무슨 말을 꺼내야 할지 몰랐다. 두 사람은 침묵했다.

"그런데 제가 여기 있는 건 어떻게 알았어요?"

"그냥… 그럴 것 같았다."

"제가 지금 어디 가는지 알아요?"

"안다."

"어떻게요?"

"그냥 안다."

디노비크는 등에 메고 있던 것을 내려놓았다. 그것은 총이었다. 디노비크는 소렌에게 한 정을 건네주고 한 정은 자신이 들었다.

"총 쏘는 법은 아냐?"

디노비크는 간단하게 총 쏘는 방법을 알려주었다. 그리고 가져온 방탄복까지 소렌에게 입혔다. 소렌은 이걸 다 어떻게 구했는지 궁금했다.

"막 쏘다간 순식간에 바닥날 거다."

고맙다는 말이 입에서 떨어지지 않았다. 디노비크도 딱 필요한 말만 하고, 그 이상은 말하지 않았다.

두 사람은 말없이 계단을 내려갔다. 두 사람이 되었는데, 이상하게 혼자일 때보다 더 조용하고 침묵이 무거웠다. 소렌이 앞에서 먼저 걸어 내려가고, 디노비크가 약간 떨어진 뒤에서 내려왔다. 뒤통수가 묵직하게 느껴졌다.

"계속 같이 갈 거예요?"

소렌이 물었다.

"……"

"죽을지도 몰라요."

"이미 반쯤 그랬다."

디노비크가 무감정하게 말했다. 소렌은 더 말하지 못했다.

디노비크가 살아 있다는 사실은 정말 놀라웠다. 내색하지는 않았지만, 소렌 스스로도 잘 느끼지 못했지만, 마음 한편에서는 반가운 마음과 기쁨, 안도감이 들었다. 하고 싶었던 말이 많았다. 묻고 싶었던 말이 많았다. 할 말이 너무 많아서 오히려 말문이 막히고 말았다. 목구멍 안에서 뭉쳐서 밖으로 나오지 않는 느낌이었다. 침을 한 번 삼키자 이젠 가슴 안쪽까지 넘어가서 다시 올라오지 않았다. 그래도 소렌은 어떤 말을 해야 한다고 느꼈다. 그런데 왜인지, 이유가 무엇인지 그게 잘되지 않았다.

바닥에 도착했다. 세상에서 가장 낮은 곳이었다. 예전에 왔을 때와는 다른 모습이었다. 그때는 눈앞에만 불이 들어왔지만, 지금은 이 공간 전체에 환하게 불이 켜져 있었다. 하지만 파괴의 흔적은 고스란히 남아 있었다. 그 파괴의 흔적을, 이번에는 거꾸로 거슬러 올라갔다. 소렌은 그 거대벌레가 어디 다른 곳으로 갔거나, 다시 문 안쪽의 어둠 속으로 들어가 버렸기를 희망했다. 하지만 희망은 언제나 닿지 않는 먼발치에서 사람을 조롱하는 법. 거대벌레는 당연하다는 듯이 그 자리에 있었다. 두 번째 보는 것이지만, 그럼에도 그 벌레는 너무 커서 주변의 물건이 작아 보이는 착각을 일으켰다. 거대벌레는 다리로 열심히 더듬이를 비비며 더듬이 청소에 열중하느라 소렌이 다가오는 것도 눈치채지 못했다.

절호의 기회였다. 소렌이 방아쇠를 당겼다. 그러나 총탄은 벌레의 껍질에 너무 우습게, 쉽게 튕겨 나왔다. 벌레가 소렌 쪽을 돌아보았다. 그것은 총알 때문에 겨우 소렌을 알아챈 모습이었다. 쇠망치처럼 육중한 몸이 소렌에게 쇄도했다. 소렌은 공포에 사로잡혀 땅바닥에 납작 엎드렸다. 소렌이 거기에 짓밟히지 않은 것은 완전히 행운이었다. 벌레의 다리를 향해 창을 휘둘렀지만, 작은 상처도 남지 않았다. 심지어 벌레는 자신이 공격받은 줄도 모르는 것 같았다.

벌레가 내뿜는 괴성이 세상을 뒤흔들었다.

"아…"

소렌은 망연자실했다. 거기 거대벌레가 있었다. 귀뚜라미 따위와는 비교도 되지 않는, 진짜 거대벌레였다. 사람보다 훨씬 거대하며, 힘은 벽을 뚫고 달릴 정도이며, 그러면서도 몸에 생채기 하나 나지 않는 강철 같은 껍질을 가지고 있었다.

소렌은 벌레의 얼굴을 향해서 총을 쐈다. 벌레는 앞다리로 얼굴을 가리더니 귀찮다는 것처럼 소렌을 걷어찼다. 사람으로 치면 손가락을 튕기는 일 같은 것이었다. 하지만 겨우 그 정도에 소렌의 몸은 붕 떠서 벽까지 날아갔다. 가슴에서 용광로가 끓었다. 기침을 하고 싶은데, 가슴이 오목하게 들어가서 할 수가 없었다. 숨을 쉴 수가 없었다. 소렌은 죽어가는 벌레처럼 팔다리를 허우적거렸다.

거대벌레가 다가왔다. 창… 창이 어딨지… 그러나 창은 벌레 발밑에 떨어져 있었다. 저 창은 너무 약했다. 나에게도 퇴치꾼의 창이 있었다면, 그 창만 있었더라면… 소렌은 일어설 수 없었다. 머리 위로 날카로운 벌레의 발이 떨어졌다.

강렬한 충격음과 함께 벌레의 발이 튕겨 나갔다. 소렌은 고개를 들었다. 디노비크였다. 그는 소렌이 떨어뜨린 창을 들고 있었다. 그는 거대벌레를 상대로 용감하게 창을 휘둘렀다. 벌레가 발을 휘두르려고 하면 얼굴에 총을 쏴서 움츠러들게 만들고, 다시 창을 휘둘러서 벌레를 뒷걸음질 치게 만들었다. 총알이 계속 얼굴에 쏟아지자, 벌레도 괴로워하는 것 같은 소리를 내면서 뒤로 물러났다.

놀라운 광경이었다. 거대한 벌레 앞에서 한 인간이 투쟁을 벌이고 있었다. 그는 창을 휘두르는 것조차 힘겨워 보였으나, 그럼에도 결코 그 힘과 속도를 늦추지 않았다. 벌레가 괴성을 지르자, 디노비크도 지지 않고 함성을 질렀다. 철과 철이 맞부딪히는 소리가 났다. 처음으로 벌레의 껍질에 상처가 생겼다. 그런데… 창날이 부러졌다. 디노비크는 당황했고, 그 빈틈이 패인이 되었다. 거대벌레가 머리로 디노비크를 들이받았다. 그는 반대편 벽까지 날아갔다.

소렌은 일어섰다. 아픔 같은 것은 느껴지지 않았다. 오직 디노디크를 구해야 한다는 생각만이 소렌을 움직였다. 소렌은 떨어진 창을 주워 들고 디노비크의 숨통을 끊으러 가는 거대벌레의 다리를 붙잡고 몸통 위로 기어 올라갔다. 벌레의 등판은 소렌이 뛰어다녀도 될 정도로 넓었다.

"으아아아!"

소렌은 온 힘을 다해 창을 벌레 등에 꽂았다. 어림도 없었다. 벌레의 등껍질은 강철 그 자체였다. 거대벌레는 등 위에 올라탄 소렌을 털어낼 생각도 하지 않았다. 소렌이 올라탄 건 안중에도 없는 것 같았다. 소렌의 존재 따위는 말 그대로 '벌레'나 마찬가지였다.

눈앞에서 흔들리는 벌레의 더듬이가 소렌의 시선을 사로잡았다. 더듬이가 벌레의 약점이라는 것은 누구나 아는 사실이다. 소렌은 머리 위로 올라가서 남아 있는 창날로 벌레의 더듬이를 후려쳤다. 그런데 도대체 어떻게 생겨먹은 놈인지 더듬이조차도 단단해서 잘리지 않았다. 하지만 더듬이는 아주 예민한 감각 기관이다. 더듬이가 공격받자 정보에 혼선이 온 것인지, 갑자기 방향을 잃고 혼란스러워하기 시작했다. 벌레는 제 자리를 빙글빙글 돌면서 어쩔 줄 몰라서 앞다리로 더듬이를 매만졌다. 그리고 머리를 털어서 소렌을 떨어뜨렸다.

소렌은 디노비크에게 달려갔다. 그는 매우 고통스러워했다. 소렌은 벽 한구석에 마구잡이로 쌓여 있는 컨테이너 사이로 그를 데려갔다. 그동안 벌레는 더듬이 상태가 올바른지 확인하려는 것처럼 계속 더듬이를 만지고, 주위를 둘러보다가 다시 더듬이를 만지고, 그런 행동을 반복했다.

“삑-, 삐비빅, 삑.”

벌레에게서 이상한 소리가 났다. 그건 무슨 기계 처리음 같았다. 삐비빅 소리를 내면서 벌레가 다리를 한 번 쫙 정렬하더니, 기능을 점검하는 것처럼 앞다리부터 뒷다리까지 순차적으로 움직였다. 그다음 고개를 빳빳이 들고 천장을 향해 입을 활짝 벌렸다. 그 입에서는 붉은 아지랑이가 피어올랐다.

‘설마…’

거대벌레의 입에서 불길이 뿜어져 나왔다. 소렌은 경악했다. 도대체 세상에 어떤 벌레가 입에서 불을 뿜는다는 말인가! 디노비크가 소렌을 불렀다. 그는 고통스러워하며 품에서 꺼낸 것을 소렌에게 건네주었다. 그것은 수류탄이었다!

“이걸 벌레에게 던져라… 이거면 아마 저 괴물을 죽일 수 있을 거다…”

“전… 전 못해요. 써본 적 없단 말이에요.”

“나도 써본 적 없어. 괜찮아. 가급적 멀리서 던져라, 위력이 강할 테니. 던지기 전에 손잡이에 달린 핀을 뽑고 던져. 그러면 될 거다.”

거대벌레가 이쪽을 향해 불을 뿜기 시작했다. 컨테이너가 있어서 직접적으로 불에 닿지는 않았지만, 피부가 데일 것 같은 뜨거운 열기는 그대로 느껴졌다. 컨테이너가 빨갛게 달아올랐다.

디노비크가 말했다.

"내가 먼저 나가서 시선을 끌 테니, 너는 뒤에서 나와서 수류탄을 던지는 거야, 알겠니?"

"무서워요. 못할 것 같아요."

"괜찮아, 넌 할 수 있단다."

디노비크가 소렌을 쓰다듬었다.

그는 불이 잠깐 그친 틈을 타서 바깥으로 뛰쳐나갔다. 그리고 컨테이너 반대 방향으로 뛰었다. 벌레가 디노비크를 향해 불을 뿜었다. 디노비크는 죽을힘을 다해 뛰었다. 소렌도 컨테이너 밖으로 나왔다. 디노비크가 벌레를 유인하는 동안 벌레의 꽁무니 쪽으로 이동해서 자리를 잡았다. 디노비크가 소렌 쪽을 보면서 어서 던지라고 눈으로 외치고 있었다. 소렌은 마음을 다잡았다. 이제 저 괴물을 쓰러뜨릴 수 있는 방법은 이 수류탄밖에 없다. 소렌은 핀을 뽑았다.

"악몽으로 돌아가라, 이 괴물아!"

소렌이 던진 수류탄이 높이 올라갔다가 벌레의 등으로 떨어졌다. 소렌은 기둥 뒤로 숨었다. 아무 일도 일어나지 않았다. 수류탄은 벌레의 등에서 바닥으로 굴러떨어졌다. 불발탄이었다.

벌레는 이제 완전히 분노해서 아무 데나 불을 내뿜었다. 그리고 목표를 바꿔서 소렌에게 달려왔다. 벌레가 기둥에 부딪히자, 기둥에 금이 가면서 무너지기 시작했다. 그것은 옆에 서 있는 기중기를 덮쳤고, 결국 기중기까지 넘어지려고 했다. 그 기중기는 또 다른 기둥을 덮쳤고, 연쇄적으로 붕괴가 일어났다. 소렌은 땅바닥으로 몸을 날리며 떨어지는 바위를 피했다. 기중기가 벌레 위로 떨어졌다. 소렌은 충격으로 날아갔다. 먼지가 자욱하게 피어올랐다. 먼지 뒤에 그림자가 서 있었다. 거대벌레는… 당연하다는 듯이 멀쩡했다. 소렌은 전율했다. 이 벌레는 무적인가?

소렌은 거대벌레가 자신을 향해 입을 벌리는 걸 지켜보았다. 목구멍 안쪽이 붉게 달아올랐다. 입 주변이 열기로 일렁였다. 벌레가 불을 뿜는 그 순간이었다. 디노비크가 소렌 앞에 나타났다. 그는 팔을 뻗어 수류탄을 벌레의 목구멍 깊숙이 집어넣었다.

엄청난 폭발이 공간을 뒤흔들었다. 소렌은 데굴데굴 굴렀다. 시각, 청각, 평형감각, 모두 기능을 정지했다. 매캐한 연기가 폐를 찔렀다. 귀에서는 이명이 들렸다. 검은 연기가 자욱하게 피어올라서 아무것도 보이지 않았다. 팔과 다리가 말을 듣지 않았다.

자욱한 연기 뒤에서 거대벌레가 모습을 드러냈다. 그것은 머리는 완전히 사라지고, 몸통의 절반이 날아간 상태로, 뒷다리만으로 서 있었다. 몸통 안쪽은 피와 살점이 아니라 기계 부품으로 이루어져 있었다.

'이게 어떻게 된 일이지?'

남은 벌레 몸통도 균형을 잃고 쓰러졌다. 그것은 이제 움직이지 않았다. 벌레는 쓰러졌다. 벌레는 끝난 것이다.

디노비크는 멀지 않은 곳에 누워 있었다. 그의 상태는 끔찍했다. 수류탄을 집어넣은 오른팔은 어깨까지 사라져서 형체도 남지 않았다. 상반신은 가죽이 벗겨져서 붉은 피부가 드러나고 하얀 가슴뼈까지 보였다. 얼굴은 까맣게 타버렸다. 그 끔찍한 몰골을 보고 소렌은 형언할 수 없는 괴로움을 느꼈다. 그는 초점 없는 눈으로 천장을 바라보고 있었다. 그의 입술이 천천히 움직였다.

"벌레는…"

"벌레는 죽었어요. 폭탄을 먹고 산산조각이 나버렸다고요."

"그래."

디노비크는 더 말하지 않았다. 그의 눈빛이 시시각각 흐려지고 있었다. 소렌의 마음에서 감정이 흘러넘쳤다. 무언가를 해야 하는데, 할 수 있는 게 없었다. 소렌은 문을 닫아야 한다는 책임과 의무로 여기까지 왔다. 하지만 결국 제대로 해낸 게 하나도 없었다. 스스로 성장했다고 생각했지만, 거대벌레 앞에서는 여전히 어린아이에 불과했다. 그 거대벌레는 차원이 달랐다. 귀뚜라미처럼 요행이 통하는 상대가 아니었다. 거대벌레는 소렌에게 새로운 회의감만 남겼다.

'나는 왜 이렇게 약한 걸까.'

디노비크에게 하고 싶은 말이 너무 많았다. 질문도 많았고, 이해 가지 않는 것도 많았다. 표현할 수 없는 언어가 너무 많아서 소렌은 결국 이 한마디밖에 할 수가 없었다.

"왜…"

그것은 모든 것을 함축한 말이었다. 디노비크의 하나 남은 눈동자가 잠깐 소렌 쪽을 향했다. 바짝 말라버린 그의 입술이 움직였다.

"나도…… 고아였다. 살아남기 위해서… 모든 걸 다했다……. 살아남고… 성공하고… 배부르게 먹기 위해서… 나를 무시하고 핍박한 놈들에게 복수하기 위해서… 악착같이 일하고, 다른 사람을 짓밟고, 사기 치면서, 부끄러움도 느끼지 않고… 그렇게 살아왔다. 그렇게 해서 노잡이장이 되었지만…… 공허할 뿐이었다. 계급이 오르면 좋을 줄 알았지만, 내 삶은 달라지는 게 없었다……. 결국 난 평생이 혼자였던 거야. 그래서 이 하찮은 목숨줄을 끊어버리려고 했다. 용광로에 몸을 던지려고 했어. 그때… 아기였던 네가 내 바짓자락을 붙잡았다……. 내 목숨에는 아무 미련도 없었지만, 내가 떨어지면 너까지 같이 떨어질 것 같았다. 살면서 한 번도 다른 사람을 소중하게 생각해 본 적이 없는데, 왜인지 그때만큼은 그럴 수가 없었다. 결국 나는 목숨을 끊지 못했다……."

말을 멈췄다. 소렌은 디노비크가 죽은 줄 알고 덜컥 놀랐다. 디노비크가 곧 다시 말을 이었다.

"나는 너를 키울 자신이 없었다……. 나 같은 쓰레기에게 키워지면… 너도 못된 인간으로 자랄 테니까… 그래서 비꼬와 코임브라에게 너를 맡겼다……. 그놈들도 쓰레기지만… 나보다는 똑똑한 쓰레기니까……"

디노비크가 숨을 헐떡였다. 그의 눈에서 눈물이 흘렀다.

"너와 똑바로 마주 보는 게 무서웠다. 네가 나를 싫어할까 봐 무서웠어. 그래서 너한테 더 못되게 굴었다. 미안하다. 너에게 사랑을 주지 못해서 미안하다. 너에게 상처만 줘서 미안하다."

소렌의 눈에서 눈물이 흘렀다. 마르지 않는 영원한 폭포처럼, 계속 흘렀다.

"네 이름은… 쇠렌슨…… 그것이 네 부모가 지어준 너의 진짜 이름이다. 아기였던 너는 쇠렌슨이라고 부르면 알아듣지 못해서… 소렌이라고 불렀다. 부모님이 주신 이름을… 소중히 하거라.”

디노비크는 더 말하지 않았다. 호흡도 하지 않았다. 그는 숨을 거두었다. 그의 영혼이 어두운 지하를 떠나 밝게 빛나는 지상으로 올라간 것이다.

철문이 저절로 움직이기 시작했다. 그것은 천천히 입을 좁히더니 완전히 닫혀서 어둠의 세계를 차단해버렸다. 소렌은 어떻게 된 일인지 알 수 없었다. 소렌이 이해할 수 있는 것은 아무것도 없었다. 소렌은 아는 게 하나도 없는 어린애였다.

24

소렌은 발전소로 돌아왔다. 어떤 환영도 없고, 반겨주는 이도 없었다. 통로는 어두컴컴하고 칙칙했다. 규칙적으로 들려오는 톱니바퀴 소리는 염세증을 일으켰다. 평소대로의 발전소였다. 그렇게 엄청난 일이 지하에서 있었지만, 이 세상하고는 아무 관계도 없는 것처럼 보였다. 소렌은 유령처럼 걸었다. 꿈과 그림자들이 눈앞에서 아른거렸다.

소렌은 쉴 만한 장소를 찾아 걸었다. 그런데 점점 이상한 느낌이 들었다. 아무리 그래도 너무 고요했다. 사람의 인기척이 전혀 느껴지지 않았다. 귀뚜라미도 없어서 더 이상 숨어있지 않아도 되는데, 하다못해 돌아다니는 경비병들조차 보이지 않았다. 마치 발전소가 텅 비어버린 것 같았다. 소렌은 불길한 생각이 들었다.

'혹시 또 벌레가 나타났나?'

반대편 통로에서 걸어가는 경비병 무리가 나타났다. 그들은 소렌을 보더니 소리치고 손가락으로 가리켰다. 소렌은 놀라서 반사적으로 도망쳤다.

"어, 저기! 도망간다!"

"잡아! 빨리 잡아!"

소렌은 어두운 통로 속을 내달렸다. 달리면서 뒤를 돌아보자 시커먼 그림자가 복도를 가득 메우고 있었다. 발전소에 있는 경비병이 다 쫓아오는 것 같았다. 발전소는 깊고 어두우며 좁고 복잡한 길이 새까만 어둠 속에 끝도 없이 펼쳐져 있었다. 그 어둠 속에서 자신을 구원해 줄 손은 없다는 사실이 끊임없이 떠올랐다. 오로지 귀뚜라미에게 죽은 사람들의 시체만이 바닥에 누워있는 채로 손을 뻗어왔다.

이미 만신창이나 다름없던 소렌은 금방 붙잡혀서 광장의 무대 뒤편으로 끌려갔다. 그곳에는 하수구의 고아들이 다 모여 있었다. 발전소장이 소렌을 보자마자 달려왔다.

"도대체 지금까지 어디 있던 거냐! 널 찾으려고 얼마나 고생을 했는데!"

"전 이제 죽는 건가요?"

발전소장은 깜짝 놀랐다.

"죽다니, 오히려 그 반대지. 너는 발전소를 구한 고아 영웅 죠렌이니까. 잘 들어봐라, 사람들이 널 찾는 소리가 들리지?"

소렌은 귀를 기울였다. 그러자 광장에서 "죠렌! 죠렌!" 외치면서 사람들이 소렌을 찾는 소리가 들렸다.

"이게 어떻게 된 일이죠?"

소렌이 물었다.

"이 발전소는 큰 타격을 입었다. 너무 많은 사람이 죽고 다쳤어. 귀뚜라미를 몰아내기는 했지만, 사람들이 받은 충격과 상실은 쉽게 지워지지 않을 거다. 그래서 영웅이 필요한 거야. 죠렌, 넌 영웅이야. 사람들은 이미 너를 영웅처럼 받들고 있어. 무대로 올라가거라. 그래서 사람들의 우상이 되어 주거라. 사람들에게 용기와 희망을 주는 거야!"

발전소장이 다른 고아들을 보고 말했다.

"너희들도 같이 무대를 올라가거라. 그리고 죠렌과 함께 귀뚜라미를 물리친 걸로 하자. 사람들은 너희를 보고 희망을 얻을 거야. 고아들조차 저런 대단한 일을 해냈다는 희망을 말이야."

한 아이가 쭈뼛거리며 물었다.

"그래서 우리가 얻는 건 뭐죠?"

"많은 건전지를 받을 거다. 그리고 앞으로 하수구에 숨어 살

필요도 없다. 제대로 된 일거리도 받을 수 있을 거다. 하지만 규칙은 잘 지켜야 한다."

고아들은 숨어 살지 않아도 된다는 말에 기쁨을 감추지 못했다. 서로의 얼굴을 마주 보고, 껴안고, 환호성을 지르며, 마침내 찾아온 낙에 기뻐했다. 그러나 소렌은 기쁘지 않았다. 오히려 이상한 반항심이 꿈틀거렸다. 소렌은 발전소장이 하려는 일이 좋은 일처럼 느껴지지 않았다. 이번 일조차도 소렌과 고아들을 그들에게 유리하게 이용하겠다는 의도로 느껴졌다.

소렌은 무대에 올라가고 싶지 않았다. 그런데 한편으로는 이런 생각도 들었다.

'어른들이 바라는 대로 내가 발전소의 우상이 되어서 앞으로 고아들에 대한 인식을 바꿔나간다면, 그래서 고아들이 조금이라도 더 살기 좋은 발전소가 된다면, 마땅히 그렇게 해야 하는 걸까?'

다른 아이들은 이미 행복한 상상에 빠져 즐거워하고 있었다. 고민을 하는 것은 소렌 뿐이었다. 하지만 결국 발전소장의 제안에 따를 수밖에 없었다. 왜냐하면 그게 옳은 일처럼 보였기 때문이다.

"잘 생각했다, 쇼렌. 함께 무대로 올라가자꾸나. 그래서 이 발전소가 얼마나 단단한 곳인지 사람들에게 보여주자꾸나."

발전소장이 소렌의 어깨에 친근하게 손을 올려놓고 걸었다.

그때 날카로운 목소리가 공기를 찢었다.

“소렌이 영웅이라니, 말도 안 되는 소리!”

소렌은 소스라치게 놀랐다. 외친 것은 유르가였다. 소렌은 유르가가 살아서 무척 기뻤다. 하지만 그의 모습은 변해 있었다. 그의 눈알은 새빨간 피를 담은 그릇처럼 끔찍하게 변해 있었다. 그리고 눈가에 맺힌 눈물은 새빨간 눈 때문에 피를 흘리는 것처럼 보였다. 금발 머리도 피를 먹고 붉게 변해 있었다.

“소렌이 받아야 할 것은 상이 아니라 교수형이에요! 왜냐하면 귀뚜라미를 발전소에 들어오게 만든 장본인이 바로 소렌이니까요! 저놈은 지금 자신의 죄를 숨기고 영웅 행세를 하는 거라고요!”

발전소장은 크게 놀라서 소렌을 보고 물었다.

“저 말이 사실이냐? 솔직하게 말해야 한다. 이건 그냥 넘어갈 수 없는 문제야.”

소렌은 유르가의 분노의 근원을 이해하지 못했다. 그러나 유르가가 들고 있는 피리가 반으로 잘려져 있는 것을 보고 모든 것을 이해했다. 아, 무슨 말로 유르가에게 용서를 구할 수 있을까. 아마 어떤 말로도 구할 수 없을 것이다.

소렌이 부정하지 못하고 고개를 떨구는 모습을 보고 발전소장은 그 고발이 진실임을 깨달았다. 이렇게 되면 소렌을 영웅으로 내세워서 위기를 극복하겠다는 그의 계획도 흐트러지는 것이었다. 평소의 그라면 사소한 것은 덮어두고 그대로 진행시켰겠지만, 이번 일은 달랐다. 이번 일은 그러기에 너무 컸다.

발전소장은 고민에 빠졌다. 그러는 동안 안쪽에서는 쇼렌을 찾는 목소리가 점점 더 커지고 있었다. 이윽고 발전소장이 결단을 내렸다. 경비병에게 교수대를 준비하라고 명령했다. 유르가가 미소 지었다.

"제멋대로 영웅으로 추켜올릴 때는 언제고 이제는 사형이라니, 기분 내키는 대로 불을 껐다 켰다 하는 게 발전소 인간들의 생리라지만, 볼 때마다 구역질이 나는군."

퇴치꾼이 나타났다. 순식간에 공기가 바뀌었다. 갑자기 등장한 퇴치꾼에 발전소장은 불쾌감을 숨기지 못했다.

"몰랐으면 그냥 지나갈 일이지만, 알게 된 이상 어쩔 수 없소. 수많은 사람이 죽었소. 이건 용서받을 수 없는 일이오."

"그 말대로 용서받을 수 없는 일이지. 하지만 저 소년이 그 뒤에 보여준 용기와 결단력 또한 죽기 아까운 것이지."

"그러면 어쩌자는 거요?"

"사람들에게는 이 소년이 벌레와 싸우다 입은 부상 때문에 죽었다고 말하시오. 그러면 사람들은 감동을 받고 소년의 용기를 기리며 슬퍼할 것이오. 그것은 앞으로 좋은 이야깃거리가 되겠지. 당신의 발전소 통치에도 도움이 될 거요."

발전소장은 솔깃한 눈치였다.

"사람들한테는 그렇게 말한다고 치고, 그럼 이 소년은?"

"내가 데려가겠소."

"당신이?"

"나는 동쪽으로 갈 거요."

"동쪽? 거긴 벌레가 우글거리는 폐쇄 터널이오! 거기로 간다는 건 자살행위요!"

"알고 있소. 하지만 내가 어디로 가든 당신은 이제 알 바 아니지 않소."

"그건 그렇소."

"어찌 됐든 이 소년이 발전소를 구한 것 또한 사실이오. 그런데도 죽이는 건 당신으로서도 찝찝한 일일 터. 당신은 이 소년을 동쪽으로 추방시켰다고 생각하면 될 거요. 다시 돌아오지만 않는다면 당신 입장에서는 죽은 거나 마찬가지 아니겠소. 골치 아픈 짐도 처리하고, 사람들에게 감동적인 이야기를 전해줄 수 있으니, 이것이야말로 돌 하나로 벌레 두 마리를 잡는 일이오."

"바로 그거요!"

발전소장은 깨달음을 얻고 무릎을 탁 치면서 기뻐했다.

“좋소, 결정했소. 이 소년을 추방하겠소. 하지만 지금 당장 떠나야 하오.”

“그럴 생각이오.”

“잠깐! 그럴 순 없어! 저놈은 죗값을 치러야 해! 진실을 밝히고 사람들이 보는 앞에서 목이 매달려야 한다고!”

유르가가 소리를 질렀다. 그러나 발전소장은 이미 결정을 내렸다. 다른 의견은 받아들여지지 않았다.

“빌어먹을! 빌어먹을! 빌어먹을! 비겁하고, 간사하고, 교활한 놈들! 겉으로는 논리적인 척하면서 뒤에서는 얼마나 그럴듯하게 거짓말을 할까 그것만 고민하지! 너희 같은 어른들 때문에 이 세상이 이렇게 된 거야! 내가 불태워버릴 거야! 전부 다 불태워버릴 거라고!”

유르가는 이 자리에 있는 모든 사람을 저주하고 도망쳤다. 경비병이 유르가를 쫓았다. 멀리서 가즈니가 유르가를 탈출시키기 위해 작은 구멍을 열고 나타났다. 탈출하기 직전, 유르가는 마지막으로 뒤를 돌아보았다. 유르가는 더 이상 눈물을 흘리지 않았다. 그 눈은 명백하게 이렇게 말하고 있었다.

‘타락하거나, 비참하게 죽음을 맞이하거나, 어차피 인생은 그뿐이야. 그렇지, 소렌?’

소렌은 고개를 떨어뜨렸다. 발전소장이 말했다.

"떠나기 전에 다시는 돌아오지 않겠다고 이 자리서 약속해라. 돌아오면 그때는 널 죽일 수밖에 없다. 서로 곤란한 일을 만들지 말자."

"돌아오지 않겠습니다."

소렌이 약속했다.

소렌과 퇴치꾼은 동쪽 터널로 향했다. 예전부터 거대벌레가 우글거린다는 소문이 무성했던 곳이다. 지금까지 거대벌레와 싸웠는데, 이제는 그 소굴로 직접 들어가려 하고 있었다.

터널 앞에는 검문소가 있지만, 지금은 아무도 없었다. 퇴치꾼이 직접 울타리의 문을 열었다. 지켜보는 사람도 없고, 배웅도 없었다. 지긋지긋한 발전소였다. 숨이 막히는 발전소였다. 즐거웠던 일은 하나도 없고, 괴로운 기억만 가득한 발전소였다. 그런데 막상 떠나는 순간이 다가오자, 마음이 슬픔으로 가득 찼다.

퇴치꾼이 손전등을 켜고 앞장서서 터널로 들어갔다. 소렌은 발걸음이 떨어지지 않았다. 뒤를 돌아보자, 그곳에는 발전소가 빛나고 있었다. 호흡할 산소를 만들기 위해, 먹을 양식을 만들기 위해, 따뜻한 열을 만들기 위해, 인간이 잠이 들었을 때도, 게으름을 부릴 때도, 한심한 짓을 벌일 때도, 먼 옛날부터 가늠할 수 없는 세월 동안 까맣게 녹슬어 가끔 부스러기를 떨어뜨려도, 발전소는 항상 거기서 빛을 내고 있었다.

"두고 온 게 있나?"

퇴치꾼이 물었다.

"그랬나 봐요…"

"잊어라. 두고 온 것은 등을 무겁게 만들 뿐이니."

소렌은 퇴치꾼을 보았다. 그는 어둠에서 태어나, 어둠을 탐구하며, 일생을 어둠에 바친 남자 같았다. 절대 울지도, 웃지도 않는 남자 같았다.

퇴치꾼이 물었다.

"내 이름은 아타카마. 네 이름은 무엇이냐."

"제 이름은…"

소렌은 머뭇거렸다. 퇴치꾼은 대답을 기다렸다. 그 소년은 지금 이름을 떠올리고 있는 것처럼 보였다.

"제 이름은 쇠렌슨, 소렌이라고 불러주세요."

"소렌, 좋은 이름이군."

두 사람은 더 말하지 않았다. 갈 길이 멀었다. 오래 걸어야 할 것 같았다. 터널이 그들 앞에 놓여 있었다. 가슴이 답답했다.

벌레공장1 (터널 속으로)

초판 1쇄 인쇄 2024년 6월 10일
초판 1쇄 발행 2024년 6월 20일

지은이 허집

펴낸이 이장우
책임편집 송세아
디자인 theambitious factory
편집 제작 안소라 김소은
관리 김한다 한주연
인쇄 KUMBI PNP

펴낸곳 도서출판 꿈공장플러스
출판등록 제 406-2017-000160호
주소 서울시 성북구 보국문로 16가길 43-20 꿈공장 1층

이메일 ceo@dreambooks.kr
홈페이지 www.dreambooks.kr
인스타그램 @dreambooks.ceo

전화번호 02-6012-2734
팩스 031-624-4527

*일부 맞춤법 및 띄어쓰기의 변형은 저자 고유의 글맛을 살리기 위함입니다.

ISBN 979-11-92134-72-7
정가 16,800원